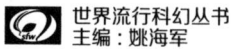
世界流行科幻丛书
主编：姚海军

# THE FLICKER MEN

# 闪烁者

［美］特德·科斯玛特卡 著

朱佳文 译

四川科学技术出版社

THE FLICKER MEN by Ted Kosmatka

Copyright: © 2015 by Ted Kosmatka

Published by arrangement with Henry Holt and Company, LLC,New York.

Simplified Chinese edition copyright：2019 SCIENCE FICTION WORLD

All rights reserved.

**图书在版编目( CIP )数据**

闪烁者 /［美］特德·科斯玛特卡 著；朱佳文 译

—— 成都：四川科学技术出版社，2019.9

（世界流行科幻丛书 / 姚海军 主编）

ISBN 978-7-5364-9590-6

Ⅰ . ①闪… Ⅱ . ①特… ②朱… Ⅲ . ①科学幻想小说—美国—现代 Ⅳ . ① I712.45

中国版本图书馆 CIP 数据核字（ 2019 ）第 261869 号

图进字：21-2018-231

世界流行科幻丛书

# 闪烁者

| | |
|---|---|
| 出 品 人 | 钱丹凝 |
| 丛书主编 | 姚海军 |
| 著 者 | ［美］特德·科斯玛特卡 |
| 译 者 | 朱佳文 |
| 责任编辑 | 宋 齐 姚海军 |
| 特邀编辑 | 李克勤 李闻怡 |
| 封面绘画 | 兰世韬 |
| 封面设计 | 李 鑫 |
| 版面设计 | 李 鑫 |
| 责任出版 | 欧晓春 |
| 出版发行 | 四川科学技术出版社 |
| | 四川省成都市槐树街 2 号 出版大厦 邮政编码：610031 |
| 成品尺寸 | 140mm×203mm |
| 印 张 | 12.25 |
| 字 数 | 270 千 |
| 插 页 | 2 |
| 印 刷 | 四川华龙印务有限公司 |
| 版 次 | 2020 年 4 月成都第一版 |
| 印 次 | 2020 年 4 月成都第一次印刷 |
| 定 价 | 49.00 元 |

ISBN 978-7-5364-9590-6

献给我的孩子们。

# 第一部分

上帝永远欺骗不了我,因为所有诡计和谎言都有漏洞可寻。

——笛卡尔

我坐在雨中，拿着一把枪。

一道波浪爬上这片卵石海滩，冲刷着我的双脚，将沙砾和沙子塞进我的裤管。锋利的深色石板凸出于岸边的海水，形状就像破碎的牙齿。我颤抖着回过神来，这才注意到我的西装外套不见了。同样消失的还有我左脚的鞋子，棕色的十二码①皮鞋。我扫视着遍布岩石的岸边，但看到的只有沙子和泛着白沫的海水。

我又喝下一大口瓶中之物，然后试着松开我的领带。由于我一手拿枪，一手拿着瓶子——而且不想把任何一样交给海浪——松开领带就成了个费劲的活儿。我用上了拿枪的那只手，用穿过扳机护圈的那根手指拨弄着领带的结。冰冷的金属摩挲着我的喉咙，我能感觉到抵着下巴的枪口——我绕过扳机的手指麻木而笨拙。

死亡是如此轻而易举。

我很想知道，是否有过这么死去的人——喝醉了酒，然后拿着枪去解领带。我想对某些职业的人而言，这种死法应该很平常。

然后我解开了领带，并没有射杀自己。为了奖励自己，我又喝了一口酒。

---

① 约28厘米的脚。

另一道波浪奔涌而来。如果我继续留在这儿，潮水迟早会席卷我，淹没我，将我拖入海中。这地方和丘陵地带的印第安纳州完全不同，在那里，密歇根湖会轻柔地爱抚岸边。而在这儿，在格洛斯特，水憎恨着陆地。

儿时的我来过这片海滩，为那些巨石从何而来而好奇。那些石头高大黝黑，仿佛沉船的碎块。是潮水把它们冲刷到岸上的吗？现在我明白了。那些巨石从始至终都在这儿，埋在柔软的沙土里。它们是遗留之物，是大海放弃其余一切时所留下的东西。

向岸边走三十码①，靠近路边的地方有一座纪念碑，上面列着一串名字。渔夫的名字。格洛斯特人的名字。这就是格洛斯特，一度由大海掌控的土地。


狂风呼啸。

我曾告诉自己，带这把枪是为了防身，但坐在这片深色沙地上的我已经不再相信了。我没法再欺骗自己了。这是我父亲的枪，一把点357。这把枪已经有十七年五个月零四天没开过火了。我算得飞快。尽管醉意浓浓，但我仍旧算得飞快。数学始终是我最可靠的天赋。

我的姐姐玛丽说，来这种既陌生又熟悉的地方是件好事。

这代表全新的开始，她在电话里说。远离在印第安纳波利斯发生的一切。你又可以工作了。你又可以继续研究了。

是啊，我说。她似乎相信了我的谎言。

你不打算打电话给我，对吧？

我当然会打给你。这句她没有信。

---

① 1 码≈0.9144 米

一阵沉默。

我是说真的,埃里克,记得打电话给我。无论出了什么状况。

在这片海滩的远处,一只白色翅膀的燕鸥飞了起来。它顶着风悬停了片刻,像快照那样静止在空中,然后掉转方向,升上高空,消失不见。

我将目光从大海上移开,又喝下一大口烈酒。一直喝到忘记了哪只手拿着枪,哪只手又拿着瓶子。一直喝到两只手同样麻木为止。

# 1

第二周的时候,我们开始取出包裹里的显微镜。萨提维克用撬棍,我用羊角锤。木制的板条箱很沉,而且完全密封。这些是从宾夕法尼亚某家已经倒闭的研究所运送过来的。

阳光照耀着研究所的装卸区,周围热得出奇,就像一周前冷得出奇那样。汗水自我的额头滴落。

我挥动手臂,羊角锤砸进苍白的木板。我再次挥下。这活儿让人舒心。

萨提维克严肃的黝黑脸庞浮现出笑容,露出一口整齐的白牙,"你的脑袋漏水了。"

"是融化了。"我反驳道。

"在印度,"他说,"这种天气叫作'毛衣天'。"

萨提维克把撬棍塞进我砸出的裂缝,然后用力压下另一头。我才认识他三天,但我们已经是朋友了。我们一起用暴力对待这些板条箱,直到它们屈服为止。

这一行正在面临整合,宾夕法尼亚的那家研究所只是最新的牺牲品而已。汉森以低价大量购入他们的设备,用托盘装着运到这里。这儿的气氛就像科学家的节日。我们打开包装。我们欣赏着自己的新玩具,只在心里有个隐隐约约的念头:我们凭什么能得到这样的待遇?

对某些人——比如萨提维克——来说,答案相当复杂,与过往的成就有关。汉森并不只是又一家马萨诸塞州的智库而已①,萨提维克能在这里工作,是因为他从十几位科学家中脱颖而出。某位大人物欣赏他做的报告和起草的项目。他有让人折服的才华。

对我来说,答案就简单多了。

对我来说,这是朋友给的第二次机会。最后的机会。

我们撬开最后一只木箱。

萨提维克朝里面望去。他剥下一层又一层的泡沫包装材料,在地板上堆起了一座小山。那个板条箱很大,但我们在里面只找到了一套各种大小的乐基因量瓶②,一共大概也就三磅③重。这肯定是某人的玩笑——那家完蛋了的研究所的某人在表达对他完蛋了的工作的看法。

“像深井里的一只青蛙。”萨提维克说。他总说这种令人费解的话。

“一点儿没错。”我说。

我有再来东部的理由。我也有不来的理由。两者都与这把手枪息息相关,又全然无关。

开车来到这里的人,首先看到的是那块指示牌:上面用蓝色粗体字母写着“汉森研究”。牌子本身雅致地远离路边,被精心

①译注:根据2013年的统计,美国马萨诸塞州有176家智库,仅次于华盛顿特区的395家。

②译注:Nalgene,美国最大的实验室及医疗用容器生产商。

③1磅≈0.45千克

布置过的灌木丛簇拥着。距离指示牌一百英尺①的地方，是那道装饰用的黑色铁门，它在办公时间不会关闭。站在入口那里，根本看不到研究所的建筑。在寸土寸金的波士顿周边，这一点意味着钱，大钱。在这里，一切都很贵，最贵的就是空间。

沿着城市的海岸线前进一小时以后，才能看到盖在岩石山坡上的研究所。那地方幽深僻静，林荫环绕。主办公楼很漂亮：反光铝箔覆盖着整整两层楼，面积大约相当于一个橄榄球场。铝箔之外的位置全是哑光黑色的钢铁。这栋办公楼富有艺术气息，又或者说，如果将艺术融入供世界顶级科学家工作的建筑里，看起来多半就是这副样子。主入口附近有一条不算宽阔的砖砌回车道②，但前门的停车场只有装饰作用——只是一块粗糙的沥青地面，供访客和无关人士使用。车道沿着办公楼继续伸向真正的停车场——研究员使用的停车场，位于办公楼后方。几座较小的附属建筑坐落于停车场的另一头。南北两边的建筑物是外部实验室，包括技术设施和实验场所。而仿佛巨大的灰色战舰般独自伫立于远处的，是他们称作"W大楼"的旧仓库。

来这儿的第一天早上，我把租来的车停在主办公楼前，然后走了进去。

"我能帮您什么忙吗?"

"他们在等我。"我告诉前台。

"您的名字是?"

"埃里克·阿格斯。"

前台笑了笑，"请先坐下吧。"

我坐在皮椅垫上。这儿有三张椅子，以及一幅用红色与蓝

---

① 1英尺≈0.348米

② 译注:供车辆回转方向时使用的车道。

色颜料绘制而成的图案复杂的漂亮油画。这幅画很可能也充当着技术原理图的作用——那些线条和角度似乎暗藏着规律。这正是负责装饰大堂的工程师会挑选的那种装饰品。两分钟过后,一张熟悉的脸绕过转角。我站了起来。

"天啊,"他说,"真是好久不见了。"杰瑞米握住我的手,顺势拍了拍我的背脊,"见鬼,你过得如何?"

"比之前好点儿。"我说。这是事实。

这些年里,他的变化不大。他没有过去那么瘦了,从前那头狂野的金发如今换成了商务人士的发型,但他仍然是那副从容的模样。脸上挂着同样从容的微笑。

"你呢?"我问他。

"我得说,这地方让我忙得很。研究员已经超过了一百五十人,而且还在增加。"

他领着我去了他的办公室。我们坐了下来,然后谈起了合同,好像是一场单纯的商务谈话,好像我们只是两个西装革履的商务人士。但我能看到他的眼神,看到他朝我投来的悲哀目光——他仍旧是我的老朋友。

他将一张折起的纸在宽阔的桌面上推了过来。我展开那张纸,然后强迫自己去理解上面的数字。

"你太慷慨了。"我说着,把纸推了回去。

"我们能以这个价位雇到你,算是捡便宜了。"

"不,"我说,"没这回事。"

"考虑到你在 QSR①领域的成果,你完全有资格拿到这个数。我们可以给你安排大规模集成的并行处理器,你想要什么都行。"他拉开抽屉,取出一本灰色文件夹,把那张折起的纸放了

---

① 译注:量子科学研究的缩写,主要指计算机相关的量子技术。

进去,"你可以继续之前的工作。"

"我想你没明白我的意思。"

"无论你需要什么,告诉我就好。考虑到你取得的专利和从前的成果——"

我打断了他的话,"我不能再继续那种工作了。"

"不能?"

"不想。"

这话让他愣住了。他坐在皮椅里,身体前倾,最后说:"我听说过那个传闻。"他在办公桌的那一边审视着我,然后继续道,"我原本希望那只是谣言而已。"

我摇摇头。

"为什么?"

"我只是受够了而已。"

"那好吧,你说得对,"他说,"我的确不明白。"

"如果你觉得自己是出于误会才雇用我——"我作势起身。

"不,不。合同仍旧有效。那可是正式合同。坐下吧。"

我坐回椅子里。

"我们可以给你四个月的观察期。"他说,"我们雇用的是研究者,不是研究本身。试用员工需要在四个月的时间里拿出成果。这是我们这儿的制度。"

"我该做些什么?"

"我们这儿推崇独立研究,所以你可以选择自己想研究的项目,只要有科研价值就行。"

"什么都行吗?"

"是的。"

"价值由谁来决定?"

"做最终决定的是发表后的同行评议,前提是你的成果能走到那一步。不过在那之前,你得先让这儿的审查委员会满意才行。试用人选是招聘经理决定的,但四个月后的去留就由不得我了。我也有上司,所以你得拿出点成绩才行。能够发表,或者有希望发表的成绩。你听懂了吗?"

我点点头。四个月。

"对你来说,这是个新的开始。"他说。于是我知道,他已经跟玛丽通过电话了。我真想知道她是几时打给他的。

我是说真的,埃里克,记得打电话给我。无论出了什么状况。

"你在QSR领域有过不少出色的成就,"他说,"我关注过你发表的论文——见鬼,这儿的每个人都关注过。但考虑到导致你离开的那件事……"

我又点点头。无可避免的时刻到来了。

他看着我,沉默不语。"我愿意替你承担风险,"他说,"但你也该给我个承诺。"

他已经说得尽可能直白了。人们在这方面总是小心翼翼。

我转过头去。这间办公室很适合他,我心想。不算太大,但明亮又舒适。他身后的窗户对着正门处的沥青停车场,我租来的车就停在那儿。一面墙壁上挂着圣母大学的工程学学位证书。只有他的办公桌透出炫耀的气息——这只柚木打造的庞然大物简直能停下一架飞机——但我知道,那是他继承来的,是他父亲的旧办公桌。将近十年前,我们还在读大学的时候,我就见过这张桌子。感觉就像是上辈子的事了。那时候,我们还觉得自己和父亲毫无相似之处呢。

"你能给我个承诺吗?"他说。

我明白他指的是什么。我对上他的目光。

　　随后，他沉默良久，注视着我，等待我说点什么。把我们的友谊与引火烧身的可能性放到天平的两端。

　　"好吧。"最后他说，他合拢那只文件夹，"欢迎来到汉森研究。你从明天开始上班。"

## 2

有些日子,我滴酒不沾。那些日子都是这么开始的:我从枪套里拔出枪来,放到我在汽车旅馆房间的桌子上。那把枪是黑色的,分量十足。枪的侧面用浮雕字母刻着"鲁格"。它尝起来就像硬币和灰烬。我看着床对面的镜子,对自己说:如果你今天喝酒,就杀死你自己。我看着那双蓝灰色的眼睛,明白自己是认真的。

我滴酒不沾的日子就是这样。

研究所的工作有节奏可循。早上 7:30 走进玻璃门,向其他早来的人点头致意,然后在自己的办公室坐到 8:00,思索着那个基本的真理:就算再烂的咖啡——就算像烂泥那样黏稠、带着咸味、只在咖啡壶里打了个转就倒出来的——也比没咖啡要强。

我喜欢在早上亲手泡第一壶咖啡。打开咖啡室里橱柜的门,"砰"地打开锡制咖啡罐的盖子,深吸一口气,让咖啡粉的气味充满我的肺。这比喝咖啡的感觉还要好。

有些日子,我会觉得一切都是不必要的负担:进食、说话、在早晨走出汽车旅馆的房间。一切都让人疲惫。大多数时间里,这个念头只存在于我的脑海。那种难以抵挡的渴望去了又来,

13

而我卖力工作，以免表露出来。因为重要的并非你的感受，而是你的表现，这是不争的事实。只要智能没有受到影响，你就能判断哪些事是该做的。你可以强迫自己进行日常工作。

我想保住这份工作，所以我选择强迫自己。我想融入这里。我想变回有所建树的人。我想让玛丽为我自豪。

研究所的工作跟普通行业不太一样。奇特的节奏感，奇怪的工作时间——还有为鼓励创新而设置的特别津贴。

两个中国人发起了在午餐时间打篮球的活动。我来这儿的第一个礼拜，他们就拉我上了贼船。他们只说了这么一句："你看起来适合打篮球。"

他们一个是高个子，另一个是矮个子。高个子在俄亥俄州长大，没有口音。他的外号是"得分机器"。矮个子对篮球规则没什么概念，所以成了最优秀的防守队员。他的犯规动作很大，而这成了我的超游戏——游戏内的游戏。那就是看我在叫出声之前，能够承受多少次犯规。这才是我打篮球的真正理由。我冲向篮筐，然后被打倒在地。我再次冲去。身体和身体再次碰撞。瘀青全都是手印的形状。

球手之一是个名叫奥斯特伦的挪威人，身高六英尺八英寸[①]。他的块头让我很吃惊。说实话，他跑不快，跳不高，动作也很慢，但他的大块头能拦住你的去路，而在他的防守范围内，他粗壮的手臂能盖任何人的帽。我们有时打四对四，有时打五对五，具体取决于谁有吃午饭的闲暇。三十一岁的我比他们大多数人要年轻几岁，也高个几英寸——奥斯特伦除外，他比所有人都要高一个头。我们用各式各样的口音在球场上挑衅对手。

"我奶奶都比你投得准。"

---

① 1英寸≈2.54厘米

"你这是投球还是传球？反正我看不出来。"

"奥斯特伦，当心脑袋撞上篮筐。"

有些研究员会在午餐时间上餐馆吃饭，另一些会在自己的办公室玩电脑游戏，还有些会拿这些时间来工作——甚至好几天都忘记吃饭。萨提维克就属于后者。我玩篮球，是因为它感觉就像自我惩罚。

研究所的气氛很轻松：就算想打瞌睡都没问题。没有逼迫你工作的外力。这里的体制严格遵守达尔文主义——在这儿工作下去的权利要靠自己争取。唯一的压力就是你给自己的压力，因为人人都知道，评估每四个月就有一次，而你必须拿出像样的成果。试用研究员的流动率在百分之二十五左右浮动。和新雇员的友谊随时都可能打水漂。

萨提维克的工作和电路有关。来到这里的第二周，我发现他坐在扫描电镜①旁边，跟我谈起了自己的工作。"这活儿要用到显微镜。"他解释说。我看着他调节焦距，屏幕上的画面随即发生了变化。我在读研的时候用过扫描电镜，但这一台更新，也更先进，跟我看过的魔术相差无几。

扫描电子显微镜是一扇窗。把样本放进真空柱底端的样品室，抽成真空，接下来就像在看另一个世界了。曾经平坦光滑的样本表面，如今却仿佛崎岖起伏的复杂地貌，与先前大相径庭。

使用扫描电镜就像在看卫星照片。你身在高高的太空里，俯视着这片精致的地貌，俯视着地球，然后你转动小小的黑色刻度盘，放大地面的景象。放大就像坠落。就好像你从轨道落下，而地面飞快地迎向你。但你坠落的速度快到现实中不可能的程度，比自由落体速度更快，以难以置信的速度，跨越难以置信的

---

① 译注：即下文的扫描电子显微镜，英文缩写为 SEM。

距离向下坠落。地面的景物越变越大，你觉得自己就要撞上去了，但你永远不可能撞上去，因为所有事物都越来越近，也越来越清晰，可你永远不会撞上地面。这就像那个古老的谜题：一只青蛙跳到一根圆木的中央，然后跳到剩下那一半的中央，就这样继续下去，总之永远无法到达圆木的另一头。这就是电子显微镜——朝着画面无限坠落，却永远不可能触底。

我曾将放大倍率调到一万四千倍，就像在用上帝的双眼去注视，从中寻找终极的、不可分割的真理。最后我得出了结论："底"根本无处可寻。

萨提维克和我的办公室都在主办公楼的二楼，彼此只隔几道门。

萨提维克又矮又瘦，约莫四十岁。他的皮肤是深棕色的。他的脸几乎带着孩子气，但那副小胡子已经出现了花白的迹象。以他窄小五官的排列方式而言，无论说他是墨西哥人、利比亚人、希腊人还是西西里人，都有人相信。但只要他开口说话，所有这些可能性都会像变魔术那样消失不见。他会突然变成印度人，彻头彻尾、理所当然的印度人，而你根本无法想象其他可能。

我第一次遇见萨提维克的时候，他用双手握了握我的手，然后说："噢，来了张新面孔。一切还顺利吗，我的朋友？欢迎来到研究。"他总是这么用"研究"这个词，就好像它是某个场所，是可以到达的目的地。我们当时站在图书馆外的大厅里。他的笑容那么灿烂，让人没法不喜欢他。

也是萨提维克告诉我说，处理液氮的时候绝对不能戴手套。"千万要记住，"他说，"因为手套会让你烫伤的。"

我看着他工作。他在充填扫描电镜的蓄液室。冰冷的烟雾溢了出来,顺着圆筒形的外壁倾泻在瓷砖地板上。

液氮没有水那样的表面张力,洒几滴在手上,它们会无害地弹开,然后顺着你的皮肤流下,甚至不会弄湿你,就像小小的水银球一样。那些液滴会迅速蒸发,在吱吱声中汽化消失。但如果你在充填蓄液室时戴着手套,液氮就会流进手套里,贴在你的皮肤上。"这么一来,"萨提维克一边倒着液氮,一边说,"你就会受重伤。"

萨提维克是最先问起我的研究领域的人。

"我也不清楚。"我告诉他。

"你怎么可能不清楚?你人在这儿,所以肯定在研究什么才对。"

"我正在努力。"

他盯着我,消化着我的话。我发现他的眼神变了——他对我的印象正在变化,正如我第一次听他开口时的感觉。我在他心目中的形象变得不同了。

"噢,"他说,"现在我知道你是谁了。他们经常说起你。你是从斯坦福毕业的那个人。"

"那是八年前的事了。"

"那篇关于退相干的著名论文是你写的。精神崩溃的那个人也是你。"

看样子,萨提维克是个直言不讳的人。

"我不觉得那算是精神崩溃。"

他点点头,或许是接受了我的说法,又或许不是。"那么,你还在研究量子理论吗?"

"我跟它一刀两断了。"

他皱起眉头，"一刀两断？但你当时的成果很惊人。"

我摇摇头，"沉浸一段时间以后，量子力学就会影响你的世界观。"

"这话什么意思？"

"我越是研究，就越没法相信。"

"没法相信量子力学？"

"不，"我说，"没法相信这个世界。"

# 3

　　有些日子，我滴酒不沾。在那些日子，我会拿起父亲的点 357，看着镜子。我对自己说，如果今天喝上哪怕一口，我就会付出代价，付出和他一样的代价。

　　但还有些日子，我会喝酒。在那些日子，我会在反胃感中醒来。我走进洗手间，对着马桶大吐特吐，对酒的渴望让我双手颤抖。我把脸埋在陶瓷马桶里，胆汁涌上喉头，肌肉也痉挛起来。我的胃在漫长的抽搐中变得空空荡荡。我的颅骨抽痛，双腿发颤，那股渴望也逐渐化作一头贪婪的怪物。

　　等到能够起身的时候，我看着洗手间的镜子，往脸上泼了些水。我什么也没对自己说。无论说什么，我都不会信的。

　　在那些早上，我会喝伏特加。因为伏特加没什么气味。

　　我把伏特加倒进一只旧保温咖啡杯。

　　啜饮一口，颤抖便平复了。啜饮几口，我就有了行动的力气。

　　这是一种平衡法，不能太多，不然有人会闻到酒味；也不能太少，否则颤抖不会消失。就像化学反应那样，我寻找着平衡点。我会喝下足够的酒，让自己能撑下去，能站稳身子，能走进研究所的大门。

我爬上楼梯，来到我的办公室。就算萨提维克发现了，他也没说过什么。

萨提维克研究电路。他用小小的0和1，用马瑟现场可编程门阵列来培育电路。这个阵列的内部逻辑是可塑的，他通过选择压力来指引芯片的设计方式，就像是发生在盒子里的进化。他通过自动化程序辨识出效率最高的电路，将其作为后续迭代的模板。用遗传算法来控制最适合任务的代码。"理想模型是不存在的，"他说，"建模多多益善。"

我完全不明白这一切是如何运作的。

萨提维克是个天才。他在印度时是个农民，二十岁那年才来到美国。他在麻省理工拿到了电子工程学位。他选择电子工程是因为他喜欢数学。之后他去了哈佛，收获了不少专利和工作邀请。他用就事论事的语气向我描述这一切，仿佛一切都是理所当然，而且任何人都做得到。"这跟聪明无关，"他说，"只是足够努力而已。"

他似乎相信就是这么回事。

我就没那么确定了。

其他研究员也会来到这儿，看着他设置在工作台周围、仿佛某种自组织数码艺术品的门阵列。他们把"优雅"这个词用了一遍又一遍。对于那些母语是数学的人来说，这是最高的赞美。而他俯下身去，专心致志地看着自己的作品，一看就是好几个小时。这也是他的才能之一。专注的才能。就这么坐在那儿完成工作的才能。

"我只是个单纯的农民。"别人赞美他的研究时，他总喜欢这么说，"我喜欢翻土。"

萨提维克总有说不完的话。我们休息的时候，他就会操起那口蹩脚的英语。有时候，在跟他共度一个早上以后，我会被他说话的方式影响，用他那种蹩脚英语跟他对话。那种混杂语言拥有让我钦佩的效率，以及表达细节的能力。

"我昨天去看了牙医，"萨提维克告诉我，"她说我有一口好牙。我告诉她：'我活了四十二年，这是我头一回来看牙医。'她觉得难以置信。"

"你之前从没看过牙医？"我说。

"对，从来没有。"

"这怎么可能？"

"还在家乡的时候，我直到十二年级才知道有专门看牙的医生。那以后我也没去看过牙医，因为没这个必要。牙医说我的牙齿很好，没有齿洞，但我左边的后臼齿上——那是我嚼烟草的地方——有牙渍。"

"你嚼烟草。"我努力想象萨提维克像棒球选手那样大嚼烟草，但那幅画面无论如何都不肯浮现。

"我很羞愧。我的兄弟没有一个嚼烟草的。在我的家族里，我是唯一一个。那是很多年前，我还在农场的时候养成的习惯。现在我想戒掉，"萨提维克恼火地摊开双手，"但我戒不掉。两个月前，我告诉妻子说我戒掉了，但我现在又开始嚼了，而且还没告诉她。"他露出悲伤的眼神，"我是个坏人。"

萨提维克皱起眉头。"你在笑，"他说，"你为什么要笑？"

在高科技产业，汉森就像一口重力井，像一股不断扩展的自然之力，永远在收购其他研究所，购置设备，吸收竞争对手。

汉森研究所只雇佣最优秀的人才，从不考虑国籍与出身。

走进这里的咖啡室,你会看到尼日利亚人在用德语跟伊朗人对话。这是因为他们的德语都比英语——他们的另一种通用语言——要好。汉森永远求贤若渴。

波士顿研究所只是汉森旗下的研究所之一,但我们有最大的存储设施,这就意味着多余的实验设备都会送到我们这里。我们打开箱子。我们整理补给品。如果有我们的研究用得上的东西,只要在申请书上签字,它就归我们了。在大多数官僚风气浓厚的公司,烦琐的程序才是主流,而我们就像他们的对立面。

大部分日子的早上,我都会跟萨提维克一起度过。我们肩并肩站在他的工作台边,聊着天,忙碌着。我帮他布置门阵列。他工作时会说起他的女儿。到了午餐时间,我会去打篮球。打完篮球以后,我有时会为了消遣而造访得分机器在北大楼的实验室,看看他在忙些什么。他的工作跟有机物有关,内容是寻找不会让两栖类出现先天缺陷的化学替代品。他会用镉、汞和砷测试水样。

得分机器就像个萨满巫医。他研究两栖类的基因表达模式,他用畸形预言未来。我母亲肯定喜欢这种研究——既让人惊恐,又带有阴谋气息。

“如果不做点什么,”他说,“大多数两栖类都会灭绝。”他有几个装满了蝾螈和青蛙的水族箱。长着许多条腿的、长着尾巴的,又或是没长前腿的青蛙。怪物。它们跳上跳下,在水里游动,或者爬来爬去,仿佛装在长方形玻璃缸里的切尔诺贝利梦魇。

他的实验室旁边是个名叫乔伊的女子的办公室。她和我一样才来这儿不久,但我不清楚她具体是哪天来的。其他人似乎都不知道她的姓氏。有时候,乔伊会听我们聊天。她会从旁经过,用她纤巧的手抚过墙壁。她高挑、漂亮,而且是个盲人。她留着长发,颧骨很高。她的双眼清晰、蔚蓝而又完美,让我一开始甚至没能发现。

"没关系,"面对我语无伦次的致歉,她说,"这话我听到过很多次了。"她不戴墨镜,也不拿白色拐杖。"我三岁时视网膜就脱落了。"她解释说,"这算不了什么。"

"你要怎么找到自己的房间?"问这句话的人是萨提维克。直言不讳的萨提维克。

"有了耳朵和记忆,谁还需要眼睛?盲人很擅长数步数。另外,你们也不该太相信自己的眼睛。"她露出微笑,"眼见未必为实。"

到了下午,回到主办公楼以后,我会尝试工作。

我独自待在办公室里,盯着白板,盯着空无一物的白板。我拿起记号笔,闭上眼睛。眼见未必为实。

我凭借记忆写着,我的左手熟练地写出公式,写下一连串的字母和数字,就像某种失落巫术的古代符文。我能在脑海里看到它的形状。QSR的成果。我停下笔,看到自己写下的东西时,我将记号笔狠狠摔向墙壁。办公桌上那叠笔记随之倾斜,然后掉到地上。

那天晚上,杰瑞米来到了我的办公室。

他站在门口,手里端着一杯咖啡。他看着洒落一地的纸张,还有用潦草的字迹写在白板上的公式。

"数学只是种隐喻而已,"他的声音从门口飘来,"这不是你自己常说的话吗?"

"噢,年轻气盛时的我。满口这种单纯的宣言。"

"你现在不想再宣言了?"

"我已经失去那种胃口了。"

他拍拍肚皮,"你失去的东西,我得到了,对吧?"

这话让我露出微笑。他的体型并不臃肿,只是不再像过去那样瘦削了。"考虑到我们的上下级关系,"我说,"这话确实适合用在我们身上。或许我们也是隐喻。"

他举起咖啡杯,装模作样地敬了个礼,"你还是这么机智。"

"你是说疯狂吧。"

他摇摇头,"不,斯图亚特才是疯子。但你确实很引人注目。我们都知道。在你来学校之前,我可从没见过哪个学生会跟教授争论。"

"那是很久很久以前的事了。"

"你驳倒了教授。"

"有意思,我的记忆里可不是这么回事。"

"噢,好好回想一下吧,你确实赢了。"他抿了口咖啡,"只不过花了好几年而已。"

杰瑞米走进房间,落脚时努力避开那些纸张。

"你跟斯图亚特还有联系吗?"

"很久不联系了。"

"真糟糕,"他说,"你们合作完成过不少有趣的工作。"

也可以这么说吧。另外,杰瑞米用这种方法提到了他的来意:工作。"某个审查委员今天来拜访了我,"他说,"他想知道你的工作有什么进展。"

"这么快?"

"已经过去几星期了。委员会只是在关注你而已,他们对你的自我调整很感兴趣。"

"你是怎么说的?"

"我说我会去拜访你,所以我来了,来拜访你了。"他指了指白板上的那条公式,"看到你有研究的方向,我就安心了。"

"这不算研究。"我说。

"这种事都是要花时间的。"

坦白的冲动涌上心头。撒谎毫无意义。无论是对我自己,还是对他。那句话就这么脱口而出。"我在这儿纯粹是浪费时间。"我说,"你的时间,还有这个研究所的时间。"

"没关系的,埃里克。"他说,"你会拿出成果的。"

"我不觉得。"

"在我们雇佣的研究员里,有些人的专利数还不到你的三分之一。你属于这儿。最初的几周通常是最难熬的。"

"跟以前不同了。我跟以前不同了。"

"你对自己太苛刻了。"

"不,我毫无建树。"我指了指白板,"三个星期了,只有这么一条未完成的公式。"

他的表情变了。"只有这个?"他看着排列成行的那十几个符号,"你有进展吗?"

"我不知道该怎么完成公式,"我说,"我找不到解答。这是条死路。"

"没别的了? 你没有别的研究主题了?"

我摇摇头,"没有了。"

他转身看着我。他又露出那种悲伤的表情。

"我不该来这里,"我告诉他,"我在浪费你们的金钱。"

"埃里克——"

"不。"我又摇摇头。

他沉默良久,盯着那条公式,就像在数着茶叶的数量。再次开口时，他的语气十分柔和，"研发是税务冲销项目。你至少应该待到合同期满。"

我低头看着自己弄出的烂摊子——看着散落一地的那些纸。

他继续道："在你面临审查之前，还能拿到三个月的工资。我们会让你试用到那时候。之后，我们可以给你写一封推荐信。还有别的研究所。或许别处会接收你。"

"是啊，也许吧。"我说。虽然我们都知道这不可能。这就是"最后机会"的本质。不会再有下一次了。

他转身离开，"抱歉，埃里克。"

# 4

那天晚上，在汽车旅馆的房间里，我盯着电话，抿着伏特加。透明的玻璃瓶。灼口的酒液。

瓶盖在廉价地毯上越滚越远。

我想象着自己打电话给玛丽，想象着自己拨号的样子。我的姐姐，她和我如此相似，又如此不同。她更优秀，更正常。我想象着她的嗓音在电话那头响起。

喂？喂？

脑中的麻木感，陌生的重力，本可以说出的那些话堆积在心头：不用担心，一切都好。但我什么都没说，就这么让电话从我手中滑落。几个钟头以后，我发现自己坐在玻璃窗外，酒醒了，穿着湿透的衣服，看着雨幕。雨一刻不停地下着，蒙蒙细雨打湿了我的衣服。

雷声在东方响起，越来越近。我站在夜色里，等待自身状况好转起来。

我看到旅馆停车场里有个人影。那个不该出现的身影站在雨中，灰色的雨衣闪闪发亮，朝旅馆的方向昂起头。那个人影看着我，面孔仿佛一座黑色的池塘。随后车灯的亮光突然出现。

等我再次定睛看去，那件雨衣已经消失了，又或者从来没出现过。

最后一口伏特加灌入我的喉咙。

这时我想起了母亲，想起最后一次看到她的情景。与此同时，我的意识开始缓慢溶解。我失去了和身体的联系，脱离了钠光灯照耀下的那具棱角分明的身体——那双眼眸的灰色就像雷雨云，就像制造火炮的炮铜。

"它不适合你。"许多年前的那个秋天，我母亲说。

我的手臂甩出，伏特加酒瓶旋转着飞入黑暗。闪烁，粉碎，玻璃、沥青和雨滴。一切起于虚无，最后又归于虚无。


那是我有时会做的梦。我们上次说话的那年，我十五岁。

她有很多名字，大部分都是编造的。

我母亲在桌子那边看着我。她没有笑，但我看得出她很开心。我知道她心情不错，因为我来看她了。

那是在一切都无可救药地恶化之前，她最后一次回到家里。她喝着茶。一如既往的冷茶，加了两块冰。我喝着热可可，双手捧着温暖的马克杯。

"我在哀悼。"她说。

"为什么哀悼？"

"为人类。"

我注意到了话题的变化，思绪也随之换挡：这又是她常说的那种话。就像她的思绪不断陷入的车辙——无论如何前进，终究都会偏离道路，返回荒野。

"我们种族的Y染色体正在退化，"她说，"几十万年之内，它就会彻底消失。"她的目光在房间里梭巡，在每件东西上停留片刻，然后便转向下一件。

我配合地回答："那自然选择呢？它不是能剔除不良个体吗？"

"那还不够，"她说，"结果是无可避免的。"

也许是吧，我心想。也许一切都是无可避免的：这个房间，这一天。我母亲坐在我对面，眼神焦躁不安，衬衫扣错了纽扣。

阳光透过窗户照进这间休息室。在屋外，风吹起了玫瑰园里的落叶，堆积在波特砌起的那道用来阻挡邻居家柯基犬的石墙边。

波特是她的男友，虽然她从来没承认过。他叫她"我的吉莉安"，就像上辈子欠她那样爱着她。但我觉得，他跟我父亲有太多的相似之处了。这既是他能够陪伴她的理由，也是他没法和她更进一步的原因。

"你姐姐要嫁人了。"她说。

我们早先的对话突然有了意义。我当然知道姐姐的订婚对象，我只是不知道母亲也知道。她活跃的目光定格在我身上，等待着我的回答。

我母亲的驾照把她那双眸子称作"淡褐色"。但淡褐色是种笼统的说法。凡是蓝色、绿色或者棕色以外的眸色，都可以称作"淡褐色"。就连黑色的眸子都可以说是"褐色"，但你却不能说别人的眼睛是黑色的。我曾经这么做过，有时人们会觉得自己受了冒犯，虽然这是绝大多数智人的眸色。对我们遍布全世界的同胞来说，这是正常的眸色。墨黑色，就像黑曜石的碎片。但我母亲的眸色很不寻常，不是蓝色或者绿色，更不是车辆管理局写在驾照上的淡褐色。我母亲的双眸带着名副其实的疯狂之色。我清楚这一点，因为我这辈子只见过一次那种眸色，在她的眸子里。

"地球的磁场在不断波动。"她告诉我,"此时此刻,磁场的热点在南美洲。那些漂亮的极光只是进入可见光谱的带电粒子。我坐你父亲的船去海角北面的时候见过一次极光。"

我笑着点头,这种对话向来如此。她太过沉浸于这些不为人知的事,从来不会长时间停留在凡俗的话题上。她脑子的内部路线始终伸向那些隐匿的真相与深邃的秘密。"磁场正在弱化,但我们在这儿很安全。"她又呷了口茶。她很高兴。

这是她特有的技巧。她能只用眼神就表现出喜悦、悲伤或者愤怒。她把那项天赋传给了我,这种交流方式,就像一种只有我们才知道、不需要言辞的秘密语言。

就在那一年,有位老师说我应该试着多笑笑。我心想,我难道没笑过吗?一次也没有过吗?

即便在那时,我也像极了母亲。

在化学、天文学和遗传学专业都半途而废以后,她最终拿到了免疫学的学位。她拥有热忱,但同时也不切实际。她毕业那年,我九岁。回想起来,征兆早就存在。奇怪的信念,以及后来变得如此明显的那些事。

她的爱既激烈又不现实。也正是这种激烈与不现实,让她的孩子们对她无比信任。因为虽然她的心智显然全无复原的希望,但她身上仍然有着伟大之处。那份伟大隐藏在深处,仿佛潮汐力。

她会推迟自己入睡的时间,给我们讲述睡前故事。在她的故事里,现实和幻想的分界线总在变动。她会给我们讲述科学故事,以及在不同的世界也许能算是科学的故事。

我姐姐和我都太爱她了,爱得不知该拿这份爱怎么办。

父亲没能回来的那天，她最先醒来。她瘫倒在我的卧室里，费力地吐出那些字眼。我对那天晚上的记忆少得可怜，就好像那是别人的故事。但我记得她深吸一口气，打开电灯开关，也惊醒了我——然后无数的岁月化作字句倾泻而出，巨细靡遗。许多次人生化作言语的瀑布。缓慢却无法停止的尖叫。从未真正止息的尖叫。

我记得那个房间，记得墙壁的颜色。近乎照片般的细节，再加上古怪的记忆断层——我本该记得，却不知为何无法看到的事物。我能清楚地看到墙上的旧裂纹。我能感觉到楼梯光滑的木制扶手，还有擦过肩头的相框的触感。我能看到门厅的枝形吊灯上那层薄薄的灰，但我姐姐却不见人影。那些记忆中没有她的存在，虽然当时她肯定在场；又或许她就在那里，站在后方的阴影里。

然后碎石开始刮擦我的光脚，而立足不稳的母亲倒在屋外的人行道上。我站在车道上，身旁是无声打转的红色灯光。我看到了警察，但他们都没有脸，只有手电筒、徽章和仿佛从水下传来的字眼。

你父亲……

她没能说完。没能说出那几个字。

从那以后，一切都不复以往了。对我们中的任何人都是，但尤其是对我母亲。

现在她又呷了口茶，我看到她眼里的快乐换成了担忧。那双名不副实的，不怎么像淡褐色的双眸。

"埃里克，你还好吧？"

我只是点点头，喝了口热可可。

"你确定吗？"她问。

她父亲有四分之一的切诺基人血统，长相也颇为相似。这是她和我的共同点：我们都像自己的父亲。

"一切都好。"我说。

她个子很高，四肢修长，曾经棕色的头发如今掺杂着白色。她永远都是这么美丽。

如果说我们有什么相似之处，那就是眼睛了。但不是指颜色——因为我的眸色是蓝灰——而是指形状。我们的表情隐匿真心。我们的双眼保守秘密。

她从不喝酒。一次都没喝过。跟我父亲不同。

她会告诉你理由。

在她的家族中，酒鬼的历史相当悠久。用她的话来说，就是"坏酒鬼"。那种会跟人打架，然后进班房的酒鬼。包括她的祖父、父亲和兄弟，她的一部分表亲或是堂亲。所以她明白。就像亨廷顿氏病①或者血友病，受污染的血脉会代代流传下去。我不禁怀疑这也是原因之一：对酒精的莫名熟悉感让那两人——她和我父亲——走到了一起。

有时候，就只是因为"笑起来的样子"这种单纯的理由。或者是家族传承的发色。又或者是你拿着威士忌酒杯的方式：展开的手指不经意地抓住杯口杯缘，让手掌悬停在冰凉的棕色液体上方。是当你与别人初次相见，却觉得彼此……莫名熟悉的那种感觉。觉得彼此从出生就已相识。也许他吸引她的正是那一点。又或许她只是觉得自己能纠正他的缺点。

因此母亲从不喝酒，一次也没有。她觉得这样就足以拯救自己了。

---

① 译注：又称亨廷顿舞蹈症，一种遗传疾病，患者会不由自主地做出舞蹈似的抽搐动作。

在我长大成人的期间，她曾多次告诫我不要喝酒。家族中父母两系都有酒鬼，她是这么说的，又告诉我碰都不该去碰，连一小口都不该喝。

"它不适合你。"她说。

不用说，我最后还是喝了。

不适合你。

再没有比这句话错得更厉害的了。

# 5

　　这是实验室里的对话。

　　萨提维克说:"昨天在车里,我跟五岁大的女儿说话,她说:'爹地,请别说话。'我问她为什么,她说:'因为我在祈祷呢。我需要你安静一点。'于是我问她在祈祷什么,她说:'我朋友借走了我的闪亮亮润唇膏,我在祈祷她能记得还给我。'"

　　萨提维克努力忍着笑。我们此时在他的办公室里,在他的办公桌上吃着午餐——这是房间里唯一没有堆着文件夹、书本和电子元件的平面了。阳光透过窗户照射进来。

　　他继续道:"我对她说,噢,也许她跟我一样,总是忘事。但我女儿说:'才不是呢,她都借了一星期了。'"

　　润唇膏和孩子祈祷的话题让萨提维克忍俊不禁。他又舀了一口加了红椒的米饭放进嘴里。这种做法简单、口感却像在吞吃烈焰的食物就是他的午餐。

　　"我厌倦每次都在你乱糟糟的办公室吃饭了,"我说,"我们应该来点变化。"

　　"什么样的变化?"

　　"像正常的成年人那样,去餐馆吃。"

"餐馆？你这是在侮辱我。我只是个想帮女儿存大学学费的老实人。"萨提维克佯装生气地摊开双手，"你觉得我是含着金汤匙出生的吗？"

然后他给我讲起了他的两位侄子的悲剧。他们都住在纽约，吃美国食物长大。"他们的身高超过六英尺，"他说着，摇摇头，"个子太高了。我姐姐得不停地给他们买新鞋。在我老家那儿，没人长得那么高。一个都没有。但在这儿，明明是同一个家族，他们却身高六英尺。"

"所以都该怪美国食物？"

"吃牛的人长得就像牛。"他吃下最后一口饭，缩了缩身子，透过牙缝吸着气。他盖上塑料碗盖。

"辣椒太辣了吗？"我问。这种可能性激起了我的好奇心。毕竟我亲眼看着他吃下过足以融化补牙材料的食物。

"不，"他说，"我用嚼烟草的那一边咀嚼的时候，牙齿就会刺痛。"

等我们收拾好午餐留下的烂摊子以后，我告诉他，试用期过后，这里不会留用我。

"你怎么知道？"

"我就是知道。"

他露出严肃的表情，"你确定自己会被炒鱿鱼？"

直言不讳的萨提维克。"炒鱿鱼"。我没用这个词，但它的确非常贴切，而且一针见血。很快，我就会失业。彻底失业。我的事业完蛋了。我试图想象那一刻，我的胃随即缩成一团。羞愧，还有恐惧。天崩地裂的一刻。

"是啊，"我说，"炒鱿鱼。"

"噢，如果你能确定的话，就用不着担心了。"他将身体越过桌面,拍了拍我的肩膀,"有时无论你做什么,船都会沉的,朋友。"

我思索了片刻,"你是想说有得必有失吗?"

萨提维克想了想。"是啊,"他说,"只不过我没提到'得'那部分。"

在研究所的第五周,我找到了从多森特公司运来的那个箱子。

起因是货运管理部门自动发送的电子邮件,他们说那里有几箱我可能感兴趣的货物。有几个贴着"物理学"标签的板条箱正放在装卸区。

我在比较远的那个装卸区找到了那些箱子,它们挤成一团,仿佛是在取暖。四个大小不一的木箱。我拿出撬棒,接连打开。其中三个箱子里只有砝码、天平和玻璃器皿,但第四个箱子不同,它更大也更重。

里面会有什么呢?我自言自语着。我吹去箱子上的灰尘,撬开盖子。撬棍从我手中滑落,"叮当"一声摔在地板上。我盯着第四个箱子里的东西,看了很久。

我花了一分钟时间来说服自己:它恐怕就是我以为的那个东西。

我迅速合上箱盖,钉好钉子,然后来到货运管理部的电脑前。在书面记录上,这件货物最早来自纽约的一家名叫"英格拉尔"的公司。然后多森特收购了英格拉尔,现在汉森又收购了多森特。这只箱子始终辗转于那些公司的储藏室,无人问津。它在英格拉尔之前的所有者就无从得知了。这只箱子恐怕在十年前就封上了。或许还会更久。它原本的出处早已失落在过往的岁月中。

我按下货物编号旁边的"物件接收"按钮,然后在下方的空白处输入了名字。我的手指在键盘上方犹豫了片刻,然后按下了回车。

这么一来,那个箱子就是我的了。

我找来一辆手推车,费了番力气将板条箱推到屋外,穿过停车场前往主办公楼,然后坐货梯来到二楼。那只箱子占据了我的大半个办公室。那天晚些时候,我去了附属大楼里寻找实验场所。察看了北大楼一楼的几个备选以后,我敲定了二楼靠后的一个房间,271室。那个房间中等大小,没有窗户,墙上也毫无装饰。唯一的特别之处,就只有在某次严重的实验失误中受到损坏,显得比别处颜色更深的那块地砖。我在文件上签了字,拿到了崭新的钥匙卡。

而在同一天,我正在白板上写字的时候,萨提维克走进了我的办公室。他问:"这是什么?"

"这,"我说着,指了指白板,"就是我的研究项目。"

只是轻轻一擦,从前那条未完成的公式就消失无踪。我尽可能做了简化,但新的图表仍旧占据了白板的绝大部分。

萨提维克眯起眼睛,审视着我潦草的字体,"你现在有研究项目了?"

"对。"

他笑逐颜开。"祝贺你!"他抓住我的手,握了握,"这可真是件大好事!"

"道贺就先省省吧,"我告诉他,"别太心急。"

"这是什么?"他又看向白板。

"你听说过费曼双缝实验吗?"我问他。

"物理学？那不是我的领域,但我听过杨氏双缝试验。"

"那是一回事,只不过费曼把光换成了电子束。"我拍了拍那只仍然放在手推车上的箱子,"然后再添上一台探测器。探测器就在这只箱子里,外加一把热离子枪。"

萨提维克看看那只箱子,"枪?"

"热离子枪。能发射电子的枪。有人用这些东西再现过双缝实验。"

"你打算用这把枪?"

我点点头。"费曼声称量子力学中的所有情况都可以用一句话解释:'还记得双缝实验吗？跟那个是一回事。'"我拍拍箱子,"他说的就是这东西。"

"你为什么要做这个项目?"

"我想亲眼确认费曼见到的景象。"

# 6

东海岸的秋天来得很快。屋外会悄然变成另一番景色:树木呈现出光谱的每一种色彩,而风也仿佛长着尖牙。在搬家和去特殊学校念书前的某个秋天,我曾在祖父母屋后的那片林子里露营过一夜。我躺在高大的野草之间,看着在我视野中飞过的树叶。

在爬树的时候,有时你会突然明白,自己不该再爬得更高了。你会选择自己攀爬的枝条,就像选择人生的道路。

当我走进停车场的时候,正是那股气息——秋日的气息——让这些记忆席卷而回,占据了我的头脑。乔伊站在车道旁,等待着计程车。

狂风呼啸,让树木翩翩起舞。她转过衣领以抵御寒风,全然不知周围的秋日美景。住在新英格兰①,却看不到红叶。有那么一瞬间,我真为她感到惋惜。

我坐进自己租来的车。大门口没有计程车经过,蜿蜒的车道上也没有计程车的影子。我倒车出来,转入车道。我正准备就这么开走,但在最后一刻,我转动方向盘,停在回车道上。

---

① 译注:指美国东北部毗邻加拿大的六个州。

我摇下车窗,"接你的车来不了了吗?"

"我也不知道,"她说,"也许吧。"

"需要我送你回家吗?"

"我不想麻烦你。"她顿了顿,又说,"你不介意?"

"一点也不。"

我拉动把手,车门开了。她上了车。"谢谢你。"她说,"抱歉,路可能有点远。"

"没关系。反正我也没什么事要忙。"

"出门左转。"她说。

说实话,能派上用场的感觉很好。这让我久违地觉得自己像个普通人。我的大部分人生都像脱缰的野马,但至少我能做到这件事:送需要搭车的人回家。她用车站为我指示方向。她从来不说街名,但她会计算经过的路口数量,指示我走上高速公路,就像盲人在为另一个盲人指路。景物从两旁不断掠过。

波士顿,一座没有忘却自我的城市,一座超脱于岁月的城市。它既有摇摇欲坠的砖房,也有时髦的混凝土房,还有红衣军①入侵前就已存在的路名。在这些混乱的街道上蜿蜒前行,你会觉得随时都有迷路的危险。而在城区之外,到处都是石头,以及树木:柔软的松树,以及色彩斑斓的落叶树。我在脑海中看到了一张地图:探入大西洋的科德角。海角的位置恰好为波士顿挡住了风浪,仿佛是刻意设计成这样的。如果说并非人类所为,那就是上帝的手笔了。上帝希望波士顿所在的位置能建起一座城市。

我很清楚,这里的房价高得毫无理由。这片土地简直是在藐视农耕。稍微刨一下土,就会有石头飞出来砸中你。人们在

---

① 译注:又译为"红衫军",18世纪英国军队的外号。

屋子周围建起石墙,只是为了有地方处理那些石头。

我在她公寓楼下的小停车场停下了车。我送她到了家门口,就像在约会那样。我站在她身边,发现她只比我矮几英寸,个子又高又瘦。我们站在她的家门口,她茫然的蓝色双眼先是聚焦于远处的某个点,最后看向我。有那么一瞬间,我敢发誓她看到我了。

然后她的目光越过我的肩头,再次聚焦在只有她能看到的某处远景上。

"我现在租房子住。"她说,"等我的试用期结束以后,也许我会就近买一套公寓房。"

"没想到你也还在试用期。"

"实际上,我比你入职还要晚一星期。"

"噢,这么说我的资格比较老。谢谢你告诉我。"

她笑了,"我希望试用期结束后会被留用。"

"我相信你会的。"

"也许吧,"她说,"至少我的研究成本不高。我在来之前买了套声学软件,所以现在他们雇用我,为的只是我和我的耳朵而已。我就是个小额投资项目。我能请你进去喝杯咖啡吗?"

"我该走了,下次吧。"

"我懂了,"她伸出手,"那就下次吧。谢谢你送我。"

我正打算转身离开,她的话让我的动作停下了。"要知道,我听他们说起过你。"

我转过身,"谁?"

"管理部门的人。作为盲人总会遇到些怪事。有时候,别人会觉得你连耳朵都是聋的。或许成为盲人的同时也会变成隐形人吧。你也觉得我是隐形人吗?"

她的问题让我猝不及防。她的措辞似乎别有所指。她的笑容带着狡黠。"不觉得。"我说。她知不知道自己很漂亮？她肯定知道。

"大多数人都很健谈，"她说，"但我从小就不喜欢说话。杰瑞米说你很有才华。"

"他这么说过？"

"在你离开以前，我有个问题要问你。"

"好。"

她抬起一只手，抚上我的脸颊，"为什么有才华的人总是过得乱糟糟的？"

我的皮肤能感觉到她手的冰凉。我已经有很久没被人碰触过了。

"你一定要当心。"她说，"有些早上，我能闻到你身上的酒精味。如果我能闻到，那么别人也能。"

"我没事的。"我说。

"不，"她摇摇头，"不知为什么，我不觉得你没事。"

# 7

　　萨提维克站在白板前,看着我画出的示意图。

　　他沉默地看着我潦草的笔迹。在此期间,他将手伸到耳边,扯着耳垂。我不想催促他。我对他毫不掩饰的观点很感兴趣。

　　"好吧,这是什么?"最后,他问。时间已经很晚了,很多研究员都下班回家了。

　　"光的波粒二象性。"我说。

　　我花了大半天的时间去画这张示意图,以及确认头脑中的清单。一部分原因是想克服惰性,让自己真正着手去做。另一部分理由,或许就是设法让自己重新相信这一切。你能对某件事半信半疑吗?不,这么说不太对。这可是量子力学。更好的问法是:你能对某件事既信又不信吗?

　　萨提维克走得离白板近了些。

　　他压低声音,缓缓地说:"波粒二象性。"然后他转头看着我,手指着图表,问,"这些线又是什么?"

　　"这是光波,"我说,"发射出的光子流会穿过这两条相邻的狭缝,形成的两道光波会在磷光屏幕上投射出影像。光波的频率会以设定好的规律互相干涉,让磷光屏幕上出现特征明显的图案。"我指了指那幅示意图,"你明白了吗?"

"我想是的。光子表现出了波的特性。"

"但还有一种方法,能让实验产生截然不同的结果。截然不同的图案。如果你在两条狭缝边各放一台探测器,"我在那张示意图的下方画起了另一张图,"一切就都变了。探测器就位以后,某种转变就会由可能性变成事实——当你看到图案的时候,你会发现在光子枪和磷光屏幕间的某处,光不再呈现出波的特性,而是仿佛一连串的粒子。"

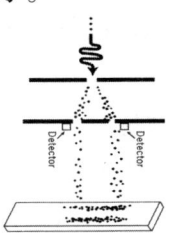

我继续道:"所以你在磷光屏幕上看到的不再是干涉条纹,而是两团完全分开的磷光——粒子径直穿过了狭缝,与荧光屏接触,没有对彼此产生任何影响。"

"用的也是同一把枪?"

"对,同一把光子枪。同样的两条狭缝。但结果截然不同。"

"我现在想起来了。"萨提维克说,"我记得在研究生院的时候学过这个。"

"我在研究生院教过这个实验,包括那些盖然论方面的暗示,然后我会观察学生们的脸。我是说明白其中意义的那些人。我能从他们的表情中看出痛苦——觉得难以置信，又不得不去相信时的痛苦。"

"但这个实验早就出名了。你现在打算重现它？"

"对。"

"为什么？这个实验已经重现过很多次了，没有哪家学术刊物还愿意发表这个。"

"我知道。我读过研究这种现象的论文；我在课堂上讲解过相关的细节；我从数学角度能够理解。见鬼，我早期在QSR领域的研究也大都是以这个实验推导出的假说为基础的。量子力学的一切都以它为基础，但我从未目睹过实验过程。这就是我的理由。"

"有人做过这个实验了，"萨提维克耸耸肩，"你没必要非得亲眼看见。科学就是这样的。"

"我觉得有这个必要，"我说，"只要看一次就好。"

接下来的几周一晃而过。萨提维克和我相互协助各自的项目。我们早上在他的实验室工作。到了晚上，我们就在北大楼的271号房布置实验用的设备。首先要解决的是磷光屏幕，然后是热离子枪的对准问题。在某种程度上，我们——我和萨提维克——简直就像一对儿搭档。这种感觉很好。独自工作了那么久以后，能跟人说话真是太好了。

我们谈天说地来打发时间。萨提维克说起了他的烦恼，都是过着小日子的好人家有时会有的那种烦恼。他谈起帮他女儿做功课的事，又为她的大学学费发愁。他谈起留在故乡的那些家人——他把"留在故乡"这几个字说得很快，听起来就像"留乡"。他谈起田地、虫子、雨季和遭到毁坏的庄稼。"甘蔗今年恐怕会歉收。"他告诉我，就好像我们不是研究员，而是农民。我可以轻易想象出他站在农田边上的样子，就好像他只是意外踏入了这个地方，这段人生。他谈起他上了年纪的母亲，谈起他的兄弟姐妹和晚辈。而我开始明白他沉重的责任感从何而来。

"你从来不谈你自己。"有一次，他这么评论道。

"我没什么可说的。"

他不以为然地摆摆手。"每个人都有能说的事，"他说，"但你却什么都不说。你是独自一人吗？"

"什么意思？"

"没有家人？独居？"

"对。"

"也就说，你只有这儿，"他指了指周围，"只有工作。人们常常忘记，他们总有一天会死。人生里有的可不只是事业和钞票而已。"他拿着焊接工具，朝门阵列弯下腰去，换了个话题，"我说得太多了，你肯定都听烦了。"

"没这回事。"

"我的工作你帮了很大的忙。我的朋友，我该怎么回报你呢？"

"给钱就可以，"我告诉他，"数目越大越好。"

"看吧，你又提到钞票了。"他轻轻地"啧"了一声，然后凑近去看他的作品。我很想向他讲述我的人生。

我想向他讲述我在 QSR 领域的工作，告诉他有些事你会宁愿自己从未知晓。我想告诉他，记忆有着重量，而疯狂有着色彩，告诉他每把枪都有名字，同一个名字。我想告诉他，我理解他对烟草的瘾；说我结过一次婚，却以失败收场；说我过去经常对着父亲的坟墓低声自语；说我的生活早就是一团乱麻了。

但我没跟他说起任何一件事。我选择了谈论实验。我能说的只有这个。

"半个世纪前,它还只是个思想实验,"我告诉他,"其目的是证明量子力学的不完备性。物理学家们觉得量子力学不够完善,因为分析结果总是与现实相去甚远。还有那个令人费解的矛盾:光电效应证明光是粒子,是不连续的量子阵列;而杨的实验却证明它有波的特性。这两者不可能都是事实。当然了,等科技追上理论的脚步以后,我们发现这个实验的结果是符合数学原理的。数学说你可以知道电子的位置或是动量,但不可能同时得知两者。"

"我懂了。"

"你听说过隧道效应吗?"我问他。

"在电子系统里,有个叫作'隧道穿漏'的概念。"

"原理是一样的。"

"这两者有关系吗?"

"事实证明,数学根本不是什么隐喻。数学是非常严肃的。它不会乱开玩笑。"

萨提维克皱起眉头,继续焊起了零件。"努力认清世界是人之常情。"几分钟过后,他一边小心翼翼地调整着门阵列,一边讲起了他的故事。

"曾经有位古鲁①,"他告诉我,"带着四位王子去森林里猎鸟。"

"鸟。"我努力跟上转变的话题。

"没错,然后他们在树上看到了一只鸟,一只羽毛鲜艳的漂亮鸟儿。第一位王子说:'我来打这只鸟。'他拉开弓,朝树上射

---

① 译注:印度教中的宗教老师或领袖。

去,但他失了手,那支箭偏离了目标。然后第二个王子也射出了箭,但同样没能射中。第三个王子也一样。最后,第四个王子拉开了弓。这一次,箭命中了目标,将那只漂亮的鸟儿射了下来。那位古鲁看着前三位王子,问道:'你们瞄准的是什么?'"

"'鸟儿。'"

"'鸟儿。'"

"'鸟儿。'"

"古鲁看着第四位王子,说:'你呢?'"

"'鸟儿的眼睛。'"

# 8

设备安排完毕以后，对准就成了最后的障碍。电子枪必须完全对准，让电子有同样的可能性穿过两条狭缝。这套设备占据了大半个房间，包括电子枪、磷光屏幕和电线。就像疯狂科学家的实验室。

那些天的早上，在汽车旅馆的房间里，我对着镜子开口，向炮铜色的双眸立下承诺。而且，我奇迹般地没有喝酒。

我的箱子里有药，能够缓解颤抖的处方药，还剩下一半。我向来不喜欢这种药带来的晕眩感。但现在，我把两粒药丢进嘴里。

一天变成了两天。两天成了三天。三天成了五天。我整整一周都没碰过酒。折磨人的饥渴感并未消失，仍旧呼之欲出。每天早上，抓住冰凉的陶瓷洗手池的时候，我的双手仍旧会颤抖。但我没有喝酒。

我有项目，我告诉自己。我有项目。

这就够了。

在实验室里，工作继续进行。最后一件器械就位以后，我退后几步，审视着整套设备，心脏在胸中剧烈跳动，仿佛某种伟大的普世真理近在眼前。我将会见证仅有少数人目睹过的景象。

1977年,第一颗卫星在向外太空发射之前,装上了一张特制的镀金唱片。这张唱片中存有各种图表和数学公式,其中包括胎儿的形象,标准圆形,以及牛顿的《世界之体系》中的一页。唱片里之所以包含数学公式,是因为我们相信数学是宇宙通用的语言。我始终觉得那张金唱片里应该加上这个实验的示意图——费曼双缝实验。

因为这个实验比数学更加基本。它是数学之下的基础。它叙述的是现实本身。

理查德·费曼这么评价过双缝实验:"它是量子力学的核心。事实上,它充满了未解之谜。"

271室有两把椅子,一块白板,两张长方形的实验台。设备散落各处,堆满了实验台。用来分隔设备区域的钢板上已经刻好了两条狭缝。在房间的另一头,磷光屏幕放进第二排狭缝后方的矩形凹槽里。只要与电子接触到,对应的屏幕部位就会亮起。

五点过后不久,杰瑞米在下班前来了实验室。

"这么说是真的。"他笑着走进房间,"他们说你申请了实验室。"

"对。"

"这些都是什么?"他说着,扫视周围。

"只是从多森特公司运来的旧设备,"我说,"费曼双缝实验用的。没人在用这套设备,所以我想拿来用用看。"

他的笑容消失了,"你打算做什么呢?"

"重现那场实验。"

他掂量着接下来要说的话,而我能看出他脸上的失望。"看到你有事可做是挺好的,但这实验会不会有点过时了?"

"好的科学永不过时。"

"我理解这种想法,真的,但我必须跟你实话实说。我不认为这种实验能让评审委员会改变看法。"

"我不是为了让他们改变看法。"

"那又是为什么?"

我该如何解释那种需要?连我自己都不太明白,当我打开板条箱,看到内容物的那一刻的感受:整个物理学始终活在那场实验的阴影里。我觉得自己命中注定会看到它。看到量子世界和相对论之间用物理学无法逾越的那条鸿沟。

见我没有答话,他走向一张凳子,坐了下来。"拜托,"他说着,指了指一张椅子,"我一直想跟你谈谈。"他神情严肃。

我坐下了。

"埃里克,我平常是不会做这种事的,但我希望你明白,我代表你去打听了一下。"

这么说他来这儿并不是一时兴起。"你没必要做这种事的。"我说。

"然后我发现,这儿已经有项目能用上你这样优秀的研究员了。"

"这话怎么说?"

"你也知道,我们的雇员大都会自己开辟道路。但有时候,某个项目的成长会超越预期,研究员们也会寻找优秀的团队成员。南大楼有个小团队需要人手。"

"谁的团队?"

"李博士。他的手下已经有两个研究员了。"

"也就是说,我会是三把手?"

"噢,严格来说是四把手,他也算在内。他说他可以给你安排合适的工作。他的项目非常欢迎新帮手。这是他的原话。"

"他并不认识我。为什么他会说这种话?"

"因为我撒了谎,说你是个容易相处的人。"

"你是说,你求他帮忙了。你有没有说我很有魅力什么的?"

"我的脸皮还没厚到那种程度。"

我花了点时间想象他接下来会说的话。

"你没必要这么做的。"我说。

"我们都时不时需要人帮忙。只有互相帮助,世界才能照常运转。"

我看得出来,他相信自己的话。至少想要相信。"我已经欠你人情了。"我说。

"状况还是很棘手,但如果你能跟李博士共事,也许就……"他的声音小了下去。我意识到,他甚至没法让自己说出口。

"评审委员会就能原谅我的一事无成?"我问他。

"有这种可能。就像我说的,只是也许而已。我没法向你承诺什么。"

"像这样偏袒我,你会担什么风险? 你也有上司,这不是你自己告诉我的吗?"

"这就留给我自己去操心吧。"

"我不希望你为了帮我而担上丢饭碗的风险。"

"这种风险很小。"

我审视着他的脸,寻找着谎言的迹象。我不相信他对风险的评估。他以前也干过损己利人的事,为此付出了沉重的代价。

"你连李博士的项目都还没告诉我呢。"我说。

"这重要吗?"

我瞪了他一眼。

"巨噬细胞。"他说。

"你在开玩笑吧。"

"你觉得巨噬细胞研究的水准太低了？"

"算不上，"我说，"我对它根本一无所知。"

"你需要知道些什么？另外，你的学习能力很强。他需要的是助手，不是博士。"

"那不是我的领域。项目的每个成员很快就会发现，那不是我擅长的领域。"

他吼道："那你究竟擅长什么？"他没料到我会反对，他怒不可遏，像个刚掷出救生圈，却发现溺水者正朝着反方向扑腾的人，"你抛弃了在QSR领域的所有成果。"

"我有我的理由。"

"什么理由？你还没跟我说过。"

因为仅仅一条未完成的公式就能让你崩溃。我摇摇头，"理由现在已经不重要了。"

"理由很重要，除非这世上真有给前量子力学理论家准备的二级市场。如果你不想继续从前的研究，那么哪里才是你的容身之地呢？"

"或许哪里也不是。"

"那就接受这个职位。"

我也很想。

我很想接受。那句话已经到了我的喉咙口。我能想象自己组织语句，说出他想听的回答。我能想象自己去学习研究巨噬细胞需要了解的一切。就像我姐姐说的，这代表全新的开始。去当实验助手算是走偏了路，但这毕竟是活儿，是工作，是创造价值的行为。我能做到。我想去做。

但我说的却是："我有项目了。"

"你说这个?"杰瑞米指了指这套疯狂的设备,"这可没法让你通过评审。"

我想起了杰瑞米的上司。他们恐怕不会喜欢他偏袒熟人。比这更小的事都曾毁掉一个人的事业。我的胃仿佛打了结。"通不过就通不过吧。"

他抬起双手。他怒气冲冲地看了我很久,而我明白他看着的不是我,而是他自己。又或许是他的父亲——传给他那张巨型办公桌的怪人。那个固执己见、从不退让的人。

等到最后开口的时候,他的语气慎重了不少,"埃里克,我们是老相识了。在我的朋友里,你跟我的交情最久。我不希望你的事业以这种方式结束。你有什么离职后的计划吗?"

我该怎么回答?我该怎么告诉他,我没有任何计划,因为我的计划会在数月后戛然而止?我想起了那把枪,而它的名字——"万灵药"——也浮现于脑海。在某个醉酒的夜晚,我在为扳机的光滑与凉爽惊叹之余替它取了名。或许一切会以这种方式结束。从印第安纳波利斯那件事算起的糟糕日子会以这种方式画上句点。

"你想留下来工作吗?"他问。

"想。"

"那就这么做吧。接受我的提议吧。"

我看着我的老朋友。大二那年,他曾在冰雹里靠边停车,去帮助某位抛锚的司机。他做过不少类似的事。当时是在圣诞假期后返校的路上。帮那位老太太换轮胎的时候,有辆车轮打滑的皮卡撞上了他。他在医院里躺了大半个月——全身多处骨折，外加一侧脾脏破裂。他还因此错过了一整个学期的课，导致他比其他人都晚毕业。大多数人只会看几眼那辆抛锚的汽车，然后继续赶路，他却停了车去帮忙。他就是这个样子，总想着怎么帮助别人。现在，过去那个他又出现了。而我担心自己会是那辆车轮打滑的皮卡。

"如果是这样的提议，"我说，"我不能接受。"

他摇摇头。"我得把话说明白，"他说，"如果这就是你的项目，那我就救不了你了。"

"你的工作不是救我，"我说，"现在这样就足够了。双缝实验，我需要亲眼见证。我没法解释得更清楚了。"这是实话，不是吗？我该怎么告诉他，我已经有好些天滴酒不沾了？我该怎么让他明白这堪称奇迹？"我想我命中注定要去见证。"

"命中注定？这会儿你就是在说疯话了。"

我母亲的眼神在脑海中闪过。

"这世上不存在什么命中注定。"杰瑞米续道。但他的嗓音透出了气馁。他看到那个溺水者已经被卷入了波涛之下。

"只要你相信量子力学，"我说，"你就很难单纯因为'不可能'而否认事物的存在。"

他看着那套设备，"可你究竟想证明什么？"

"只有一件事，"我说，"'不可能'有时也是存在的。"

# 9

开始实验的那个日子,天冷得要命。风从海上吹来,东海岸在袭来的冷空气里缩成一团。我早早来到研究所,在萨提维克的桌子上留了张字条。

九点来我的实验室。

——埃里克

我没有给出任何细节。我没有进一步说明。

快到九点的时候,萨提维克走进了271室的门。

"早上好,"他说,"我看到你的字条了。"

我指指那个按钮,"由你来开始实验,怎么样?"

我们一动不动地站在几近漆黑的实验室里。萨提维克看着他面前的这套实验设备——几块金属板,以及热离子枪的细长枪管,还有桌面上的电线。

"我可信不过连自己造的桥都不敢走的工程师。"他说。

我笑了,"那好吧。"

是时候了。

我按下按钮。仪器嗡鸣着启动了。

我们看着这一幕。

　　我让它运行了好几分钟,这才走过去察看屏幕。我打开盖子,看向里面,然后我看到了自己想看的东西。屏幕上有清晰的带状图案,那是代表干涉的条纹——排列有序的光与暗。它就在那里,就像杨和哥本哈根诠释里所说的那样。

　　萨提维克的目光越过我的肩头。机器继续嗡鸣,屏幕上的图案每一秒都在加深。

　　"你想见识一下魔法吗?"我问。

　　他严肃地点点头。

　　"光是一种波。"我告诉他。

　　我伸手摸到了探测器,打开开关——与此同时,干涉条纹消失了。

　　"但如果有人在看,情况就不同了。"


　　哥本哈根诠释提出了那个基本的矛盾:观察是发生现象的必要条件。直到第一个目击者出现之前,现象都是不存在的。在那之前,存在的只有概率波。只有统计出来的近似值。

　　就实验的目的而言,电子的表现也是种盖然论——其行进的路径不仅未知,而且在理论上不可知,具体表现为同时穿过两条狭缝的发散性概率波阵面。在狭缝的另一边,那些光波在传播的同时相互干涉,就像两条蛇穿过同一片池塘,激起的涟漪在向外扩张的过程中相互交错,在捕捉电子的屏幕上构成衍射图样。

　　但如果狭缝边存在观测者,如果能够证明电子通行的路线,又会发生什么呢? 在这种情况下,电子的移动将不再受概率的力量影响,可能性会在此坍缩,成为必然,成为测量后的事实。如果能证明某个粒子只通过了一条狭缝,就能得出它无法在传播中进行干涉的合理结论。但如果你只让光线通过两条狭缝，干涉图案就会形成。光子会慢慢地，一个接一个地组成干涉条纹。只用这些简单的实验设备，就能得出两种截然不同的理论结果。这种不一致看似矛盾，但它有一个前提。那个前提就是，干涉条纹只会在有人观测的时候消失。

我们一次又一次地重复实验。萨提维克确认着探测器的数据，仔细记下电子通过的狭缝是哪一条。有时是左边那条，有时是右边那条。开启探测器的情况下，通过两条狭缝的电子大约各占一半，也不会构成干涉条纹。我们再次关闭探测器——眨眼的工夫，干涉条纹便重新出现在屏幕上。

"这套系统是怎么知道的?"萨提维克问。

"知道什么?"

"知道探测器开着。它怎么知道电子的位置都记录下来了?"

"噢，问得好。"

"会不会是探测器造成了某种电磁干扰?"

我摇摇头，"你还没看到真正诡异的部分呢。"

"这话什么意思?"

"电子起反应的对象并不是探测器。它们是对你看到探测器数据的事实起了反应。"

萨提维克看着我，一脸茫然。

"重新打开探测器吧。"我说。

萨提维克按下按钮，探测器发出轻柔的嗡鸣。我们让设备继续运转。

"就像以前那样，"我告诉他，"探测器是开着的，所以现在那些电子是粒子，不是波。没有波的时候，就不会有干涉条纹，对吧?"

萨提维克点点头。

"好了,关掉探测器吧。"

探测器慢慢安静下来。

"神奇的测试就要开始了,"我说,"我想看的就是这个。"

我按下探测器的"清除"按钮,将数据消去。

"这次实验跟上次一样,"我说,"探测器同样开着。唯一的区别就是,我没有查看探测数据就把它消除了。现在再看看屏幕吧。"

萨提维克打开凹槽的盖子,拿出里面的屏幕。

然后我在他的脸上看到了。那种难以置信,又不得不去相信的痛苦表情。

"干涉条纹。"他说,"这怎么可能?"

"这叫作逆因果。通过在实验结束后消除结果数据,我让这些电子从一开始就没有呈现出粒子的特性。"

萨提维克沉默了整整五秒钟,"这种事真的有可能办到吗?"

"看起来当然不可能,但事实就是如此。除非有意识的观测者去确认探测结果,否则探测器本身只是更加庞大的不确定系统中的一部分。"

"我不明白。"

"导致波函数坍缩的并不是探测器,而是有意识的观测者。意识就像聚光灯的光,它照到哪里,现实就会坍缩——而尚未观测到的地方,可能性依旧存在。而且不仅仅是光子和电子。而是万物。所有事物。它是现实中的一处谬误,可以测试和重复的谬误。"

萨提维克说:"这就是你想看的东西?"

"对。"

"现在你亲眼见过了,感觉和想象中有什么不同吗?"

我思索片刻,拓展着思绪。"是啊,和想象中不同。"我说,"现实可怕多了。"

我们一次又一次重复双缝实验。结果从未改变,完全符合数十年前的文献和论文中的结果。随后的两天里,萨提维克把探测器接上了打印机。我们重复了那种测试,而我按下打印键。我们听着打印机发出"嗡嗡"和"叽叽"的响声,打印出结果数据——将探测器的观测转为看得见摸得着的物理现实。

萨提维克盯着数据表,仿佛想只靠意志力去理解内容。我在他身后看着数据,在他耳边开口。"这就像某种尚未探讨过的自然法则。"我说,"我们可以把量子力学看作统计近似值,用它来解决'现实'本身的存储问题。因为全宇宙的数据之海浩瀚无边,而物质的表现就像频域。至于没有观测到的那些物质,就只是不重要的频率而已。既然没人会去体验,又何必将它转换成实物呢?"

萨提维克放下打印纸,揉了揉眼睛。

"某些数学思想的学派断言说,在现实生活的下方深处,折叠隐藏着某种和谐的秩序。博姆①称之为'隐缠序'。"

"我们印度人对它也有个称呼,"萨提维克笑着说,"那就是婆罗门。我们五千年前就知道它的存在了。"

"我还有件事想试试看。"我说。

我们再次运行了测试。我打印出结果,刻意不去看内容。一张是探测器的数据,一张是屏幕上的图案。我们关闭了实验设备。

---

① 译注:指著名物理学家大卫·博姆(David Bohm,1917-1992)。

我将两页纸对折起来,装进马尼拉文件夹里。我把印有屏幕图案的文件夹递给萨提维克,自己拿着印有探测数据的那份。"我还没看探测结果,"我告诉他,"所以现在波函数仍旧是叠加态。虽然结果已经打印出来,但还无人观测,所以仍旧是不确定系统的一部分。这些你明白吗?"

"明白。"

"到隔壁房间去。我会在正好二十秒后打开这份装着探测数据的文件夹。在正好三十秒后,我希望你打开屏幕图案的那份。"

萨提维克走出门去。让逻辑黯然失色的时刻即将到来。我努力压下那股没来由的恐惧。我点燃一旁的本生灯,将文件夹放到没有遮蔽的火焰上方。纸张燃烧的气味传来,耀眼的黄光亮起。黑色的灰烬。很快,一切就结束了。一分钟过后,萨提维克回到房间里,手里的文件夹是打开的。

"你没看里面,"他说着,举起手里那张纸,"我才刚打开文件夹,就知道你没看。"

"我说了谎,"我说着,从他手里接过那张纸,"而你拆穿了我。我没看探测数据就把它毁掉了。我们制造出了全世界第一台量子测谎仪——用光线打造的占卜工具。"我看着萨提维克给我的那张纸。白色的纸面上是黑线构成的干涉条纹。波函数并未坍缩。我不可能知道粒子通过的是哪一条狭缝,因为数据已然化为灰烬。"打印出结果的时候,我就完全没有察看内容的念头。所以,我真的有选择吗?如果我想看,就真的会去看吗?某些数学家声称所谓的'自由意志'是不存在的,还有些说这个世界只是模拟出来的。你觉得哪种说法才是真相?"

"选项就只有这些吗?"

我把那张纸揉成一团。我的身体里似乎有什么东西溜走了，发生了某种微妙的变化。我张口想要说话，但最终吐露的话语却与预想中有所不同。

"我的确精神崩溃过。"

我和萨提维克谈起我在印第安纳波利斯的街头蹒跚而行，大喊大叫，并最终被捕的事。我姐姐的邻居们透过百叶窗看到了那一幕。我和他说起了我曾经努力研究的那条公式：能够将量子力学与其余物理学派结合起来，仿佛某种失传理论的公式。我和他说起了我的酒瘾，还有每天早上照着镜子对自己说的话。我和他说起了我十八岁那年，叔叔来看我的时候说过的那句话。"我是他弟弟，"他当时说，"但你是他儿子。"然后他把仍然贴着警用封条的证据盒交给了我。我将那只盒子珍藏多年，作为我最重视的护身符。"如果你想要的话，它就是你的了。"

我和他说起了我用来抵住脑袋、以光滑的钢铁做成的"删除键"——只要食指轻轻一勾，就能结束一切。

萨提维克认真地听着，不时点头，脸上不再挂着笑容。我说了很长时间，仿佛作为沉默数周的代价一般，我把所有的事都和盘托出。等我说完以后，萨提维克一手按上我的肩膀。"这么说你还真是个疯子，我的朋友。"

"已经十三天了，"我告诉他，"十三天滴酒不沾。"

"这个成绩好吗？"

"不好，但这是我两年来戒酒最长的一次。"

我们继续实验。我们打印出结果。

如果我们察看探测数据，屏幕就会展现出粒子图案。如果不去看，干涉条纹就会出现。

长谈过后，我们在沉默中工作了一整夜。快到早晨的时候，萨提维克坐在昏暗的实验室里,终于开了口。"曾经有只青蛙,住在一口水井里。"他说。

他讲故事的时候,我看着他的脸。

"有一天,有个农夫把桶子放进井里打水,把那只青蛙带到了地上。那只青蛙面对明媚的阳光眨了眨眼,它这辈子第一次看到了太阳。'你是谁?'青蛙问农夫。

"农夫吃了一惊。他回答说:'我是这个农庄的主人。'

"'你把你的世界叫作农庄?'青蛙说。

"'不,这儿不是另一个世界,'农夫说,'这儿跟井里是同一个世界。'

"青蛙闻言大笑起来。它说:'我游遍了自己世界的每一个角落,无论东南西北。我得告诉你,这儿就是另一个世界。'"

我看着萨提维克,什么都没说。

"你和我,"萨提维克说,"我们仍旧是井底之蛙。我能问你个问题吗?"

"尽管问吧。"

"你不想喝酒吗?"

"不想。"

"我非常好奇你说过的枪的事。你说你只要喝酒,就射杀自己……"

"是啊。"

"你说这句话的日子从不喝酒吗?"

"没错。"

萨提维克停顿了片刻,仿佛在斟酌词句,"那你干吗不每天都说?"

"很简单,"我说,"因为那样的话,我早就死了。"

# 10

四岁那年，我踩到了后院里的火蚁巢，然后被叮了十几口。那些蚂蚁顺着我的裤腿向上爬，卡在了松紧带的位置，没法爬得更高，于是绕着我的腰部、大腿和小腿叮了一口又一口。我还记得我母亲大叫着在草地上脱掉我的衣服，而我赤裸身子尖叫起来，努力甩掉身上的蚂蚁，那些嵌在我皮肤里、身体皱巴巴的红色昆虫。

在屋子里，她撕碎香烟，把烟草放在我被叮咬的位置，又用邦迪固定。

"这样能吸掉毒素。"她说。她的老练让我吃惊。无论发生什么，她都知道该如何解决。

我坐在沙发上，看着那台旧电视，直到充当临时保姆的姑妈来到我家。我母亲要去参加宴会，父亲下班后会去跟她碰头。

"去吧，"我姑妈告诉她，"他不会有事的。"然后我母亲就走了。我站在窗边，看着她的车驶出车道。她走了。但几分钟过后，我听到了钥匙开门的声音。我母亲回来了，虽然我姑妈皱起眉头，想赶她出门，但她不肯离开。

"你应该去的，"我姑妈说，"这可是公司的宴会。"但我母亲只是摆摆手,和我并排坐在沙发上。"宴会还会有下一次。"她说,"我不能走。"虽然从那以后,再也没有人邀请她了。

她抱着我,和我看了一个钟头的自然频道,而我肠胃痉挛,痛楚加剧,双腿又青又肿,渗出脓液。

萨提维克和我各自下班回家。我发现自己坐在车里,对着绿灯犹豫不决。我停在左车道,看着信号灯转为黄色,然后是红色。我把车掉了头。我回到实验室,爬上楼梯,看着那套设备。有些伤口不能放置不理。母亲让我知道了这一点。

我最后运行了一次实验。按下打印键。我把结果数据放进两个文件夹,没看内容。

在第一个文件夹上,我写下了"探测数据"这几个字。在第二个文件夹上,我写下了"屏幕图案"。

我开车回到汽车旅馆。我脱掉衣服,赤身裸体地站在镜子前,想象着自己在不确定系统中扮演的角色。

按照大卫·博姆的说法,量子物理学会让现实变成非局部现象。在量子环境的深处,"场所"不再存在,每个点都会等价化,随后合并为一个协调的频域。博姆的隐缠序存在于万物之下。

我把写着"探测数据"的文件夹举在额前。"我永远不会看里面的内容,"我说,"永远不会,除非我重新开始喝酒。"我盯着镜子。我看着自己炮铜色的双眼,明白自己是认真的。

我低头看着我的书桌,看着另一只文件夹。写着"屏幕图案"的那个。我的双手开始颤抖。

我把第一个文件夹放到桌上。

我知道,壁橱里有个嵌在墙内的小保险箱。我走了过去,打开保险箱。我想了个密码,用的是我母亲的生日,2-27-61,然后把文件夹放了进去。

济慈说过，"美即真实，真实即美"。那么真实又是什么？这些文件夹知道。

未来的某一天，我可能会喝下酒，然后打开探测数据的文件夹，也可能不会。

在第二个文件夹里，可能有干涉条纹，也可能没有。亦是亦否。

而答案早已打印下来。


我待在萨提维克的办公室里，一直等到他来上班。他把公文包放到桌上，惊讶地看着坐在他的转椅上的我。他看看我，看看挂钟，然后又看看我。

"你在做什么？"他问。

"等你。"

"你等了多久了？"

"从早上四点半开始。"

他扫视房间，确认我是否动过这里的东西。那些电子设备还是乱糟糟的。在旁人眼中，这儿简直是一片混沌，但萨提维克或许记得每件东西的位置。我借力让椅子后退了些，交扣的十指放在脑后。

萨提维克就这么看着我。萨提维克很聪明，他在等我开口。

"你能把探测器接上指示器吗？"我问他。

"什么样的指示器？"

"灯就行。"

"什么意思？"

"我不需要读数。你能不能设置一盏指示灯，让它在狭缝边的探测器发现电子时就熄灭?"

　　他的眉头拧成了团,"应该不难。目的是?"

　　"我从前以为双缝实验已经没有能证明的东西了,但也许我错了。"

　　"还有什么呢?"

　　我身体前倾,"也就是说——我们来定义不确定系统吧。"

# 11

那天早上,得分机器也旁观了测试过程。他站在近乎漆黑的271室里。设备嗡嗡作响。他审视着干涉条纹——细长的带状磷光。

"你看着的只是光的波粒二象性的一半而已。"我说。

"另一半是什么样子?"

我打开探测器。带状图案分割为屏幕上的两个各自独立的光团。

"这样。"

"噢,"得分机器说,"我听说过。"

我站在得分机器的实验室里。青蛙在水族箱里游泳。

"它们能感觉到光,对吧?"我问。

"它们有眼睛。"

"不,我的意思是,它们能意识到光吗?"

"是啊,它们对视觉刺激有反应。它们是猎手。它们靠视力才能捕猎。"

我朝玻璃水族箱弯下腰去,"我是说,它们能意识到吗?"

"你来这儿以前是做什么的?"

"量子研究。"

"也就是说?"得分机器问。

我努力保持耐心,"我有过不少研究项目。固态光子器件、傅里叶变换、液体NMR①。"

"傅里叶变换?"

"能将波形变换为视觉元素的复杂等式。"

得分机器看着我,眯起了黑色的双眼。他又说了一遍,慢慢地、一字一句地重复道:"你过去究竟是做什么的?"

"电脑,"我说,"我们做的是跟电脑相关的工作。最高可达十六量子位的量子加密处理。大学毕业后,我去了一家新创业的公司。我有位搭档,手下还有一整个团队。我们的工作内容都跟应用理论有关。我是理论那部分。"

"那应用的部分呢?"

"那是我朋友斯图亚特的工作。他对动力学建模解决方案很感兴趣。他负责把更多的多边形塞进3D渲染的等值面网里。"

"后来发生了什么?"

"我们将模型逼真度提高了一个数量级,但最终遭遇了系统的计算瓶颈。快要走投无路的时候,我们用傅里叶变换将波信息塑造成了可视元素。"

"把波变成了图像。"

"没错。"

"你为什么干那一行?"

---

① 译注:即核磁共振的缩写。

"对我来说,这就像是挑战,是为了确认能否做到。其他人就有更实际的理由了。"

"比如?"

"超越系统的多边形上限。这样可以更加有效地渲染3D图像。斯图亚特热衷于硬件改进,建模设计,还有开办自己的公司。他喜欢的都是真正实用的东西。"

"成功了吗?"

"你说他的公司? 噢,它还在印第安纳州呢。"

"不,我是说电脑。"

"那个啊。算是吧。我们达到了十六相干态,然后用核磁共振进行解码。"

"为什么要说'算是吧'? 它后来停止运作了吗?"

"不,它还在运作,"我说,"即使关掉电源,它也照样在运作。"

萨提维克花了两天的时间去架设指示灯,而我用这段时间制作箱子。

星期六的时候,得分机器带来了那些青蛙。我们把健康的青蛙、生病的青蛙和怪物似的青蛙分开放置。

"它们怎么搞成了这样?"萨提维克问。

"污染。"

有只青蛙长得就像蜘蛛,下半身长着许多条苍白扭曲的腿。萨提维克拾起它的时候,那些腿抽搐起来,还有一条腿伸得笔直。

"污染能做到这种事?"

"对两栖类来说,是的。体系越复杂,就越容易出问题。两栖类是非常复杂的。"

"可怜的家伙。"萨提维克说。他把那只青蛙丢进另一只水族箱里，发出响亮的"扑通"声。

乔伊正在隔壁的实验室工作。她听到了我们说话的声音，于是走了过来。

"你周末还在工作?"她出现在门口的时候，萨提维克问她。

"周末比较安静。"乔伊说，"研究所里没人在的时候，我会做那些更需要专心的工作。你们呢? 这么说你们现在是搭档了?"

"埃里克是项目负责人，"萨提维克说，"我只是打下手的。"

"噢，也就是说，你今天没法休息都要怪埃里克喽?"她摸索着墙壁，循着萨提维克的声音朝实验室里走来。

"看起来是这样。"我说。我把最后一只钉子敲进箱角。那是个用胶合板做成的两英尺见方的单薄箱子，里面连着一只小灯泡。那是萨提维克从家里的吊灯上取来的。

"我听说你打算离开。"这句话是对我说的。

接下来是一阵尴尬的沉默。得分机器从水族箱旁抬头看我。

"暂时还不会。"我说。

"那你们在忙什么?"她问。

萨提维克看了我一眼，而我点点头。

于是萨提维克用他独特的方式做了解释。他花了整整五分钟，事无巨细地说明了一番，她一次也没有出声打断。

"噢。"最后，她说。她眨了眨无神的眼睛，留了下来。

我们让得分机器充当控制器。"我们马上开始实验。"我告诉他，"探测器上不会有记录，只有箱子里的指示灯会发光。听到我的指示以后，你就站到那儿，留意指示灯。如果灯亮了，那就代表探测器发现了电子。明白了吗?"

"嗯,我懂了。"得分机器说。

萨提维克按下按钮,发射出电子束。我看着磷光屏幕,这时干涉条纹在我眼前渐渐成形。光与暗的图案如今显得格外熟悉。

"好了,"我告诉得分机器,"现在看箱子里。如果指示灯亮起,就告诉我。"

得分机器看向箱内。没等他开口,干涉条纹就消失了。"噢,"他说,"亮了。"

我笑了。我摸到了已知与未知之间那条纤细的边界。我在爱抚它。

我朝萨提维克点点头,他按下开关,关闭了电子枪的电源。我转向得分机器,"你通过观察指示灯,让概率波坍缩了,这么一来,我们就确立了需要验证的原理。"我看着他们三人,"现在我们来看看,是否所有观测者都是生来平等的。"

得分机器把一只青蛙放进箱子。

这就是开始。能够窥见隐缠序奥秘的出发点。

我朝萨提维克点点头,"发射电子枪。"

他按下按钮,设备嗡鸣起来。我看着屏幕。我闭上双眼,感受着在胸中狂跳的心脏。在那只箱子里,我知道指示灯会因为两台探测器之一的反应而亮起。我也知道,那只青蛙会看到指示灯。但当我睁开双眼的时候,干涉条纹仍旧显示在屏幕上。那只青蛙并未带来改变。

"再来一次。"我说。

萨提维克再次按下发射键。

再一次。又一次。

得分机器看着我，"怎样？"

"干涉条纹依旧存在。概率波并未坍缩。"

"什么意思？"乔伊问。

"意思是我们得换只青蛙来试。"

我们试了六只。一只接一只。我们把它们从水族箱里捞出来，放进箱子里。但结果一次都没有改变。

"它们是不确定系统的一部分。"萨提维克说。

"这是什么意思？"得分机器问。

萨提维克没有说话，只是扯着耳朵，陷入沉思。

我近距离打量屏幕，干涉条纹突然消失了。我正想大叫，但刚抬起头，就发现得分机器正在打量箱子内部。

"你看了。"我说。

"我只是想确认指示灯坏没坏。"

"没坏。你看箱子里的那一刻我就知道了。"

我们试过了他实验室里的每一只青蛙，然后我们试了蝾螈。波形一次也没有坍缩。

"也许只有两栖类才会这样。"他说。

"是啊，或许吧。"

"但这究竟是为什么？"

"我一点也不知道。"

"为什么我们能影响系统，青蛙和蝾螈却不能？"

"也许是因为我们的眼睛，"得分机器说，"视网膜圆柱细胞分子的量子相干效应。"

"这两件事有什么关系吗？"

"视神经细胞只会将定量的量子传导到视觉皮质上。我们的眼睛就像是另一台探测器。"

"不只是因为我们的眼睛。"

"这可说不好。"

"青蛙也有眼睛。它们也有视觉皮质。"

"我可以试试看吗?"乔伊插嘴说。

我们全都转过头看着她。一缕棕色的头发从她的耳后松脱出来,贴着她的脸颊,指向嘴角。她神情严肃。

"可以。"我说。

我们再次做好了实验前的准备,这次让乔伊用她无神的双眼对准箱子里。

"准备好了吗?"

"好了。"她说。

萨提维克按下按钮。

设备嗡鸣起来。我们让它运作了十秒,然后我确认了结果。

我摇摇头,"什么也没发生。"干涉条纹并没有坍缩为两个独立的光团。屏幕上依旧显示着交错的纹路。

"反正试试也没损失。"得分机器说。

第二天早上,得分机器、萨提维克和我上班前在停车场碰了头。我们钻进车里,然后去了商场。

我们找到一家宠物店。我买了三只老鼠、一只金丝雀、一只乌龟,还有一条脸部扁平的幼年波士顿梗犬。售货员盯着我们直瞧。

"你们是宠物爱好者?"他怀疑地抬头看着萨提维克和得分机器。

"噢,是啊,"我说,"宠物。"

回程的车上静悄悄的,只有那只幼犬的呜咽声不时响起。

得分机器打破了沉默，"或许神经系统得比两栖类复杂才行。"

"应该跟这点没关系，"萨提维克说，"生命就是生命。"

我握住方向盘，回忆着大学时那十来次持续到深夜的争论。"头脑和大脑有什么区别呢？"

"有语义学上的区别，"得分机器说，"只是同一个概念的不同称呼。"

萨提维克看着我们，"不，不只如此。"

"就像那个关于吉他的老问题，"我说，"你弹吉他是用手指还是脑袋？"

"大脑就像硬件，"萨提维克说，"头脑就像软件。"

马萨诸塞州的风景从车窗外掠过，我们的右方是荒芜的山岭之墙——高大黝黑的石山，仿佛地球的骨骸。就像大地的复合型骨折。东方的某处是海洋。冰冷的深色海面。在余下的路程中，我们沉默不语。

回到实验室以后，我们先用乌龟开始实验，然后是金丝雀——实验结束后，它逃出了箱子，停在某只档案柜上。然后是那些老鼠。它们都没能让波函数坍缩。最后那只红眼白老鼠——经典的实验鼠——颤抖着胡须，小心翼翼地爬过桌面。萨提维克捏住它的尾巴，把它放回装老鼠的硬纸板盒子里。

"轮到狗儿了。"得分机器说。

那条波士顿梗犬在地板上抬头看着我们，瞪圆了眼睛。它呜呜叫着，偏了偏头。

"它的眼睛怎么是这样的？"萨提维克问。

"什么样？"

"两只眼睛的朝向相反。"

"我想是因为品种,"得分机器给出了意见,"很多波士顿梗犬都这样。"

我抱起那只黑白相间的幼犬,把它放进箱子里。"它只需要察觉指示灯而已。从测试的角度来说,哪只眼睛看到都无所谓。"我低头看着这位人类最好的朋友,看着我们上千年来的伙伴,暗自怀着期待。它是特别的,我告诉自己。在所有物种里,狗儿是特别的。因为跟狗儿四目相对的时候,你会觉得它也怀着某种感情,不是吗?

幼犬吠叫起来。箱子里有点挤,那只灯泡几乎贴着它的脑袋。

萨提维克按下按钮,开始了实验。

"怎样?"

我身体前倾,低头看着磷光屏幕。干涉条纹清晰而稳定。

我知道,箱子里的指示灯已经亮起。但从宇宙的角度来看,这一幕并没有被观测到。

"什么都没发生。"我说。条纹毫无变化。

# 12

那天夜里,我开车去了乔伊的公寓。她打开门,然后等我开口。

"你是不是说过有咖啡?"

她在门框里的那张漂亮脸蛋浮现出微笑。在那一刻,我又一次觉得她能看到我。她后退一步,打开了门。

"进来吧。"

我从她身边走进门,门"咔嗒"一声关上了。

"抱歉,来做客的人不多,"她说,"家里可能有点乱。"

我扫视周围,不确定她是否在说笑。她的房间不大,但井井有条。我也说不好她的家在我想象中是个什么样子。或许就是这样吧。墙壁光秃秃的,没有装饰用的画或是照片。一张沙发,然后还有一张床。

首先是一阵沉默,然后是碰触。

轻柔而犹豫的亲吻。

她在床单上弓起背脊。肌肤丝绸般柔滑。

她的声音和触摸充满活力。毯子在地板上堆成一团。她紧紧搂住我的后颈,让我更加贴近。我们光滑的身体彼此交缠,而她不时在我耳边絮语。

云雨过后,我们在黑暗中躺了很久,一言不发。

我本以为她睡着了,她的声音让我吃了一惊。"没想到你是这种人。"

"哪种人?"

"偷毯子的人。"

"是借,"我说,"我只是借用了一下。"我伸出手,拿起地板上的毯子,盖在她赤裸的肩膀上。

"你长得帅吗?"她问。

"什么?"

"我很好奇。"她说。她在黑暗中伸出手来,找到了我。她用手指梳理着我的头发。

"这重要吗?"

"我的标准可不低。"

我忍俊不禁,"如果重要的话,答案是'帅'。事实上,应该说'帅呆了'。"

"这就不好说了。"

"是吗?你不相信我?"

"也许我可以去打听一下。"

"那你还问我干吗?"

"因为我对你的想法很好奇。"

我抓起她的手,放在我的脸上,"我的长相如你所见。"

她贴着我脸颊的手凉凉的。漫长的沉默过后,她开口问道:"为什么你今晚会来?"

我想起了那只箱子和那条幼犬,想起了那盏始终没被观测到的指示灯。

"我不想独自一人。"

"夜晚对你来说是最难熬的。"说得十分简短,仿佛在陈述事实。就像火是热的,水是湿的,夜晚是最难熬的。

跟盲人交谈有个好处,他们看不见你的表情,就算戳到了你的痛处,他们也不会发现。"你的工作内容是什么?"我改换了话题,"你从来没明确说过。"

"你也从来没明确问过。你可以称它为声学构造。"

"那又是什么?"

"从频率范围较广的白频率声调着手,然后除去你不想要的所有部分。"

"除去?"

她纤细的手臂搂住我的颈背。"声音是种灵活的工具。它既是化学反应的催化剂,也可以充当抑制剂。首先让频率密度最大化,然后剔除你不想听到的那些部分。每一阵静电干扰音里都藏着一首莫扎特协奏曲。"

这次我依旧不清楚她是否在说笑。

我在没有灯光的房间里坐起身。在那一刻,在黑暗中,我们两人是相同的。直到我开灯以后,我们的世界才变得不同。

"早晨才是最难熬的。"我告诉她。

几个钟头之内,太阳就会升起。那种反胃感也许会出现,也或许不会出现。"到了我该离开的时间了。"

她用一只手拂过我赤裸的背脊。她没有出言挽留。

"没有什么时间,"她低语道,"只有现在,以及现在。"

她将嘴唇贴上我的皮肤。


第二天,我在杰瑞米的秘书那里留了一条口信,让他到271

室来。

一个钟头之后，我听到了敲门声，然后他走进了房间。

"你有什么发现吗?"他问。他仍然穿着那件西装外套。我明白，他今天有会议要出席。外套的颜色。这就是科学家和管理人员的最大分别。萨提维克和得分机器站在我身后。

"我们有发现。"

他露出困惑的神色，"口信里说是新发现?"

"看吧。"

我们进行实验的时候，杰瑞米负责观测。他看向箱子里。他亲自坍缩了波函数。

然后我们把那只幼犬放进箱子，再次进行了实验。我们让他看了干涉条纹。

他的脸上再次浮现出困惑。他不清楚自己看到了什么。

"为什么狗儿就没反应?"他问。

"我们不知道。"

"但究竟有什么不同?"

"只有一个不同。观测者。"

"我不太明白。"

"目前为止，我们测试的所有动物都没法改变量子系统。"

他挠了挠后颈。他的眉头拧在了一起，光滑的脸上浮现出忧虑的纹路。他沉默良久，看着实验设备，思索起来。

我等着他自己想明白。

"活见鬼。"最后，他说。

"是啊。"得分机器说。

"这结果能再现吗?"

"多少次都行。"我说。我走上前去，关掉了热离子枪。嗡鸣声渐渐停止了。

"在这儿等着。"杰瑞米大步走出了房间。

得分机器和我面面相觑。

几分钟过后,杰瑞米回来了,另一个穿西装的男人跟在他身后。那是个花白头发的老人。高层管理人员,季度评估报告结尾处的署名者之一,也是准备炒我鱿鱼的那些人之一。

"让他看看。"

我照做了。

领悟的时刻再次到来。"耶稣啊。"那人说。

"我们打算继续测试,"我说,"将每一门、纲、目的生物都做一次测试——尤其是灵长类动物。毕竟它们在进化方面与我们存在联系。"

"当然。"那位高层管理人员说。他的双眼看向远方。那是弹震症①患者的表情。他还在消化这些信息。

"我们也许会需要更多的资源。"

"没问题。"

"还有预算。"

"多少都行,"他说,"你们想要多少预算都行。"

安排花了十天时间。我们跟富兰克林公园动物园达成了合作关系。

从后勤角度来说,运送大量动物堪称噩梦,所以我们断定把实验室搬去动物园要比反过来容易得多。我们租了货车,调来了技术人员。得分机器暂停了自己的研究,又找了个技术员来喂养他那些两栖类生物。萨提维克的研究也正式搁置。

---

① 译注:创伤后应激障碍(PTSD)的别称。

"我可不想妨碍你的工作。"得知这件事的时候,我告诉他。

萨提维克摇摇头,"我必须亲眼看到结果。"

某个星期六早上,我们在一座建造中的展馆里开始布置实验设备。那是个天花板很高的绿色房间,等落成之后,不同品种的麇就会入住此处。但眼下这儿只有科学家——这座动物园里最古怪、租期也最短的住户。最难的部分要数遮挡光线,我们不得不用帆布盖住宽大的玻璃正门。工作平台本身尚未完工,所以我们只好把试验台放在那块光秃秃的八边形混凝土上,再在旁边装上三级窄小的阶梯。萨提维克装配电子器械。得分机器和动物园的工作人员沟通。我造了个更大的木箱。

这只箱子六英尺见方,四面每隔十二英寸就用宽二寸长四寸的大头钉固定。它更大、更坚固,也更轻便。

萨提维克提醒拿着电锯的我。"当心。"他说,"抄近道,满头包。"他转身走开的时候,我不禁好奇:这又是他平时那些谚语,还是特意编出来的?

那些工作人员刚开始不怎么愿意合作,直到动物园主管向他们说明了汉森那笔慷慨捐赠的数目。之后,他们变得热心多了。

我们用了整个周末的时间装配设备,最后一切终于可以运作了,就像实验室里那样。作为调试,我让萨提维克站进箱子,然后运行了测试。他看到了灯光。屏幕上的干涉条纹坍缩为两个彼此独立的光团。

"运作正常。"得分机器说。

下周一的时候,我们开始了实验。我们早早来到动物园前,门房放我们进了门。

为了验证先前的工作成果,我们早就商量好先从青蛙开始。

萨提维克最后检查了一次指示灯,然后得分机器把他带来的青蛙之一放进木箱。

"准备好了吗?"我问。

他点点头。我看向另一边的杰瑞米,他几分钟前带着一队人来到这里,此时正站在侧面靠墙的位置。他的表情专心致志。在他身后,两个身穿西装的管理人员在闷热的黑暗中流着汗。他们是来看实验的。得分机器带着几个技术员站在屏幕边。我按下热离子枪的按钮。它发出吉他琴弦般的嗡鸣声。

"结果如何?"

得分机器确认了屏幕。他竖起大拇指。"跟实验室的时候一样,"他说,"毫无变化。"

我们在人满为患的动物园餐厅吃了饭。这儿有上千名游客,大都带着孩子。到处是气球和冰激凌。人来人往的过道里停着一辆双人婴儿车。没有人知道在那块"建造中"的牌子后面,离这儿只有几十码远的地方,将会进行一场实验。

得分机器点了比萨,但没有吃完。

我坐在他对面,胃里翻江倒海,什么都不想吃。

"最后会是哪种动物呢?"

"没人猜得到。"

"猜猜看吧。"

"结果应该介于纲和目之间,"得分机器说,"灵长目是肯定的。"

"萨提维克,你怎么看?"

他从纸盘上抬起头,"我说不好。"

得分机器喝下最后一口百事。

"要我说的话，"他说，"多半是灵长类。我们应该最先测试那些动物。"

刚过中午的时候，我们进行了第一次实验。萨提维克按下按钮。干涉条纹岿然不动。

接下来的三个钟头里，我们测试了几个哺乳动物谱系的代表者：有袋目、非洲兽总目，以及单孔目中与进化法则顽抗至今的最后两种动物——鸭嘴兽和针鼹鼠。动物园的管理员们拖着、推着或是抱着装动物的笼子，送到我们这边。我们小心翼翼地将那些动物依序放进木箱。设备运转。干涉条纹始终不变。

第二天，我们测试了异关节目到劳亚兽总目进化枝的物种，包括犰狳、树懒、刺猬、穿山甲，以及偶蹄目动物。第三天，我们解决了灵长总目。我们测试了树鼩和兔形目动物。野兔、家兔和鼠兔。它们全都没能让波函数坍缩。也就是说，它们并不具备意识。第四天的时候，我们终于把目标转向了灵长目。

那天一大早，我们就来了公园。工作人员送我们走进大门，爬上小山。他们打开麂馆的门，打开了灯。萨提维克把今天的清单拿给管理员，然后他们商量了几分钟。

我们从与人类亲缘关系最远的灵长目开始。我们测试了狐猴形下目和新世界猴。我们把它们放进箱子里，合拢箱门，按下按钮。

然后是旧世界猴。猕猴亚科和疣猴亚科。红耳长尾猴和汤基猕猴。

然后是一只苏门答腊叶猴，它吊在动物园管理员的手臂上，面孔就像一只小魔怪玩偶，就像会眨眼的填充玩具。我们最后的测试对象是类人猿。波函数始终没有坍缩。

第五天的时候，我们测试了黑猩猩。

　　"所谓的'黑猩猩'其实有两种。"工作人员去做搬运动物的准备时,得分机器告诉我,"倭黑猩猩,也就是非洲地方语中的'波诺波',以及普通的黑猩猩。它们是相似物种,外行人很难分辨。等科学家们在十九世纪三十年代发现这点的时候,它们早就被混合饲养很久了。"工作人员把两只青少年期的黑猩猩带进展厅,一路上牵着它们的手,就像家长牵着孩子。"但在二战时期,我们找到了区分它们的方法。那件事发生在德国海拉布伦郊外的一家动物园。一颗炸弹夷平了大半个城市,动物园却侥幸毫无损伤。等管理员们回到公园的时候,本以为这些走运的黑猩猩都活得好好的,但他们却看到了凄惨的景象。只有普通黑猩猩还站在铁栅栏旁边,乞讨着食物。而倭黑猩猩全都倒在笼子里,因惊吓而死去。"

　　工作人员把第一头黑猩猩带进箱子。那是一只处于青少年期的雌性,它用好奇的双眼与我对视。他们关上了箱门,萨提维克插上插销。

　　"准备好了吗?"我问。

　　萨提维克点点头。

　　我们两种都做了测试。黑猩猩和倭黑猩猩。设备发出嗡鸣。我们复核了结果,然后又复核了一次。

　　干涉条纹毫无变化。

　　谁也不想开口。

　　"这么说就这样了。"最后,得分机器说,"就连黑猩猩都没法让波函数坍缩。"

　　我拨动电源开关,最后一次关闭了设备。嗡鸣声逐渐消失无踪。

　　"我们是孤独的。"我说。

那天晚上，得分机器在实验室里踱着步子。"这就像追踪某种特性，"他说，"你要在姐妹分类群里寻找同源性。你得整理进化枝，登记共源性状，鉴别外类群。"

"那谁属于外类群呢？"

"你觉得会是谁呢？"得分机器停止了踱步，"能够让波函数坍缩的这种能力，显然是我们种族在过去几百万年的某个时间点获得的衍生特性。"

"你又是怎么知道的？"

"我就用最简化的方式来解释吧。我们的姐妹分类群全都不具备这种能力。这是种独一无二的衍生特征。是衍征。我们肯定是在与其他灵长目动物分离后才得到这种特征的。"

"在那之前呢？"我说。

"什么？"

"在那之前。在我们之前。"

"我没明白你的意思。"

"之前的那几百万年。难道地球一直保持着现实未坍缩的休眠状态吗？难道它一直在等着我们出现吗？"

# 13

那篇论文花了我好几天的时间。我蹲在自己的实验室里，整理数据，编写成能够阅读、消化和发表的格式。早晨的颤抖尤其强烈，于是我拿起处方药，用咖啡和橙汁送下肚。等论文完成后，我开始写摘要。我将萨提维克和得分机器列为合著者。

## 物种与量子波函数坍缩

埃里克·阿格斯、萨提维克·帕斯汉卡、杰森·张

汉森研究所，波士顿，马萨诸塞州

**摘　要:** 多项研究表明，所有量子体系都处于概率波形坍缩与未坍缩叠加的缺省状态。我们早已知道，主观的观测是波函数坍缩的必要条件。这项研究的目标，是找出能够以观测行为导致波函数坍缩的高阶分类群，并以系统树的形式阐明这些主要动物类群之间的关系。无法令波函数坍缩的物种可以视为更加庞大的不确定系统的一部分。此项研究在波士顿富兰克林公园动物园进行，对象包括多个纲的脊椎动物。我们在此宣告，在测试的对象中，人类是唯一能够在叠加状态的背景下引发波函数坍

缩的物种,而此种能力似乎是人类所独有的衍生特性。此种能力很可能是在过去六百万年间的某个时点,在人类与黑猩猩的最近共同祖先之后才出现的。

杰瑞米读完了摘要。我们坐在他的办公室里,那张纸就放在他父亲传给他的巨型办公桌上。

最后,我开了口:"你说过的,你想要可以发表的东西。"

"我真不该说那种话啊。"他眉间的皱褶又出现了,"我真是自作自受。"

"不至于那么差劲吧?"

"差劲? 不,简直太棒了。祝贺你。真是出色的成果。"

"谢谢。"

"只不过,"他说,"麻烦事很快就会找上门来。你肯定也明白。"

杰瑞米低头看着我写的论文,蓝色的双眼浮现出担忧。我仿佛看到了十八岁时的他,坐在我和他初次相遇的大学图书馆里。他的面孔光滑而年轻,那场冰雹和打滑的皮卡还是两年后的事。而这份论文会让他的人生比十年前更加复杂。

他抬起头来,"但这结论意味着什么?"

"取决于你觉得它意味着什么。"

之后的事进展飞快。论文在《量子力学杂志》上发表了,然后电话开始响个不停。采访和同行评审的要求接踵而来,还有十几家实验室开始重现实验,一心想要找出过程中的瑕疵。他们早已认定瑕疵是存在的。但在科研圈以外,对结果的解读开始天马行空。我没去关注那些解读。我要处理的是事实。

比如这个事实：在旅馆和工作地点的最短路线上，恰好有一家酒品店。我选择了那条距离较远的林荫道——而且没有喝酒。在某些夜晚，我信不过自己的戒酒意志，不敢回家，不相信自己会绕那条远路。于是我选择在研究所过夜，去北大楼一层化学实验室的应急淋浴房洗澡，尽管这是对神圣的实验室规章的公然违背。

我周围的那些瓶子里装着所有人类已知的化学制品：硫酸钾、三氧化二锑、苛性钾、硫化氮、亚铁氰化铁。所有化学制品无所不有，只是没有酒精，至少没有以非毒剂形式出现的酒精。

萨提维克的办公室仍然在主办公楼。但大部分时间里，他都待在南大楼二楼的那个小房间里。那是他新申请的实验室。

萨提维克正在优化这项测试。他在努力让测试简化、小型化和数字化。将它转变为产品。毕竟他是个电子工程师，而实验室那套庞大而笨拙的设备迫切需要改进。它成了"汉森双缝实验机"，等他完工以后，那台机械只会有一条面包那么大。只是个小小的黑色盒子，配有式样简单的指示灯，以及小巧却高效的输出装置。绿灯表示"是"，红灯表示"否"。我很好奇，他是否已经猜到这台机械将来的用途了。

"重要的不是你知道什么。"他对我说这句话的时候，我和他正站在他的办公室里，而他初次向我展示了那台新机械。他摸了摸他一手打造的这个神奇的小盒子，继续道："而是你可能会知道什么。"

他放弃了他的门阵列。正因如此，他轻松的笑容也消失了，而我不禁思索他为了这个项目付出的代价。他不再谈论他的女儿，也不再抱怨家乡的收成。现在，他所有的话题都跟那个实验、跟他对那只盒子的改良有关。在他的工作台高处的墙壁上，用胶带贴着一张从旧书里撕下的名言：

　　动物是否只是某种较为高等的牵线木偶，进食时不会愉悦，哭泣时没有痛苦，没有欲求又一无所知，只是在模仿拥有智慧的模样？

——托马斯·亨利·赫胥黎，1859年

# 14

那个周五的晚上，我在去自己房间前拜访了旅馆办公室。前院的草坪上放着两只粉红色的火烈鸟。就我所知，这家旅馆并没有特别的主题。它的名字就很大众化：布莱克利汽车旅馆。旅馆本身是个棕色的长方形，几乎毫无特色，只有两个低矮的楼层，二楼有条开放式的过道。它跟附近那十几家老旧的海滨汽车旅馆没什么分别——破旧的程度也相仿——但前院的草坪上却摆着那两只塑料做的粉红色火烈鸟。或许这就是理由。或许像这样毫无特色的汽车旅馆的确需要那两只火烈鸟。

前台的接待员看到我走来，晃了晃手里的信封。

"有你的信。"她说。她的名字是米歇尔，也可能是玛拉。

我从她伸出的手里接过信，然后预付了下个月的租金。我觉得他们喜欢长期租客。一星期只需要打扫一次。我拿着那些信去了自己房间，然后丢在桌上。

两封信。其中一封信上的字体整整齐齐，充满事务性。另一封则是手写的潦草字迹。

第一封信是研究所寄来的。我撕开信封，在里面找到了一张叠起的信纸。

## 汉森研究所

埃里克·阿格斯

1246号雇员

直接存款确认书

亲爱的阿格斯先生，我在此愉快地通知您，您已经通过了试用期，并转为正式员工。随函附上一张一千美元的支票，作为对您辛勤工作的感谢。您的薪水也因此增加百分之十五，即刻生效。欢迎来到汉森研究所。

我放下信纸，紧盯着它。我把头一句读了一遍又一遍。"正式员工"。我不知道该做什么才好。一部分的我高兴得想跳起来，或者打电话给某个人。这种时候通常该做什么？这时我才意识到，我根本没想过自己会成为正式员工。甚至在写了那篇论文以后也没想过。

我取出支票本，写了张五百美元的支票，放进一个崭新的信封里，写上我姐姐的地址。

我欠她的不只这些。远远不只。光是医疗费用就不只了。

我考虑过打电话给她——只要按下手机的几个按钮就行。我想告诉她——想告诉别人。我想向别人诉说这一切：实验、动物园、论文。我从口袋里拿出手机，举在面前，但我却没法按下按钮。

我明白，这样还不够。戒酒两个月。五百美元。这些还不够。

我又该怎么解释那篇论文呢？杰瑞米的话语仿佛仍在耳

边：它意味着什么？

我没有拨号，而是关掉了手机。快了，我告诉自己。等我再戒酒一个月。等我能在电话里对她说，我正在做有价值的工作。然后我就打电话给她。我折起信纸，塞进口袋。

直到这时，我才看向自己收到的另一封信。字迹潦草、看起来是匆忙写下的那一封。我看了看回信地址，那里写着印第安纳波利斯市的街道名，对我来说没什么意义，但那里的署名是我非常熟悉的。

我撕开了信封。

里面只有一张信纸。

手写的信。只有一句话：

> 我们得谈谈。
>
> ——斯图亚特

我盯着它看了好一会儿。我很想知道，他是怎么知道我的地址的。科研圈有时候真的很小。他也许是看到了关于我的实验的报道，也或许只是个巧合。或许我们从前的成果的余烬就像凤凰那样死灰复燃了，而他正在向我伸出橄榄枝。又或许他遇到了麻烦。

"我们得谈谈。"就这么一句话。

我揉皱了那张纸，丢进垃圾桶。

# 15

随后的一个月里，我又收到了其他地方寄来的信，都是通过研究所的官方渠道送到我手上的。其中包括一位名叫罗宾斯的医学博士，他以措辞谨慎的信函表达了他对项目的兴趣。

信件变成了电话。电话那头的声音属于一位律师，而且是为有钱人服务的那种。他的雇主罗宾斯替某家财团工作，后者希望一劳永逸地确认人类胎儿出现意识的确切时间，这关系到他们的既得利益。

汉森研究所多次回绝了他的要求，直到他的开价达到了七位数。

那天早上，杰瑞米找到正在更换咖啡滤纸的我，大概是因为他知道这时的我会放下防备。

"他希望你参与项目。"

"我没兴趣。"我说。

"罗宾斯明确说过要你。"

在那时候，他们已经交涉了一阵子了。

"那我就明确拒绝。"我把咖啡渣倒进过滤器，然后把那只塑料容器放回槽内，"我不想参与这种事，想炒我的话就炒吧。"

杰瑞米露出疲惫的笑容，"炒你？如果我炒了你，我的上司会炒了我的。然后他们会把你雇回来，或许还会给你加薪。说实话，他们没准儿会把我的职位给你。"

"我可干不好你的活儿。我上任后会第一时间把你雇回来，所以这样或许也还不错。"

咖啡机运转起来，棕色的液体滴入咖啡壶。杰瑞米从橱柜里拿出一只干净的马克杯，"也就是说，你确定自己不打算参与？"

"我确定。"我知道罗宾斯的提议是什么。我必须承认，他的提议确实有独到之处，能让测试应用在我从未考虑过的方面。但我一点也不想跟它扯上关系。

"那好吧，"他说，"我会转告他的。"但他显然没打算放弃。他给自己倒了杯热气腾腾的咖啡，然后靠向长桌。等他再次开口的时候，那种公事公办的口气消失了——现在他只是我的老友杰瑞米。"这个叫罗宾斯的家伙是个混蛋，你知道吧？"

"嗯，我知道。我在电视上见过他。"

"但这并不代表他是错的。"

"是啊，"我说，"这我也知道。"

汉森研究所为这次合作提供了技术员。我没有参与合同谈判，但汉森显然采取了相当巧妙的做法，保持着提供专业知识的中立身份，同时尽可能避免和测试带来的棘手后果扯上关系。这条钢丝可不好走。

萨提维克是项目的主要联络人，这项职责似乎带给了他相当大的压力。

某天上午，我在他的办公室找到了他。他朝着乱麻般的光纤弯下腰去,耸起瘦削的双肩,贴近他的双耳。他的额头用皮绳绑着一台兼具照明功能的微型摄影机。他旁边的纯平显示器展示着极近距离的画面:粗如桥梁吊索的电线,还有树干般的手指。

"准备工作的进展如何?"

他收回焊接工具,转身看向我,显示器上的画面也随之转动。"快到最终冒烟测试的时候了。"他说。

我看着自己在显示器上的脸,它那么庞大,又那么陌生。"冒烟测试?"

他把目光重新转回桥梁吊索,"通上电,然后祈祷自己不会看到烟。"

"你做好准备了?"

"盒子准备好了。我会准备好的。你呢?"

"这就是最棒的部分:我不需要做准备。"

"比你想象的更棒。"他说。显示器上,他的焊接工具伸向机械的深处,"这可是你的测试。你也许会成为名人的。"

"什么?为什么?"

"如果出什么状况的话,"他朝那台机械又凑近了些,"又或者一切顺利的话。"

"我不想当名人。"

萨提维克点点头,似乎在表示赞同,"我的朋友,你会淹死在那片浑水里的。"

"稍等一下。如果我想出名呢?"

他瞥了我一眼,"那样的话,结果肯定好不了。"

直言不讳的萨提维克。

我转身离开,不再打扰他的工作。

预计进行测试的几周前,我接到了那个意料之中的电话。是罗宾斯本人。手机贴着我的脸颊,触感冰凉。

"你无论如何都不会来吗?"

他的嗓音和我想象中不同。更柔和,更平易近人。我只听过他在电视上的发言——不是在讲道台上慷慨陈词,就是在有线电视节目里侃侃而谈。他的形象从医生转变为牧师,又转变成公众人物。但跟我通电话的这个罗宾斯不同,没那么咄咄逼人。

我花了片刻时间去揣摩电话线那端的那个人,然后才给出回答。

"是的,"我说,"我想我是不会来的。"

"噢,我们会非常遗憾的。"罗宾斯说,"考虑到你在项目中扮演的角色,我们很希望你能亲自参与。我认为这对我们的事业大有助益。"

"我认为你们的事业缺了我也没关系。"

"如果问题在于酬劳,我可以向你保证——"

"问题不在酬劳。"

一阵沉默。"我懂了。"他说,"你是个大忙人,这点我很理解。但就个人而言,我还是想感谢你。"

"谢什么?"

"你做了一件伟大的事。你肯定也明白的。你的工作成果将会挽救众多生命。"

我沉默不语。这阵沉默化为了真空,某种想要将我拉扯过去的负压力。我在脑中勾勒他在电视上的形象:高个子,宽下巴。和逐渐衰老和发福的人不同,他属于那几种越长越耐看的类型之一。我想象着他把电话举到耳边。我很想知道,他此时是独自坐在办公室里,还是被人包围在中央。整整一队律师,留意着我说出的每一个字。他等待着我的回答,而当我再次开口的时候,大把的时间已然消逝。我们都明白,这已经是另一场对话了。

"你是从哪儿找来那些孕妇的?"我问。

"她们是坚定的志愿者,每个都是。她们的确是些特别的女子,认为参与这项重要任务是她们的使命。"

"可你是在哪儿找到她们的?"

"我们是个大型教会,成员来自全国各地,所以我们能找到好几位处于不同孕期的志愿者——虽然我认为只需要其中一位,就能证明母亲腹中的孩子是在何时被赋予灵魂的。那位母亲刚刚怀孕几星期。我们甚至还回绝了一部分志愿者。"

赋予灵魂。在媒体报道里,他用的也是这个词。我焦躁起来,"你为什么能肯定测试的目的就是检验灵魂?"

"阿格斯先生,人类和动物之间的区别还能是什么呢?如果不是灵魂,那又是什么呢?"

就在我苦苦思索答案的时候,他继续说道:"你愿意的话,大可以称其为精魂,或者别的什么名字,但你的测试得出的结果是毫无疑问的。正是它让我们如此独特。而这个世界上的宗教早已将它的存在告知了我们。"

我小心翼翼地说出了随后那句话:"你能放心让她们承担风险吗?我是指那些孕妇。"

"我们有一整个医生团队负责照顾她们,医学专家们也断定测试过程不会比羊膜穿刺术的风险更大。插入羊水的二极管也不会比缝衣针更粗。"

"听起来你们已经把所有问题都解决了。"

"我们做好了所有的预防措施。"

"但有一点我始终不明白……胚胎的眼睛是闭着的。"

"我倾向于用'孩子'这个词。"

我想起了自己初次听到萨提维克开口的时候,对他的印象的转变。我从电话里的嗓音中也听出了那种转变。他话语的温度稍稍起了变化。对电话线彼端的那个人来说,我变成了截然不同的存在。

"婴儿的眼皮是很薄的,"他继续道,"而二极管非常明亮。我们毫不怀疑他们能感觉到。然后我们只要为波函数坍缩加个注解,就终于有了能够改写法律的证据,去阻止肆虐这片土地的堕胎瘟疫了。"

我把手机面朝下放在书桌上。我看着它。堕胎瘟疫。

科学界也有像他这样的人——觉得自己能解答一切的人。在我看来,无论是武断地肯定或否定某件事,都是非常危险的。我重新拿起电话。它似乎比几分钟之前重了很多。"就这么简单?"

"当然。人类的生命是在何时成为生命的?千百年来这都是人们争论的话题,不是吗?"

我保持沉默。

他继续道:"在公正的社会里,权利的生死交替是所有人都赞同的法则。但生命究竟是在何处开始的?是从何时开始的?这些问题一直都没有答案。现在我们终于能证明堕胎即是谋杀了,谁能否认这一点呢?"

"我想恐怕会有不少。"

"噢,但你看,现在科学站在我们这边。一切都会因此改变。我们拥有同样的奇迹。只属于人类的意识。我能感觉到，你不怎么喜欢我。"

"还好吧。不过有句古话说得好：'永远别相信只读过一本书的人。'"

"只要选择正确，就算只有一本书，也能满足一个人全部的需求。"

"但这就是问题所在，不是吗？每个人都觉得他们的书才是正确的。你有没有考虑过，你准备做的那件事可能是错误的？"

"你什么意思？"

"如果波函数坍缩直到第九个月才发生呢？如果直到婴儿诞生的神奇时刻才发生呢？那个时候，你会改变想法吗？"

"不会发生这种事的。"

"你很有信心。"

"是的。"

"也许吧，"我说，"也许你是对的。至于孰对孰错，我猜我们很快就会弄清楚了。"

# 第二部分

所有伟大的真理，起初都被人视为异端邪说。

——乔治·萧伯纳

# 16

在我小时候,我父亲喜欢做两件事:航海和喝酒。他在大学遇见了我母亲,当时他们都是三年级学生,而且一贫如洗。她那时的专业是化学,他是经济学。他们相遇的故事在我们家中传为美谈。

"经济的基础是基因。"在大学图书馆外的公园里,当她终于肯屈尊跟他搭话的时候,他是这么说的。他注意到了她手里那本书封面上的螺旋图案。

后来,她说起了他求婚的那天,当时他们大四。他们在海滩上散步,远处有条白色的帆船搁浅在岸边,仿佛一条上了岸的鲸鱼。他们盯着它看了一个钟头,然后我父亲对她说:"总有一天,我也会有那样的船。"他还不如说自己总有一天会当上总统,或者宇航员。

我父亲毕业了,就在我母亲在不同的专业间换来换去的时候,他去了愿意雇用他的公司中,规模最大的那家。世界就像一台机器,你投入时间,它就会吐出金钱。他很擅长这份工作,很快就有了车子和房子,外加一对儿女。我母亲后来经常谈起那段岁月,就像学者在谈论失落的黄金年代。细节并不属实,但整体却是实情。因为没有哪个黄金年代是真正美好的。但对我母亲而言,真相永远是抽象画。只是画布上的彩色图案,是看不出规律的乱涂乱画。

但也许这就是真相:它已经足够美好了。

他第一次带我出海的时候,我七岁大。我父亲的船是一条三十六英尺长的帆船,由卡塔丽娜游艇公司①生产。它的名字是"赛艇玛丽号",是一条中型载客用船,配备有四百平方英尺的船帆。他当时为雇主赚到了上百万的利润,因此得到了奖金、升职和合伙人身份。我始终不理解这些东西。我只知道,我父亲很擅长他做的工作。不知为何,他在这方面特别有天分。

七天的时间里,赛艇玛丽号成了我们的整个世界。我们沿着遍布岩石的海岸航行,船上只有我们两人。风从南方吹来,船身摇晃着破开海浪,船帆像经幡那样猎猎作响。在航海的第一天,我们始终没让海岸离开视野。到了晚上,我们拿出望远镜,看着在黑暗中闪闪发亮的城市灯火。

到了第二天,我父亲在海水的飞沫中放声欢呼,而我用安全带固定住自己,看着浪花在船壳上消散成无数闪亮的水珠。他抱着舵轮,衣服被海水浸得湿透。他用一条腿抵住驾驶室的侧面,在起伏的帆船上稳住身体。我们吃了用吊锅煮的汤。冰凉的海水不时流过右舷的窗户。我坐在安全的座位上,看着如鱼得水的父亲。

他那时就几乎天天喝酒,但大海对他来说是一剂良方。只要船上有人,他就不会在出海后喝酒。"太危险了。"他会这么说。因为就连他也明白,大海是不容轻视的。

在夏天的那次航行后,我的学校开了学,而我父亲开始独自

① 译注:Catalina Yachts,美国著名帆船厂商之一。

出海,每次都会去更远的地方。他第一次独自远洋航行的时候,我看了他写在一张大号黄色便笺上的清单。

·检查缆索

·购入新的升降索

·确认船壳是否朽烂

·九月六日启航

·别死

十二岁那年,我再次查看了他的清单,寻找最后一项,可它却不见了。不知从何时起,他把最后一项抛到了脑后。

由于他开车、工作和带着船员出海的时候从不喝酒,随着时间推移,他做以上这些事的频率越来越低。我们的海上远足也越来越少。然后就到了最后一次。我们最后一次前往远洋。

我指引着这条船的去向。"那儿!"我喊道,"我们去那儿!"然后指向一抹蓝色——尽管在起落的深色波浪之间,它和别的蓝色没多少分别。在船转向的时候,我负责操纵缆索,巨大的船帆在我们头顶转动,开始正横风驶帆①。船帆鼓满了风,缆索嘎吱作响,这台庞大而神秘的机械向侧面倾斜,随后驶向前方。

大海浩瀚。一条小船在对抗这片广阔的世界。而他最喜欢行驶到看不到陆地的地方。他在晴天会航行十七英里②,有时是十六、十四,或者十英里,取决于天气如何。他会眺望海平线。"那儿。"他会说。而我会看过去。我会明白他是对的。这儿没有陆地,只有海洋。就算继续前行也毫无意义。在更远处,一切

———————

① 译注:指让船帆与风向呈90度角的行驶方式。

② 1英里≈1.61千米

都和这里一样,都是大海。而这条船在海浪中浮浮沉沉,仿佛呼吸那样自然。我们乘风破浪,仿佛在黑暗宇宙中行进的太空船。

风从东方吹来的时候,风暴也会悄然到来,让你猝不及防,就像人生中的意外那样。

机场大巴转弯的时候,我看着远处那条无名的小艇。我的目光越过得分机器的肩头。他正在打瞌睡,黑色的头发贴着玻璃。我能看到那些帆船和摇曳的桅杆。我们靠近城市的时候,前方的道路再次转弯,开始与海边保持平行。大楼在远处隐约可见。我用手肘推了推他。"我们快到旅馆了。"但他没有醒。

我透过窗璃看向那一小片海面。永远别忘记,大海冰冷而深邃,而你最爱的东西也能伤害你。

爬出公交车的时候,我嗅到了盐的气息。得分机器和我拿着行李,站在大会指定旅馆正门的雨篷下。这家豪华的华美达酒店离大海不远。我们已经做好在登记入住前突破重围的准备了。

旅馆里人头攒动。

"人真够多的。"得分机器说。

我把帆布袋的带子换到另一边肩头,"现在我想起自己从不参加这种活动的原因了。"

这趟旅行是强制性的,是就连杰瑞米也不敢拂逆的上司们下达的命令。我已经拒绝帮助罗宾斯了,所以只能跑这一趟。两害相权取其轻。但换作往常的我,肯定会消极对待,直到惊动那些大人物为止。归根结底,我这么做是为了杰瑞米。"他们希望汉森的代表出席,"他告诉我,"最好是知名度比较高的人,而眼下就只有你们了。萨提维克有别的地方要去。"

当然了,所谓的"别的地方"指的就是罗宾斯那儿。

所以,那个日子到来时,我收拾好行李,跟得分机器在机场碰了头。

说老实话,我最不想来的就是这儿。三天前,第一封威胁信寄到了实验室。他们报了警。我问起那封信的时候,杰瑞米却只是说:"你还是别知道内容比较好。"

但最后,他给我看了复印的副本。上面用魔术记号笔写着十个黑色的词语。足够让我想起这个世界有多危险了。脚下从大理石换成厚地毯的同时,我们也走进了位于中央的人群,挤过涌动的人流。同时进行的上百场对话组成的声波朝我袭来。从我上次参加大会算起,已经过去很久了,但这样的场面没人能忘得掉。这些人里包括研究生,也包括在读的大学生,还有肄业生和博士生。科学博客的博主与编辑们摩肩接踵。

在最好的情况下,大会能让未来的合作者相遇,而了解世界的全新系统也会因此诞生。我想起了1961年那次著名的大会,费曼就是在那里与狄拉克相遇的。他们只是碰巧坐在同一张桌子的对面而已。

而在最坏的情况下,这种活动充斥着小集团和排外的气氛——但也不全是坏处。对好酒之人来说,大会永远是喝酒的好借口。我把医生开给我的纳美芬带了过来,在上飞机前吃了两片。

我们找到了登记柜台。我们在一群说德语的研究者身后排队等候了片刻,然后把身份证明拿给工作人员,接过姓名牌和纤细的塑料挂带,外加塞满了大会资料的塑料袋。我们浏览着这些崭新的配给品。我知道,在这本小册子里的某处,会有一小段话提到我们的实验,和另外几十项受人瞩目的研究一样。我们总算推掉了正式演讲,但那只是因为我本人坚决反对而已。但这无法阻止其他研究者讨论那个实验。得分机器的姓名牌上写的是他的本名。我把自己的姓名牌翻了过来,让它对着我的胸口。

把行李放进房间以后,我们动身前往底楼,身上只带着那本小册子。我在地图上寻找着最关键的信息。

"这边走。"我说。

走了三分钟,问了两个人以后,我们找到了接待室。房间的装潢颇为精美,但此时挤满了各式各样的与会者。软干酪和布朗尼蛋糕争夺着墙边那张窄桌上的空间。我们拿起免费的果汁,拖延到了最后一刻,这才前往演讲场地。

第一场演讲的主题是量子晶体动力学。演讲者对碳的晶体结构侃侃而谈,内容单调乏味。我瞥了眼得分机器。

"我来选下一个。"他说。他选的是《濒危两栖类动物的隐藏系统子结构》。

这场演讲用了幻灯片,所以比上一场好多了。我们看着那位研究者用教鞭在屏幕上指指点点。她用新闻主播和俄亥俄人那种完美而不带口音的标准英语说道:"我们进行分子分析的样本采集自许多濒危物种的栖息地。"

在演讲途中,有只青蛙出现在幻灯片里,我身旁的得分机器似乎来了精神。新闻主播般的嗓音在说:"栖息于树蛙族群中的神秘物种的存在凸显了迁地保护的需要。"

幻灯片的演示继续下去:各种各样的曲线图,一种又一种隐藏在其他族群中的树蛙。我的注意力开始涣散。代表演讲结束的掌声响起,我们站起身,加入陆续离场的听众之中。

那天晚上,有人通过大会办公室为我们预定了晚餐。他们留下了地址和两个名字:肯·布莱顿和格森·波阿斯。

得分机器和我来到那家名叫"佐科小餐馆"的餐厅时,发现他们已经在等着我们了。这里的食物高档得吓人,沙拉里甚至没有生菜。所以我明白了。明白他们有多认真了。

那两人都是高个子,穿着西服,系着领带。布莱顿的体格更宽,考虑到他双肩的宽度,他这身衣服多半是定制的。他的年纪很难判断。他的外貌像是四十来岁,但步幅却让我怀疑他更年轻些。他的头发是明亮的金黄色,剪得很短。另一个人——波阿斯——跟他一样高,但没有那些赘肉。他的头发稍长一些,呈现出银灰色,脸上看不出皱纹。这两人相当引人注目,当他们从餐厅里朝我们走来的时候,我察觉到了跟随着他们的目光。如果换个人生,他们或许会当上平面模特——如果模特看起来像是律师,而律师让你害怕的话。

餐厅的女老板安排我们坐在一张靠后的餐桌边。我本以为这又是我那些上司安排的一场应酬。但看到他们以后,我没那么确定了。

"有两个人你们应该见一见。"杰瑞米的语音邮件里只说了这么一句,外加他们的名字和在餐厅碰头的时间。其余的一切都是谜团。面对这两个陌生人的时候,我开始后悔自己没多问几句。

"先生们。"布莱顿开始了自我介绍。我们握了手。

"感谢两位的到来。"

"叫我埃里克就好。"我说。

得分机器和我在两人对面落座,片刻后,女招待送上一篮子热气腾腾的面包,而布莱顿代表我们大家问道:"你们这儿最好的红酒是哪种?"

"我们有1989年产的拉菲红酒。"女服务员说。

"请给这桌拿一瓶来。"

"我喝可乐就好。"我插嘴道。

"别说蠢话了,只喝一杯就好。你又没在戒酒,对吧?"他笑得更欢了。

这话让我吓了一跳,然后我才明白他是在说笑。

"没,"我撒了谎,"可我——"

"那就这么定了。"

对他来说,这个话题到此结束了。他用微笑和点头示意女招待退下。对这个人来说,随心所欲根本是他的第二天性。

在那两人之中,布莱顿更加健谈——这点并不令人意外——以老练的手法主导着对话。他有与他那头金发相衬的金舌头。我们浏览菜单的时候,他谈起了葡萄酒的话题。波阿斯则保持着沉默。

在滔滔不绝地讲述了产于1990年,并正确处理过的精选葡萄酒的酒香中含有的无数微妙特性之后,布莱顿似乎发现了自己的失态,于是住了口。接着他身体前倾,就像要求婚似的。

"酒的话题说得够多了,"他说,"我想感谢你们接受我们的唐突约见。"

"这是我们的荣幸,"我说,"能欣赏一下这座城市也不错。"

"太多人的地方会让人精神疲惫。我知道你们今天很辛苦,你们的时间也很宝贵,但我只是想见见让我很感兴趣的那个实验的团队。"

"这么说你读过那篇论文了?"得分机器问。

"噢,是啊。读得兴致盎然。"

"你经常阅读科学期刊吗?"我想象着这个满口红酒经,衣冠楚楚的男人在闲暇时阅读量子力学杂志的样子,但总觉得难以置信。

"我得承认,只是偶尔,"他说,"我只是个半吊子——仅此而已。我只是个业余爱好者。但我们在业内的确有耳目,每当特别有趣的东西出现,他们就会提醒我们。"

"你们的研究当然就属于'特别有趣'的那一类。"波阿斯第一次开了口。如果说他同伴的嗓音就像柔和的黄油,那么他的嗓音就像粗糙的沙砾。他看我的表情有点古怪,但我说不清哪里怪。

布莱顿继续道:"我一直觉得量子力学是种顽固的理论。我们发现,即便在那些足以导致正常理论崩溃的棘手状况下,量子力学却仍旧顽固地坚持着理论化的表达。它简直就像一台预言机器。"

"它的确与众不同。"我说。

这时候,女招待拿着一瓶酒走了过来。她笑了笑,开始记录我们点的菜。布莱顿点了鸭肉,波阿斯是熏鸡肉。我发现得分机器和我一样是牛排爱好者。我点了沙拉做配菜。

女招待离开的时候,对话已经从量子力学转回到布莱顿早先的主题,而他则引领我们从葡萄酒的国度前往艺术的领域。布莱顿谈起了他居住在法国和德国的那些年,还有他的柏林之行。"索林根有家博物馆,叫作'德国刀具博物馆'[①],他们的标语是'致力于展现刀刃的观点'。看到他们的宣传册的时候,我就喜欢上了这句话——就好像一片钢铁也有看待世界的独特观点。但谁又能质疑这句话的正确性呢? 那家博物馆的馆长声

---

① 译注:Deutsches Klingenmuseum,收藏各种军用及厨用刀具的博物馆。

称,通过人们创造出的各种各样的利刃,就能了解当时的社会本身。装饰华丽的黄油刀,粗糙的刺刀,用熏黑的铁铸造的重剑。其中有一把名叫'Richtschwert'①的剑,当时是刽子手砍头用的。"布莱顿给自己斟了杯酒,"这就是一把有自己观点的剑。"

沙拉送来了。布莱顿伸出手臂,给我的空杯子倒满了酒。"干杯。"他提议道。

得分机器关切地瞥了我一眼。我伸手拿起杯子,和其他人一起举起酒杯。

"致发现。"布莱顿说。

"致发现。"

我们碰了杯。我把酒杯举到面前。我从眼角余光看到,得分机器正盯着我。我深吸一口气,品味着水果的芬芳。我感觉自己的脉搏加快,而选择的时刻也随之到来。我没有喝酒,就这么把杯子放回桌上。

布莱顿的目光越过自己手里的杯子,与我对视。他笑了笑,把杯子举得更高,又加了句祝酒词。"愿我们日日有新知。"他一饮而尽。

用圆托盘端上的主菜冒着热气,发出"噼啪"的响声。

吃到一半的时候,布莱顿再次转换了话题。他一边吃一边说:"好了,跟我说说让我们今天相遇的那个实验吧。"他总算提到和我们会面的理由了。

"测试的目的是检测波函数坍缩。"得分机器开了口。

我让他负责解说,而我嚼起了牛排。他详细地叙述着实验过程。青蛙和幼犬。

"有意思。"得分机器提到黑猩猩的时候,布莱顿推开自己的

①译注:德语,意为"整理,矫正"。

空盘子，"也就是说，一切都跟论文上说的差不多。你们没有省略掉什么吧？"

"论文把绝大部分细节都写进去了。"

"我感兴趣的，"布莱顿说着，转向了我，"是论文上没有写到的细节。"

"比如？"

"比如你们当初为什么要做这个实验。"

"为什么有人要做实验？"我说，"为了看看会发生什么。"

"你希望实现什么呢？"

我凝视着剩下的沙拉，思索着里面的绿叶蔬菜究竟是什么——如果不是生菜的话。沙拉里还有盛着硬币大小的球体——看起来像是鱼子酱——的小巧油煎面包块。我考虑着自己吃下这些身体并不习惯的维生素的后果。当然了，五十美元的沙拉含有的某些营养是它的廉价同胞所不具备的。从价格来看应该是这样。

"实现什么？"我问。

"是啊。"波阿斯插嘴道。银灰发色的男人身体前倾。他的语气显得咄咄逼人。那种奇怪的表情再次浮现。"你想证明什么呢？"

这时我想到了。愤怒。那种表情是愤怒。

我把叉子放在桌上，"只是好奇。"

"对几十年前的实验的好奇心？肯定不只如此吧。"

"你这话究竟是什么意思？"我在语气中加入了些许寒意。

波阿斯张嘴想说些什么，但布莱顿却轻轻摆手，阻止了他的同伴——他的动作幅度很小，但这已经足够了。波阿斯紧紧闭上了嘴巴。布莱顿似乎思索了片刻，这才再次开口。"请原谅我的朋友,"他说,"他不懂什么时候该闭嘴。他忍不住。毫无疑问,他总有一天会因此倒大霉的。"布莱顿靠向椅背,把手帕丢在桌上,"你是个有学问的人,埃里克,但我想知道,你对古典文学了解多少?"

"略知一二。"

他停顿了片刻,然后继续道:"人类的启蒙是从迷信开始的,然后那些大思想家出现了:柏拉图、亚里士多德、伽利略、达·芬奇、牛顿。是他们带领我们走出黑暗,让我们学会用衣物御寒。在理性的新浪潮中,所有陈旧的迷信都消失了。随后出现的是康托尔和庞加莱,数学和物理学让我们走向全新的黄金时代。直到裂缝开始显现。"

他的身体再次前倾,嗓音也柔和起来。"那就是哥德尔对数学所做的事,以及海森堡对物理学所做的事。不完全性。不确定性。就连物质也是不确定的。我们新生的信仰像高塔般坍塌。然后是你,"他说,"你从亡者那里带回了一种旧日的信仰。"

"那是什么?"

"灵魂。"

我突然明白了这道陌生等式的另一半,明白了我们来到这儿的理由。这场会面全都是为了罗宾斯。

布莱顿的笑容退去,"告诉我,你觉得在汉森的工作怎么样?"

"我挺喜欢的。"我说。

"那儿离印第安纳波利斯可相当远啊。"

这话让我吃了一惊。"什么?"我已经弄不清我们究竟在谈什么了。我脚下的地面开始摇晃。

"和你在 QSR 领域的工作也相去甚远。你不觉得这次双缝实验只是让你从自己真正的工作上分心的手段吗？"

"你怎么会知道我在 QSR 的工作？"

"我先前说过了，我们在业内是有耳目的。"

我看向坐在对面的他，"你说你只是个半吊子。"

"也可以这么说吧。"

我瞥了眼得分机器。他的双眉之间浮现出了皱纹。他也明白了：这事有些不对劲。

"这样子对话可不太公平。"我的目光扫过那两人，"我现在才发现，我们都聊了这么久了，你们却一次也没说过自己的本行。"

这才是金舌头真正厉害的地方。能够说上整整一小时的话，却不会泄露任何情报，而且丝毫不会给人以满口空话的印象。

我直言不讳的做法似乎逗乐了布莱顿。"我们是一家控股公司，"他说，"规模很小，专攻投资和研究，购买和出售。另外还有一家私营捐赠基金。我们保持低调，但也随时留意业内的动向。"

"你是怎么认识杰瑞米的？"

"谁？"

"杰瑞米。我们的经理，安排这顿晚餐的人。"

"噢，你是说邦纳先生吧。我们不认识他，至少在个人层面上不认识他。当然了，如果想要结识另一家公司的明星职员，这一点会带来不便，但这并非无法逾越的障碍。必要的时候，我们可以非常有说服力，而且只要方法正确，仅仅一通电话就能产生神奇的效果。"

"的确很神奇。"

布莱顿抿了口葡萄酒，"我们给你们的雇主打了个电话，介绍了一下我们的身份，然后事情就敲定了。能够得到祝贺你——以及鼓励你——的机会，我们感到十分欣喜。"

"鼓励？"我按捺不住怀疑的语气。他们的态度实在不像是鼓励。

"鼓励你去做别的工作。"

如果换个人来说的话，这恐怕就是威胁了。又或者说，如果我们不是坐在几乎座无虚席的餐馆里，面露微笑的侍者来来去去，背景里还播放着柔和的音乐的话。又或者说，根据我的态度，它可能会真的变成威胁。

"我现在这样挺好的。"

桌边的笑容消失了。布莱顿盯着我，"我看得出来，你说得对。每个人都有适合自己的位置，我坚信这一点。而你眼下就在这样的位置上，这点再明显不过了。"

"你为什么要安排这次会面？"

"我说过了，是为了向你道贺。"布莱顿把手帕放在餐碟上，朝侍者做了个结账的手势，然后将目光转回我身上，"1919年，"他说，"有个英国人在北平当上了教授，而他研究循环系统的唯一机会只有尸体。当时的警察机构无穷无尽地制造着尸体，通常的手段是绞死或者砍头，而尸体可以通过购买得来。那位解剖学者抱怨说尸体的脖子总是支离破碎，作为回应，当局给他送来的下一批'尸体'都是戴着头罩、连声哀求的活人，附带'请根据需要选择杀死他们的方式'的指示。你想知道他是怎么做的吗？"

我点点头。下巴以微不足道的幅度动了动。

"那位教授把死囚们送了回去。依我看，他这是缺乏献身精神。"布莱顿咧开嘴,露齿而笑,"你的献身精神有多强呢?"

我看着坐在我对面的这个人。五千美元的西装。猛兽般的笑容。我不清楚他在玩什么把戏,但我知道自己不是对手。我推开椅子,站起身,"感谢款待,先生们。"得分机器跟着我站了起来。

"我才要感谢你,埃里克,"布莱顿说,"这是我的荣幸。"他站起身,伸出手。我握住那只手的时候,他伸出另一只手,扣住了我的手掌。"在你离开之前,我还有个问题。罗宾斯的实验几天之内就会进行:你觉得会发生什么呢?"

"我猜不到,总之非此即彼吧。"我说。

"你说'非此即彼',就好像可能性只有两种似的。"

"难道不是吗? 他要么能发现波函数坍缩,要么不能。"

我感觉到他扣住我的手用上了力气。"我认为,阿格斯先生,你根本不理解自己所引发的一连串事件的意义。"

他的表情再次变化,有那么一瞬间,他似乎在犹豫要不要说下去。他的手松开了些,"但我猜,你很快就会明白了。"

"我在这件事上没有私心,"我说着,抽回了手,"我会置身事外。"

"恐怕你早已深陷其中,无法脱身了。"

就在这时,女招待拿着账单过来了。布莱顿摆摆手,女招待便把皮革的账单夹放到桌上,转身离开。

布莱顿重新坐了回去。"我们都有各自的私心①,"他说,"否认这点的人都是在撒谎。"他打开账单夹,用潦草的笔迹在账单上签了名,"一切都取决于你那把利刃的观点。"

---

① 译注:此处为双关,原文字面意思为"我们都有斧头要磨",与下文的利刃对应。

# 17

第二天,得分机器和我翘掉了下午的演讲,提早去了机场。我们在出租车上一言不发。

等过了安检,快到登机口的时候,我在一台悬挂式电视上看到了熟悉的面孔:罗宾斯。他生机勃勃,说话时双手挥舞不停,就像辩论中的政客,稳步打造着自己的舞台。

从电视边经过时,我放慢了脚步,听到了他那番独白的片段。内容是伦理学和剥夺什么的。这些词语缺乏上下文,因此难以理解,但我不会看错他脸上的狂喜。他的笑容停顿了片刻,然后用柔和的嗓音说:"明天的测试会证明这一点的。"

屏幕上出现了另一个人的头部特写,那是必不可少的"对手",他的表情同样认真。屏幕下方标注着"哈佛大学毕业"几个字。"他这是夸大其词,"那位对手说,"科学并不支持这种解读。"

十来个人坐在椅子上,看着电视。另一些人在摆弄手机。其他人在睡觉。眼下是星期三的中午,机场里的人稀稀落落。

我想起了杰瑞米的那个问题。但这结论意味着什么?

取决于你觉得它意味着什么。

所以它才如此危险。

我想起了那些世界的伤痕。

我脚下不停。

那晚回到旅馆以后，我给得分机器打了个电话。不打电话就只能喝酒了，而我不想喝酒。因为我知道，只要再碰一次酒，哪怕只是一小口，我就控制不住自己了。再也控制不住了。

第五声铃响后，他接起了电话。他的声音显得很遥远。

"明天会发生什么？"我问他。

一阵漫长的沉默，长到让我怀疑他没听到我的话。

"说不准。"他说。电话那头的嗓音沙哑而疲惫，是没睡好的人特有的声音，"个体发育重现系统发育。"

"什么意思？"

"看看怀孕早期的人类胚胎，有腮和尾巴，所有动物界的根源都在。子宫就像一台小小的时间机器，而你开始时只是条蝌蚪，然后迅速成长。随着胚胎的发育，你会攀爬到系统发育树的高处，最后得到全新的特性——让我们成为人类的特性。"

"这些对测试的结果有什么影响？"

"罗宾斯想要测试的东西只在人类身上才找得到。所以我的直觉告诉我，他错了，波函数来得很晚。真的很晚。"

"你觉得结果会是这样吗？"

"埃里克，我他妈根本不知道结果会怎样。"

实验的日子到了，而我们像没事人一样开始工作。我们等着新闻报道，等着电视或者收音机里传来消息，公布实验的结果。

我们最初觉得不对劲，是因为这阵异样的沉默。罗宾斯团队的沉默,以及媒体的沉默。没有新闻发布会,也没有电视访谈。

只有沉默。

公布来得很迟。

萨提维克来了实验室,但当我们询问他的时候,他却不知道答案。他的确帮助他们调试了设备,却并没有参与测试本身。

"你怎么可能不知道?"得分机器问。

"他们不让我看测试,"萨提维克说,"他们把我赶走了。"

一天变成了两天,然后是三天。

最后,实验团队发布了一条简短的声明,说他们的实验没能得出确定的结果。罗宾斯在几天后出现,直白地表示实验的器械出了故障。

萨提维克嘲笑道:"故障?什么故障?"

他说这句话的时候,我们正坐在他的办公室里,看着他的台式机上的新闻链接,那是杰瑞米转发过来的。你们或许想看看这个,那封电子邮件的标题这么写着。

"那只盒子没有任何问题。"萨提维克喃喃道,"如果真有故障,他们就该来找我修理才对。"

我按下播放键。在视频里,罗宾斯似乎坐在讲台前,麦克风一字排开。这是新闻发布会的录像。"测试本身存在缺陷。"罗宾斯说。他穿着整洁的西服。闪光灯照亮了他身后的蓝色幕布。他神情自信,语气谨慎。"对怀孕妇女进行测试的实验步骤导致评估无法达到精准。我们没能得出有意义的结论。"

他表示愿意回答提问。记者们纷纷发言,但答案全都相同。

"测试有缺陷。"

"机械出了故障。"

"没有意义。"

我关掉了链接。

"不存在什么缺陷,"萨提维克说,"他只是没能得到想要的结果。"

"是啊,"得分机器说,"我想你说得对。他在撒谎。"

不过,当然了,真相其实更加离奇。

而且,当然了,我们后来也都得知了真相。

# 18

之后的几周里，萨提维克埋首于工作。有一次，我发现他的实验室亮着灯，工作台上的电子垃圾布置成了新的样式。他在邮件室里的信件槽装满，清空，然后再次装满。

我在早上七点起床。双手颤抖，陶瓷冰冷。糟糕的早晨。在整晚的噩梦之后，这是最难受的时刻。我梦见的是铺展开来的黑暗。那是我从小就会做的噩梦。

八点，我开车到了实验室。

萨提维克已经在办公室里了。过去的几周里，他的头发留长了。根部花白，而末端却近乎乌黑。他显得不修边幅，有别于平时给人的印象。过去的萨提维克消失了，取而代之的是这个眼神困惑的瘦削男人。

他正在打包一只箱子，盖上纸板的箱盖。

"你要去什么地方吗？"

他猛地抬起头。我吓着了他。"我在打包设备。我要外出一趟。"

"为什么？"

"有个项目。"

我走向房间深处,回忆着当初跟他说那些话时的情景。让这一切开始的那些话。"什么项目?"

"有些事我必须去确认。"他说着装好了箱子,从桌上拿起一卷胶带,"等我回来以后,我就告诉你。"

"为什么不能现在说?"

"因为我也许弄错了,而且只是白费力气。"

"杰瑞米知道你要走吗?"

"我给他发了封电子邮件,他读的时候就会知道了。"

"你的眼里不该只有工作。你还记得自己跟我说过这句话吧?"

"我记得。"他说。

"人们常常忘记,他们总有一天会死。"

他笑了。这是罗宾斯的实验以后,我第一次看到他的笑容。有那么一瞬间,我仿佛见到了和我初次相遇时的萨提维克。

"这不一样。"他说。

"怎么个不一样?"

"有些事是我非做不可的。"

我点头接受了,虽然我并不喜欢这个答案。不知为什么,那三位王子的故事浮现于我的脑海。

瞄准的是鸟儿。

我再次为他的改变之大而惊讶。改变他的是那场实验。是我。我扫视房间,发现一部分电子元件不见了。但我猜不出他装起来的是哪些。

"需要我帮忙吗?"

他摇摇头。"不用,没事的。"他扯下一截胶带,贴在箱子顶上,"我一周之内就回来。"

"为什么要做这种事？"

"因为罗宾斯在撒谎，"他说，"测试并没有缺陷。"

"这跟你没关系。别管它就好了。"

"我做不到。"他说。

我瞪大眼睛看着他。萨提维克是第四位王子，而且始终都是。他瞄准的是鸟儿的眼睛。他是不会坐视不管的。

他拿起箱子，朝门口走去。

"保重。"我目送他离开。

"你也一样，我的朋友。"


真相的浪潮接连到来。它出现在第二天的新闻里，仿佛一道罗宾斯无法阻止的缓慢潮水。在那以后，我才意识到萨提维克肯定早就知道了。他肯定在网上看出了某些端倪。

事实在于，某些胚胎的确通过了测试。就像罗宾斯所期待的那样。那段视频出现在了YouTube上。上传者匿名。罗宾斯的核心团队里有人泄露了情报。微笑着的母亲们，走来走去的医生们——还有从隆起的腹部收回的小小二极管。罗宾斯本人也数次出现在镜头中，等待着结果。

某些胎儿的确让绿色指示灯亮了起来。其中一些的确触发了波函数坍缩。

但另一些却没有。那些视频也出现在了网上。

同一群医生。不同的病患。

激动的声音。

"再试一次。"

"再一次。"

母亲担忧的面孔。还有不肯改变——无论如何都不肯转为绿色——的指示灯。

"这代表什么?"那位母亲说着,嗓音带上了恐慌,"我的孩子没事吧? 这代表什么?"

视频一段接着一段。十几个隆起程度各有不同的腹部。两种截然不同的结果。大多数胎儿的确引发了波函数坍缩。但有些却没有。

而且结果和胎龄毫无关系。

几天过去了,萨提维克没有回来,然后是一周。

十天后,我在半夜时分接到了那个电话,它将我从噩梦中唤醒。

"我在纽约找到了一个。"说话的人是萨提维克。

"什么?"我揉揉眼睛,努力让自己恢复清醒。努力去理解电话中传出的话语。

"一个男孩。九岁大。我用盒子给他做了测试,而他没能让波函数坍缩。"

"你在说什么呢?"

"他看了盒子里,可他没能坍缩波函数。"

我在黑暗中眨了眨眼。萨提维克比我们发现得都要早。能在胎儿身上发现的现象,在其他年龄段当然也能发现。

瞄准鸟儿的眼睛。

"他有什么不对劲吗?"我问他。

"什么都没有,"萨提维克说,"他很正常。视力正常,智商正常。我给他做了五次测试,但干涉条纹毫无变化。"

"你告诉他的时候,他有什么反应?"

"我没告诉他。他就这么站在那儿,盯着我。"

"盯着你?"

"就好像他早就知道了。就好像他从一开始就知道结果会是这样。"

几天变成了几周。测试还在继续。萨提维克找到了更多那种人,而且越来越多。

他来往于全国各地,搜寻大到足以称为"有意义"的样本量。他收集实验数据,并将副本传真回实验室,以便保存。

我想象着电话那头的萨提维克:他坐在黑暗的旅馆房间里,对抗着不断恶化的失眠,对抗着自己的所作所为带来的可怕孤独感。

得分机器重拾他的进化树知识,在精心构筑的系统发育中寻求慰藉,但那里并没有慰藉可言。"看不出频率分布曲线,"他告诉我,"人种比例也不存在失衡,我根本无从下手。"他盯着萨提维克的数据,寻找着能让这一切合乎情理的某种模式。

"分布是随机的,"他说,"这不符合特性的规律。"

"那也许就不是。"我说。

他摇摇头,"那他们是什么人? 某种空集①? 不确定系统里的非玩家角色?"

当然了,萨提维克有他自己的想法。

"为什么科学家里没有?"有天晚上,我把手机举在耳边,向他发问,"如果说这种情况是随机的,为什么我们之中没有?"

"这是自我选择的结果,"萨提维克说,"如果他们是不确定系统的一部分,那干吗还要去当科学家?"

"你这话什么意思?"

---

① 译注:指不含任何元素的集合。

"很多物种都能做出有序行为，"他说，"这不代表它们拥有意识。"

"我们说的可是人类，"我说，"这不可能。"话才刚说出口，我就很想把它收回去——把这句在量子力学中说了无数遍的话吞回肚子里。这不可能。不可能是那样的。

"数据就是数据，"萨提维克说，"你的双眼就是双缝。"

"他们看着指示灯的时候，知不知道你在测试什么？他们知道自己与众不同吗？"

"其中一个，"他说着，沉默了片刻，"其中一个知道。"


几天以后，我接到了最后一通深夜来电。从丹佛打来的。那是我最后一次接到他的电话。

"我觉得我们不该做这些的。"他说着，嗓音出奇地刺耳。

我揉揉眼睛，坐了起来，"做什么？"

"我觉得我们不该造出这种东西，"他说，"你所说的现实中的谬误……我不认为我们该用这种方式利用它。不该去做测试。"

"你在说什么？"停车场的灯光照入窗帘下方，在地板上画出一条苍白的线。我周围的房间在夜色中越来越冷。

"发生了什么？"我问他。

"我又见到那个男孩了。"

"谁？"

"纽约的那个男孩，"他说，"我今天见到他了。他来找我了。"

我的大脑停止了运转。我努力消化他说的话。"那个男孩，"

我还有点不清醒,我需要咖啡,"他想干什么?"

"我觉得他是来警告我的。"

然后,萨提维克挂上了电话。

# 19

接下来的几天里,我给他打了好几次电话,但他一次也没回过我。萨提维克就像人间蒸发了,而且带着他那只小盒子一起。电话直接转到了语音信箱。那几天,我选择在实验室里过夜,睡在简易的小床上。接到他妻子打来的电话时,我就在实验室里。

"不,"我说,"他从周一起就没打给过我了。"

她对着电话哭了起来,"他本来每晚都会打电话回家。从不例外。"

"他肯定没事的。"我撒了谎。

挂了电话以后,我拿起外套和钥匙,朝门口走去。租来的车在停车场的灯光下闪闪发亮。

他们知道自己与众不同吗?我这么问过他。

其中一个,他是这么说的。其中一个知道。

我踩下油门,转上大路,加速通过亮着黄灯的路口。

体系越复杂,就越容易出问题。这是得分机器说过的话。

于是问题也出现了。聚光灯的光。小小的波函数坍缩机。在只能看到光明的时候,聚光灯的光能感觉到黑暗吗?

两分钟过后，我驶上高速公路。

我敲了敲门。

在半开的门露出的缝隙里，出现了她的脸。

"乔伊。"我说。

她把门推得大开，随后转过身，朝房间深处走去。我们没有说话。直到结束之前，我们都一言不发。

在她的床上，她将温暖的脸颊贴着我的肩膀。我跟她说起了萨提维克，还有他妻子的那通电话。

她静静地躺在那儿，没有开口。在黑暗中，我只能看到她的轮廓。臀部的曲线。

"现在噩梦每晚都会来。"我说。

"会好起来的。"

"你对梦都知道些什么？"

她从我的语气里听出了我真正的意思。"只有声音和触感，"她说，"但我还记得失明前的梦。那是很久以前的事了，我不确定自己是真的记得看到东西的感觉，还是说只是幻想而已。或许两者没什么分别。"

"也许是吧。"我说。

"今天我们又收到一封威胁信，"她说，"是寄到研究所来的。我在走廊的时候听到了杰瑞米的话。"

阴影动了动。我看不见她，但我能感觉到她搂住我胸口的手臂。

"你都梦见了什么呢？"她问。

"我不记得内容了。"

"你就继续保守秘密吧，"她说，"我不怪你。"

"你觉得他会有事吗?"

她有好一阵子没有答话。"他会回来的。我想他只是迷失了。"


"进来。"

杰瑞米坐在办公桌后面,手里拿着钢笔,面前放着几份文件。

我整个早上都在思考要说的话,但等我真的站在这儿,却不知道该如何开口了。"我觉得出事了。"我说。

杰瑞米放下了钢笔,"这话怎么说?"

"萨提维克出事了。没人能联系上他,他的手机也直接转到了语音信箱。"

"你跟他妻子谈过了吗?"

"我昨晚跟她通过电话,她也联系不上他。她很担心。"

"他经常像这样突然消失吗?"

"他偶尔会消失几天,但通常都会回电话。"

"他没回我的。"杰瑞米露出恼火的表情,"你知道他最近在忙什么吗?"

"他把报告都传真回来了。"

"这我可没听说。我不喜欢被人蒙在鼓里。"

"我还以为他一直在向你报告进度。"

"他什么也没告诉我。他向办公室请了假,说要去开拓新的研究途径——我想这就是他的原话——但他已经离开很久了。他也该回来了。"

"这就是问题所在:我们联系不上他,而且我听说有新的威胁信寄来了。"

他不以为然地摆摆手，"只是信而已，还有电子邮件。时不时就会寄来。"他打开抽屉，拿出一沓信，把那些信朝我推了过来，"罗宾斯的团队真的捅了马蜂窝。现在他甩手不管，我们反倒难做人了。"

我拿起那沓信，浏览了其中几封。内容千奇百怪。手写的长篇大论和短小的威胁声明。那些短信件里大都有这么一句话。

希望你们投过靠谱的保险。

"你去找警察了吗？"

"好几次了。大部分信件的内容都不足以提出诉讼，少数能提出的又没留下回信地址。但警方已经在调查了。"

我又翻阅了几封，每一封都比前一封更怪。有一封全是用红色记号笔写的。另一封上是打字机打出的整齐文字。然后是最后一封，内容完全不像是威胁：当心闪烁者。

我把信交还给他，"现在没人能联系到萨提维克，这让我很不安。你觉得我们能不能报案？"

这话让他扬起了眉毛。"报案？你是说失踪人口？"

"对。"

"我想现在还为时过早。至少我们这边还太早。如果他老婆想报案，那是她的自由，但我可不想太快下结论。"杰瑞米又拿起笔来。

他的性格就是这样，我很清楚。他总是对残酷的可能性视而不见。对他来说很难想象。

"他多半只是弄丢了电话，"他说，"他会再联系你的，到时候让他打个电话给我。"

"好。"我起身想要离开，却在门口停下了脚步，"还有一件事，"我说，"有件事一直困扰着我。你安排和我们共进晚餐的那两个男人，布莱顿和波阿斯。你还记得吗？"

"嗯，我正想问你情况呢。"

"你对他们了解多少？"

"他们运营着一家捐赠基金。他们的人脉显然很广。"

"捐赠基金？"在某些圈子里，这个词就像咒语。能够让人敞开大门的咒语。难怪他们这么简单就安排好了那次约见。

"是某个研究委员会的一部分，"杰瑞米说，"他们的人是这么告诉我的。你为什么会问起这个？"

"因为布莱顿提到的某件事，"你说"非此即彼"，就好像可能性只有两种似的。"我觉得他们对罗宾斯的测试知道些什么。"

"他们究竟知道什么呢？"

"知道罗宾斯不会得到想要的结果。"

他的脸上浮现出了困惑，"这怎么可能？"

"我不清楚。"

我转身想走。我的手握住门把的时候，他开了口："如果萨提维克打电话给你，而他惹上了什么麻烦，就告诉我。无论是多大的麻烦。"

太阳落山的时候，我拨出了电话。得分机器在第二声铃响时接了起来。"不，"他说，"我还是没有他的消息。"

我把杰瑞米的话告诉了他：关于萨提维克，以及大会时那顿商务晚餐。

"这可不妙。"

我思索了片刻，"你在业内有不少熟人，对吧？"

"对。"

"帮我个忙。我接下来几天会很忙。你看看能不能查到布莱顿和波阿斯的事,弄清楚他们的那个捐赠基金。"

"你觉得他们跟萨提维克的事有关?"他的语气带着怀疑。

"我也不确定,"我说,"但他们似乎彻底调查过我。现在我想以其人之道,还治其人之身。"

# 20

　　萨提维克靠近州界线的时候,夜幕降临了,于是他摇下车窗,感受着吹在脸上的风。

　　他将车子从93号高速公路转入89号高速公路。越过山岭,进入佛蒙特州,跨过怀特河,然后再跨过它一次,因为高速公路与河道在这片低地上不断交错。他朝绿色的原野驶去,远离城市,远离研究所。

　　情况或许就是这样。我能想象得到。

　　萨提维克那辆车的行李箱里装满了设备,就像系在他脖子上的石块,他背负的重担。或许他受够了那些测试,受够了报告,受够了追寻不可能存在的事物:那些行走在我们之间,却并非我们同胞的存在。他放在旁边座位上的电话响了起来。他也受够了它。他没接电话。

　　于是周围就只剩下风和黑暗,还有高速公路上的白线。

　　我努力去相信这一点。

　　萨提维克逃避了。退缩了。

　　或许他想要的是他的门阵列,是它们的逻辑简单性。或许他受够了没有答案的问题。或许是因为那个男孩。最后一根稻草。来自纽约的那个男孩，跟踪了他的那个男孩。

其中一个知道。

三十英里过后，铃声再次响起。萨提维克看了看号码。又是研究所打来的。他的手机在前座上投下绿色的光团。他想接听，但却没有。他认定自己还需要时间。几天时间，理清思绪的时间。几天过后，他会更容易理解这一切。他本能地有这种感觉，就像他认为自己的门阵列并不正确，却又不知道哪里有错时的感觉。有时候你越是仔细打量，就越是看不到问题所在。他离问题太近了。他拿起电话，丢到车窗外的高速公路上。这是从未冲动过的男人做出的冲动之举，但他立刻感觉心情舒畅多了。比过去几周舒畅多了。比他看到罗宾斯的新闻发布会以后的这些天都要舒畅。

他继续前行，将手机甩开一英里又一英里。等到有几天休息时间的时候，他会再买一台手机。

或许就这么简单。

也或许，他开着满载设备的车子行驶在路上，而后方有辆车跟了上来。

高速公路上的一抹黑暗。

萨提维克继续以五十五英里的时速前进，而另一辆车逐渐逼近。

车里坐着三个人。寄信给研究所的那些人。他们很愤怒，而且不安。

后面那辆车加速超车的同时，有人在暗处掏出了一把枪。萨提维克听着收音机，想起了自己的家。他出门太久了。他向自己发誓，今晚会给他妻子打电话，而且会尽快。他不小心忘了给手机充电，等充好电以后，却发现没有未接来电。这里是两州接壤处的荒郊野外,前不着村,后不着店。

他受够了东奔西跑,受够了寻找无处可寻的"底"。

旁边那辆车加快了速度。

他伸手去转动收音机的旋钮时,用眼角余光看到了它:那辆车从旁驶过的时候,从车窗里伸出的枪管。

萨提维克呆了仅仅一瞬间,然后对方扣动了扳机。

开枪时的火光照亮了两车之间,萨提维克的轿车继续前进了好几百英尺——就好像什么都没发生——然后偏向右方的路肩,速度丝毫未减。他的车以五十五英里的时速离开路面,方向越来越偏,直到长满野草的斜坡变成幽深的树林,而车子如火箭一般向坡下驶去,离开了视野,钻入下方的林木与荒野,消失不见。黑暗就像一只信封,在他身后封上了口。

情况或许就是这样。

又或许他只是弄丢了电话,就像杰瑞米所说的那样。或者弄丢了充电器。

他也许身在新泽西或是纽约,或者就在波士顿城里,在某个跟这儿没什么分别的旅馆房间里。

# 21

“我是来见罗宾斯先生的。”

前台笑了笑，“您有预约吗？”

她年轻又热情，有一口非常整齐、非常洁白的牙齿，整个人散发着讲求完美的气质。就连她的头发都整整齐齐，没有一丝乱发。

想到会令她失望，我几乎有些不忍心，“没有。”

“抱歉，”她说，“他今天的日程排满了。您得先预约才行。我们通常要提前几周做安排。”

“我现在就得见他，”我告诉她，“我是从很远的地方开车过来的。”

她的微笑毫不动摇，“很不幸，这是办不到的。”

我们所在的位置恐怕是这间椭圆形办公室的接待区。地上铺着蓝色的豪华地毯，墙上装饰着油画。起码有五个人正坐在奢华的预约等候区，等待着和那位大人物见面的时刻。

“他在里面吗？”我问。我朝她身后那道装饰华丽的双开大门迈出一步。

“恐怕他现在不能见您。”

我考虑过就这么绕过她,打开那道门。但她满不在乎的语气和她丝毫不变的自信微笑让我不禁怀疑,如果我敢不经允许就碰那道门,就会脸朝下摔在这条奢华的蓝色地毯上。

或许会有伞兵从天而降,扑在我身上。又或许她会亲手放倒我。

我断定还是交涉比较好,"我的名字是埃里克·阿格斯,而且——"

"噢,我知道你是谁。"

这句话让我愣住了。她的笑容毫无变化。

我扫视房间。现在每一双眼睛都在看着我,是时候换一种手段了。

"不如你去告诉他我来了,然后让他来决定我需不需要做预约,这样如何?"

"他只和约定过的人见面——"

"我开了两小时的车。拜托,你只需要花两秒钟问句话罢了。"

她的铠甲上出现了极其细微的裂纹。片刻的迟疑。我没有放过这个机会,"如果他知道我来过,却没人告诉他……"

她左边的嘴角向下耷拉了大概一微米。

"拜托,"我说,"只占用你两秒钟。"

她瞪大眼睛看着我,仿佛过了很久以后,她才朝对讲机伸出手去。她按下某个按钮。"先生,"她朝对讲机说,"抱歉打扰您,但埃里克·阿格斯来了。他没有预约。"

对讲机沉默了整整八秒钟,而接待员的目光始终没有离开我。就在我开始觉得对面不会答复的时候,对讲机里传来一阵"噼啪"声,然后是:"让他进来。"

她按下另一个按钮，于是双开大门开了。她的笑容又卷土重来，"您可以进去了。"

我从她身边走过，感受着其他访客愤怒的目光。我就像那种在车流中接连超车，只为了挤进前方队伍里的人。

罗宾斯坐在办公桌前，对面的座椅上坐着两个人。那两人转过头来。两条身穿西服的鲨鱼。

"请原谅。"罗宾斯对那两条鲨鱼说。他们点点头，起身想走。"麻烦走的时候关上门。"

房门轻轻地关上了。银行金库里的那种死寂接踵而来。

"埃里克·阿格斯。"等我们两人独处的时候，罗宾斯得意扬扬地说，"我都请了你多少次了？"

他比我想象的要矮小，少了上电视时的化妆，显得不那么光鲜完美，但他给我的印象跟电视节目上的他完全一样。"两次吧，我想。"

"而现在你突然造访，但你所选的时机不会给我带来任何益处。我是个忙人，阿格斯先生。你为何大驾光临？"他的神情平静而镇定。他没有请我坐下。或许我也没必要留那么久。他的办公室庞大而华丽，装饰无处不在：好几张加了厚软垫的椅子、墙上的油画，还有一只式样中规中矩的书柜，上面放着许多皮革封面、散发着严肃气息的大部头书。在他身后，透过落地双扇玻璃窗，能看到封闭式的小型庭院。

我决定开门见山，"我希望你这里有我的某位朋友的消息。"

他眼睛都没眨一下，"谁？"

"萨提维克·帕斯汉卡。帮你们做了那个盒子的技术人员。"

"噢，我想我记得他。你说他叫萨提维克？他没跟我联络过。为什么问这个？"

"因为他失踪了。"

"失踪，"他的脸上头一次出现了情绪，或者说某种类似情绪的东西，"我们的朋友是何时失踪的?"

"一周前。"

"有时候人只是需要独处。我想他会出现的。"

我仔细打量着他。即使他不打算说出来，我也想在他身上找出真相。但他要么非常擅长掩饰，要么真的对萨提维克的事一无所知。我决定选择最直接的方法。

我从裤子后袋里拿出那张折起的纸，丢到他的办公桌上。他迟疑了片刻，然后才伸手去拿。

"这是我们研究所收到的，"我说，"也许是你的某些追随者写的。"

他摊开那张纸，看着上面的文字，然后抬起瞪大的棕色双眼，看向我的脸。最后，他重新折好那张纸，顺着桌面推回我这边。

"我的追随者有什么理由去做这种事呢?"

"实验，"我说，"这种威胁信大概是从上个月开始寄来的。有些的内容更加耸人听闻。"

他指了指桌子对面的两张椅子之一，"请坐吧。"

我坐在奢华的红色皮革上，就像坐进一辆跑车里。这张椅子的价格恐怕相当于我一个月的薪水。"在你接受的访谈里，你说测试的器械出了故障。"我说。

"对。"

"其实根本没有故障，对吧?"

"这就是你的来意吗? 希望听我说实话? 真有这个必要吗? 你也看到那些泄露出去的视频了。"

"我确实看到了。"

"全世界都看到了。我们用'故障'这个词来描述实验，但其实还有另一个词可以形容——'灾难'。事实在于，我真希望自己从没听说过你们那个小盒子。它带来的只有麻烦而已。"

"所以或许你的某个追随者决定拿萨提维克出气。也或许是你亲手干的。"

罗宾斯大笑起来，"我干吗要做这种事？我能得到什么好处？"

我耸耸肩，"因为你不喜欢那个盒子得出的结论。"

"噢，这件事你没说错，但现在做什么都于事无补了。也就是说，秘密已经泄露出去了。就算你的技术员朋友消失，也没法挽回什么。说实话，如果你的朋友发生意外，只会让快要遗忘这件事的世人重新关注这起不幸的事件。我更希望他们就这么合上这本书，不再去翻看。"

我想起了他上次说过的那些关于书的话。他不再是数月前跟我通话时那个自信而顽固的罗宾斯了。这个人更加谦卑。他让步了。事情改变了。

"你对我说过，只要选择正确，一本书就能满足你。"

他职业化的笑容消失了，"有时候，造物主会拒绝给予我们答案，只为让我们更充分地展现信仰心。至少我们只能如此认为。"

"真是有趣的推测。"

"但这是我们仅有的推测。虽然在情绪陷入最低谷的时候，我曾经想过，也许我们只是在不知情的情况下被卷入了一场玩笑。"

那种镇定而职业化的笑容彻底消失了。他眼角附近的皮肤出现了皱纹，而他的双眼发肿，仿佛很久没有睡觉了。

"这不是玩笑，"我说，"我的朋友失踪了。"

"我偶尔甚至会好奇，或许'玩笑'这个词的程度太轻了。或许用'诡计'来形容更合适。对于上个月让我劳心费力的那场搜寻灵魂的实验，在很多方面我都要感谢你。"

"感谢我？"

"实验结束后，我遭遇了信仰危机，"他说，"我不禁思索，为什么上帝会创造出没有灵魂的孩子？可能的理由都有哪些？还有个问题让我在某些夜晚辗转难眠：这样的孩子长大成人以后，会变成什么样子？"

这正是我努力避免思考的问题。或许萨提维克也正是因此而东奔西走的。

"我不是来跟你探讨神学问题的。"

他不屑地摆摆手，"一切都跟神学有关，又或者全都无关。告诉我，你不觉得奇怪吗——为什么宗教和物理学都把自由意志作为关注的焦点？"

见我没有回答，罗宾斯靠向椅背。"这是一幅蒙特赛的画。"他说着，指了指挂在桌子对面墙上的那幅画。在宽大的画布上，画着红色与棕色相间的场景，有个女孩坐在石墙的边缘，背景里耸立着一座高大的教堂。而在教堂的尖塔顶端，有只十字架朝镇子投下长长的影子。那幅画很美。那个女孩面容悲伤，让人过目难忘。

"十八世纪的时候，"罗宾斯说，"这位画师在二十八岁那年自杀了。这是他的画这么值钱的一部分原因。他的作品很少。拥有创造力是有风险的，这也是我远离艺术的理由之一。但终极的造物主又如何呢？我不禁思索。当人们揣摩神圣的动机时……为什么他们总以上帝神智健全为前提?"

起初我以为这是个设问句,但他却真的在等我回答。我答不上来。这样的问题是没有答案的。

"这么一来,或许质疑造物主所做的任何事都是愚蠢的,"他继续道,"或许背后并没有逻辑存在。也许古代东方的哲学家们一直都是正确的。他们不问'为什么',只问'是什么'。光鲜的外表之下有着什么? 这世界上还有什么是真正靠得住的? 就连原子都只是转瞬即逝的阴霾。我们努力让自己相信的一切,只是层层堆砌的虚无罢了。"

这跟我预想的不同。他开始跑题了,于是我把他拉了回来,"关于萨提维克,你肯定能做点什么。"

他的眼神严肃起来,"比如?"

"跟你的教众谈谈。"

罗宾斯大笑起来。他用那种低沉的男中音笑个不停,"也就是说,你觉得这件事跟我教会的某些成员有关,而且只要我开口,他们就会出来自首?"

"也许吧。"我耸耸肩。

"教会的形象来自我们自身,正如我们的形象来自上帝。教众会从教会那里接收适合他们的教义,抛开其余的那些。对于那种观念非常……极端的成员,恐怕无论我说什么,都很难动摇他们的观点。你的上司对失踪的事是怎么说的?"

"他们的态度是'静观其变'。"

"噢,或许这就是内行人的做法。"他顿了顿,棕色的双眼扫过我的脸。我能看出他得出了结论。"只不过,"他说,"你的建议也没什么坏处。来一场'代行法律乃是罪恶'的布道? 类似这种吗?"

"这会是个好开始。"我决定碰碰运气,"你的安保系统是新装的,还是说你一直都这么多疑?"

他的嘴角浮现出毫无喜悦的笑容。"是新装的。庭院里的守卫也是新雇的。"他指了指落地式玻璃窗,但就算乔木和灌木之间有人,他们也藏得很好。

"你为什么突然对安保感兴趣了?"

"环境改变了。世界在发生变化。"

"噢?"

"我们看向你们做的小盒子里面,然后坍缩了波函数。所谓以小见大。看起来,就连名声都遵循着量子力学的法则。公众的目光会改变他们观测的东西。"

"也就是说,你们也收到威胁信了。"

"这么说吧:并非所有关注都是善意的。"他的笑容退去,"这就是穷极一生去解决重大问题的人所要面对的代价。"

"说到问题,"我开了口,然后又迟疑起来,斟酌着字句。能打的牌就只有一张了。我仔细打量着他,"你听说过一个名叫布莱顿的男人吗?"

听到那个名字的时候,他的表情凝固了——只是片刻的停滞,如此微不足道,我几乎能假装自己没有发现。他摇摇头。

"不,"他说,"从没听说过。"

我紧盯着他。这是他头一次说出我不相信的话。

"在你们进行测试之前,"我说,"我跟那位布莱顿谈过,他似乎知道些不该知道的事。他似乎知道你会有出乎意料的发现。"

他看着我,未置一词。

"他怎么会知道?"我追问他,"布莱顿跟你是什么关系?"

"我不认识叫这名字的人。"

我从他的脸就能看出这是谎言。我再次追问："为什么有人能提前知道你会发现什么？"

"或许只是猜测，又或许你误读了他的话。"

"也许吧。"我说，虽然我半点都不信。

"如果有人提前知道，"他说，"我希望他们能来警告我，让我可以不用召开那场新闻发布会。"

罗宾斯出人意表地站起身来。有那么一瞬间，我还以为他打算结束我们这场小小的会面，但他却转过身去，走向落地双扇窗。他没有开窗，而是站在透过玻璃照入房间的阳光里。他看着窗外，双臂交叠。

他就这么背对着我，开了口："要知道，直到不久前，我从没想过规避困难。我总是在设法考验自己的信仰，"他说，"所以你的实验才如此吸引我。我以为它就是答案。"

"什么问题的答案？"

"世间最古老的那个问题。或许是唯一重要的问题。肉体就是我们本身吗？我曾耗费精力去探究某些人根本不愿去想的问题，其种类也天差地别。我现在才明白，我之所以做这些事，是因为我的信仰很脆弱。现在我可以说出口了。我可以承认了。"我看到他的目光转向我碰巧出现在玻璃上的镜影，"小时候，你思索过生命是如何出现的吗？"

"我小时候爱好数学。"

"我在医学院学习内分泌和循环系统——生物体内的各种开关——而我在其中找不到任何意义，任何目的，只有细胞为了自身的存续而进行的盲目运作。当然了，那种结构相当复杂，但却没有任何灵魂的迹象。躯壳之内没有丝毫光明。"他自顾缓缓点头，仿佛在重温自己人生尤其黑暗的部分，"生物身上的真相也便是世界的真相。正如所有细胞都来源于原始细胞那样，当你看向宽广的宇宙，会看到一连串无穷无尽、毫不间断的事件，而它可以回溯到最初的第一因——亚里士多德的理论中那位不动的推动者①。但其中有生命的意义，有让生命存在的首要目的吗？我扫视周围，不禁发问：在这一切里——在这无因之因里——上帝位于何处？他真是有必要的吗？”

“你说的是宗教，不是科学。”

他的双眼再次看向我在玻璃窗上的镜影，“有位名叫史蒂文·温伯格的科学家说过这么一句名言：‘宇宙越是显得可以理解，就越是显得毫无意义。’”

“我很熟悉这句话。”

“你还不明白吗？这就是你的实验带给我们的东西。”

“你说的究竟是什么？”

“躯壳里的光明，”他说，“一切的意义。它一直都在那里。”

他从窗边转过身来，回到他的办公桌旁。他一屁股坐进皮椅里。“我有个双胞胎兄弟，你知道吗？”他问我，“不知道？是真的。”

我努力想象有两个他的世界是什么样子。

他仿佛读懂了我的想法，开口道：“我那位兄弟出生时就死了。”

“真为你难过。”

“小时候，在天主教学校上学的时候，我曾经思索：像我和我兄弟这样来自同一个身体的情况，灵魂的赋予是怎样做到的。

———
① 译注：亚里士多德认为运动是永恒的，因此必然有永恒的原因，而这个原因本身不能是运动的，因此将这种原因称为“不动的推动者”。基督教经常援引这一理论来证明上帝的存在。

那具身体里有可以分割的灵魂吗？或者说,在我们仍是一体的短暂时间里,胚囊之内蕴藏着两个灵魂,而它们的存在本身导致它分成了两个身体？双胞胎是个错误,这点是毫无疑问的,但究竟是怎样的错误呢？或许两个灵魂的存在并非副产品,而是双胞胎出现的原因。又或许我们——我和我兄弟——只有一个灵魂。得到灵魂的是我,还是他？还是说我们分享着同一个灵魂?"

这时候,我开始明白驱使着他的是什么了。那样的童年确实会塑造出他这样的人。医生变成了牧师,然后又变成了坐在我面前的这个人。

"可那些完全没有灵魂的人呢?"他继续道,"就像加尔文教徒相信的那样,是否受到救赎在出生前就已注定。或许他们早就知道了真相。"

"我没看出你是加尔文派。"

"我不是,"他说,"这让我想起了自己多次思考过的那个问题:人和人之间的区别究竟是什么？杀人狂究竟从何而来？我曾注视过某些人的眼睛,却看不到任何自责,任何悔悟,任何对他人生命的顾虑。谁又能看着我们的同胞,却不觉得其中一些人缺少了些许人性的火花?"

"这就是你的下一个实验吗?"我问他,"测试别人是不是反社会者?"

"在妄图僭取仅属于上帝的特权时,我们也招来了灾难。"

"什么特权?"

"当然是窥见真实的能力——窥探他人的良知,又或者缺乏良知的事实。"他的表情阴沉下来,"我对继续实验不感兴趣。失踪的人不是只有你的朋友。"

片刻过后,那些话语带着千钧的力道击中了我。我问:"失踪者是你的什么人?"

从他的表情来判断,我知道他不小心说漏了嘴。他面露微笑,但沉默不语。

"你干吗要在布莱顿的事上说谎?"

"我告诉过你,我不认识叫那个名字的人。"

看着他的时候,我突然明白了,"你雇那些守卫为的就是这个。"

他轻声笑了起来。如果说他的双眼先前透出疲惫,现在就是精疲力竭了。"有些秘密,我们会去追寻。另一些秘密,我们唯恐避之不及。无生命之物是怎样孕育出生命的?我们是引火物还是火星?还有最终的谜题。我们终有一天都将知晓答案的谜题。"

"那又是什么?"

"在死亡的那一刻,体内的光明会去往何方?我现在还不想知道答案。"

"我也一样。"

"为了相信上帝的存在,阿格斯先生,你就必须同样相信魔鬼是存在的。请你扪心自问,两者之中,谁更可能来找你?在人生中的某些时刻,我曾是无信仰者。这才是最终极的讽刺:只有与魔鬼碰面,才能前往上帝身旁。"

他的手在桌下动了动,只是个不起眼的动作。"但有时候,"他说,"我真希望自己能回到没有信仰的时候。"

片刻过后,门开了。我意识到他按下了召唤保安的按钮。我们的会面就此告一段落。"我会照你的要求去做那场布道的,"他说,"但你现在该离开了。"四个魁梧的男人走了进来。两个光头,两个平头。

他转头看向那些人,"麻烦你们,送阿格斯先生出去。"

块头更大些的平头男人一手按在我的肩上。

我本能地考虑抵抗,但我站起身。"我还会再联系你的。"我说。

"阿格斯先生,不幸的是,我由衷地怀疑这一点。"

## 22

　　我接到那通电话是四天后的事。那天是周六的午后，旅馆房间窗外的影子正在逐渐变长。电话振动时的嗡鸣吓了我一跳，我放电话的桌上突然亮起光芒。

　　它嗡鸣了正好两声，然后静了下来。我瞥了眼屏幕。未接来电。

　　我起初没认出那个号码。区号是本地的。号码看起来眼熟，却并不在联系人名单里。

　　然后我明白了原因。我瞪着那个号码。

　　那是我非常熟悉，却从未打过的号码。我自己办公室的号码。

　　我身体僵硬，突然警惕起来。

　　我回拨了号码，但却无人接听。语音信箱里传来了我自己的声音，那段我曾经录下，却早已遗忘的话：我不在办公室，但如果你留下口信，我会回复你。我又打了一次，然后是又一次。接下来的一两分钟里，我一边穿衣服，一边又拨打了五次左右，但始终无人接听。电话那头传来的只有我自己的声音。

　　我不在办公室，但如果你留下口信——

我不在——

我不在——

我开始讨厌自己的声音了。我考虑过打电话给杰瑞米，可我能说什么呢？说我在周六下午接到了自己办公室打来的电话？而且还是很快就挂断的神秘电话？他又会怎么做呢？经常有人整个周末都待在研究所。这不能作为报警的理由。但考虑到之前发生的那些事，或许报警也在情理之中。他最可能的做法就是自己开车去研究所确认。

我把冷水洒在脸上，试图理清想法。我努力想象电话那头的人坐在我的椅子上，拨出我的手机号码。我能想到的只有一个人。而且他找的人不是杰瑞米，而是我。

可为什么要从实验室打电话？为什么不用手机？在沉默了那么久以后，为什么要用工作地点的电话打过来？这不合情理。除非他不想被人追查到。又或者杰瑞米说得对，他只是弄丢了手机。或许他的手边碰巧只有办公室的电话而已。可他又为什么没接通就挂了电话？

还有第三种可能性：那根本不是萨提维克。

我打开帆布包，翻找起来，然后拿出那把手枪，在手中掂量了几下。有时候，做过的事是没法撤回的。

我确认了弹匣。里面装着子弹。

但你必须相信自己。我在梳妆台上的镜子里瞥见了自己。棕色的乱发，脸颊前所未有地瘦削，眼神焦躁不安。

我用一条穿旧的蓝色牛仔裤包住那把武器，放回帆布包。我把帆布包放进壁橱的保险箱里。

我找到了鞋子，然后朝门口走去。

太阳开始落山的时候,我开车去了研究所,手机放在身旁的乘客位上。今天早些时候下过雨,路面还是湿的。我打开雨刷器的开关,刷去其他车子经过时溅起的水沫。我在黄昏降临时来到了实验室,访客停车场亮着小巧的黄灯。我继续向前,沿着环形的车道来到研究所的后方。

看到那一幕的时候,我的心脏跳得更快了。萨提维克的车就停在停车场中央,他那辆灰色的小轿车。我差点叫出声来。

我在他的车旁边停好,然后下了车。我走向那辆老旧的斯巴鲁,摸了摸引擎盖——这是我从一部老警匪片里学来的。引擎盖还是温的,上面沾着几滴水珠。

我朝研究所主楼走去,用工作证打开了安全门。我穿过大堂,爬上楼梯,来到二楼。前厅亮着灯,但前进一段路以后,我就只能依靠落日余晖来看清周围了。

"萨提维克!"我大喊道,"你在吗?"

没人答话。

他是从我办公室的分机打给我的,但我决定先去确认他的办公室。

我能听到的只有自己鞋底踩到地面的"咔嗒"声。

接近他的办公室的时候,我看到那里的灯没有开。这迹象可不太乐观。我站在门边,打开了灯。办公室里空无一人,看起来跟过去几周一般无二。没有萨提维克来过的迹象。我没有关灯,继续沿着走廊向前,朝萨提维克的实验室走去。那里同样没有人。

他的设备铺在工作台上,跟我从前造访时没什么区别。我正想离开,却停下了脚步。

有些地方不一样了。我审视房间。

片刻过后,我才明白是哪里不一样。

那些图表不见了。挂在墙上的图表不见了。某张图表的一角仍旧留在墙上。这些图表与其说是被撤下了,倒不如说是被人撕掉了。

我保持着高度警惕离开了他的实验室,沿着走廊绕过转角。

我停下脚步。前方有个房间的灯是亮着的。

我的办公室。

我看着从门口倾泻出来的灯光。

"萨提维克!"我大喊道。

我等待着。没人答话。

"萨提维克,是你吗?"

迎接我的只有寂静。我走向我的办公室。

里面空无一人。

我走了进去,审视着那个小小的房间。没有哪怕一张纸不在原位,没有人碰过任何东西。我坐进自己的转椅,考虑着该做的事。电话还在我的办公桌上。我拿起听筒,拨了萨提维克的号码,觉得他发现我在办公室的话或许会接听,但结果和上周一样。直接转到了语音信箱。他的电话要么关了机,要么就是没电了。

我想过打他家的电话,但最后放弃了这个念头。万一他还没联系过他妻子呢?我可不想打扰她。眼下的状况越来越可疑,在有能够告诉她的确凿事实之前,我不想打这通电话。而且如果萨提维克还没回过家,他肯定有充分的理由。不,还是先理清状况比较好。等我弄清发生了什么,再打电话也不迟。

可究竟发生了什么呢?很快就挂断的神秘来电。停车场里熟悉的车子。我将额头贴在桌上,桌面冰凉而坚硬。如果他的车在这儿,也就意味着他肯定在研究所的某个地方。虽然不一定在这座大楼。

我突然醒悟过来。

我站起身,走到窗边,拉起百叶窗。透过玻璃,越过后部停车场,我看到了那些附属实验室,而在更远处,在停车场的另一头,我看到了那座旧仓库——那栋W型的建筑物。正门是开着的。

我迅速行动。

我跑下楼梯,来到玻璃门前。夜风凉爽。我穿过后部停车场,沿着人行道来到仓库的入口,穿过敞开的正门。这座仓库设施比研究所主楼更大,也更加开阔。但同样的寂静也笼罩着此处。旧设备都存放在这里。仓库的前部有几间办公室,还有几个小型仓房。后部是网格构造的许多大型存储用隔间,堆满了十几家倒闭研究设施的废弃设备。一座设备的坟场。

"萨提维克?"我大喊道。

我从几间昏暗无光的办公室旁边经过,然后推开了通向内部的门。我开了灯。

什么都没有。庞大的房间里空无一人。我穿过隔间旁边的过道,确认每个隔间的内部。我在另一头停了下来。这不合情理。他究竟去哪儿了?

对面的墙壁边放着一张工作台,上面有钢笔和笔记板。我撕下一张纸,翻了个面,然后写下这几个字:

　　　　萨提维克,打我电话。

我决定把字条放在他车上。如果我明早还没接到电话,我就打给杰瑞米、警察,还有他妻子。我会打给所有人。还有个更好的办法：我可以把车停在研究所的大门附近，开始监视。如果接下来的几个钟头，有人去了萨提维克的车那边，我就去质问他们。我把笔记板放了回去，走向正门。

穿过房间的时候，我太过专注于思考——思考那张字条和那辆车——所以没能第一时间察觉灯光。我的眼角余光捕捉到了微弱的光线。

我转过头去。

那是靠近出口的某间办公室。灯光从半开的门里泻出。

而在不久前，那儿并没有灯光。这点我可以肯定。

我停下脚步。

字条脱离了我的双手，飘落在地板上。

"萨提维克。"我说。

没人答话。

肯定有人刚刚开了灯。这儿不只我一个人。

"萨提维克，是你吗？"这次我抬高了嗓音。我朝敞开的门迈出一步，仅仅一步。寂静让我停下了脚。彻底的、全然的寂静。

我的动作凝固了。我的声音已经够响了，但却没人回答。也不会有人回答。不知为什么，我突然明白了：无论那个房间里的人是谁，都不是萨提维克。

我缓缓地退后一步。

然后整个世界开始分崩离析。


我的骨骼吃了重重一击。

那股冲击传遍了我的身体，让我立足不稳。

我撞到地上，却没有发出任何声音，半点都没有。我的脸贴着冰凉的瓷地砖——

　　我的盥洗室。早晨的阳光倾泻进来,坚硬的瓷砖表面贴着我的脸,就像一场梦。我努力把脸转向陶瓷做的马桶,想要再次呕吐,却似乎做不到。地板的触感舒适而凉爽,空气如此闷热——而嗡鸣声开始响起。我的耳鸣声如此强烈,让我无法思考。

　　我睁开双眼,看到了亮光,几块剥落的墙砖,背景里有橘红色的闪光。我努力思考,但一切似乎都毫无意义。我所在的地方是仓库,不是我的盥洗室。疼痛传过我的胸口,让我咳嗽起来——那是令人痛苦、夹杂着喘息的咳嗽。起先我以为自己的肋骨断了。在严重摔伤的时候,身体会花一点时间来判断自己能否存活下去。最初的几口喘息。继续跳动,又或是停止跳动的心脏。停留在原位,又或是相互刮擦的骨头。

　　我发现自己躺在地板上,周围是熊熊燃烧的火焰。

　　我的双眼蒙眬,光晕般的火光模糊了我的视野。

　　我缩了缩身子,闭上眼睛。我再次睁开眼睛,但模糊并未消失。

　　我试图翻身站起,身体动了动——痛楚没有好转,也没有加剧,于是我将双手撑在地砖上,试图起身,试图确认自己的存在——而周围的亮光变得更加强烈,并且蔓延开来。明亮的橘色火焰。在火焰的上方,黑烟翻腾不止。

　　烟雾从我身边飘过,咳嗽的冲动再次袭来,而我能想到的只有火焰。老天啊,快点动起来。但我的身体似乎不听使唤。烟雾更加浓重,火焰发出嘶嘶声和噼啪声。就在这时,自动洒水装置启动了。但这只是杯水车薪。

　　我再次试图起身。当我跪坐起来的时候,水喷洒下来,打湿了我的衣服,呛人的烟雾充斥于周围的空气。我用单腿支起身体。我的肺部传来灼痛,我的眼睛传来灼痛。我看不见东西,泪水顺着脸颊不断流下。

我跌跌撞撞地走向一间开着门的办公室，重重关上了门，大口呼吸着空气。我脱掉衬衣，塞进门下，试图阻止烟雾涌入。我用手背擦了擦眼睛，但灼痛仍在。这是怎么回事？他们用了什么样的助燃剂？

我走到窗边，但却打不开窗。那只是一块窗板——没有铰链，也没有插销。

"妈的。"安全玻璃。

我深吸一口气，努力让自己冷静下来。我需要思考。我能感觉到周围的空气越来越温暖。我猛地拉开门，在火焰的驱赶下冲向右方。在走廊的另一头，透过模糊的双眼，我看到了一扇标有"公共设施"的门。也许是吧。

我的手摸到了门把，随后冲进门里。这里的空气终于清新和凉爽起来。我从口袋里拿出手机，用它作为照明。绿色的光芒照亮了黑暗。

我身在办公室后部的一条通道里，它的长度似乎与仓库的长度相等。我迅速行动。虽然这里的空气好上不少，但我还是能闻到烟味。即便在这条密封的走廊里，空气也开始升高。无论有没有自动洒水器，这座仓库都会烧起来。

我从长长的一排保险丝盒的旁边走过。我俯身钻过水管和电缆。来到通道的尽头时，面前出现了另一扇门。我听到火焰的声音从门后传来，就像在远处不断拍打和粉碎的浪头，又像是逐渐响亮的静电音。

我将手伸向这扇钢制的门，将它拉开。前面走不通。火势正迅速蔓延，比我预想中要快得多。

我扫视周围，搜寻着某种解答，某条出路，就在这时，我看到了连着墙壁的那条梯子。我用手机屏幕的微弱光线照向上方，那条梯子消失在我头顶高处的黑暗里。一条通向上方的窄道。

我立刻爬了上去——毕竟我的选择相当有限。

梯子的顶端是一个平台，还有一条短小的楼梯，通向天花板上检查口的钢制盖子。我用肩膀抵住它，用力一推。它毫无反应。

我再次推挤，这次用上了全身的力量。汗水流下脸颊。盖子岿然不动。

我无力地坐回平台上，大口喘息。烟雾正从下方升起，让我难以呼吸，于是我用手机照向检查口，这时才看到那只把手——那是个式样简单的钢制门闩。我咒骂了自己的愚蠢，然后伸手一拉，门闩伴随着响亮的"叮当"松开。我向上一推，突然间便身在黑暗的天空下。这里的空气洁净而芬芳，让我几乎难以置信。

我在屋顶上爬了几英尺，这才跪倒下来，大口喘息。空气顺着我灼伤的气管进进出出，我能清楚地感觉到自己肺的形状。

等我起身的时候，世界微微摇晃起来。我蹒跚着走到屋顶边缘，向下看去。直到这时我才理解了现状。我身在燃烧着的仓库的屋顶上，屋顶离地面有大概二十五英尺。这种高度还是别跳下去的好——除非别无选择。又一场爆炸撼动了我脚下的这栋建筑物，低沉的隆隆声仿佛巨龙的咆哮。我想着下面那些设备。谁知道正在燃烧的是哪些物质？至少主楼的那些电子显微镜是安全的，还有得分机器的青蛙以及另外几十间办公室。仓库也许损失惨重，但汉森研究所还能运营下去。

我转过身，在我身后，烟雾开始从我刚才爬出的检查口飘出。火势仍在增长。

第三次爆炸让屋顶摇晃起来，我摔倒在地。玻璃坠落的声音传来,此时烟雾穿过了下方那些粉碎的窗户,沿着仓库的外墙涌出。热量继续增长。我站起身,走向屋顶的另一边,能感觉到鞋底踩着的柏油开始融化。屋顶的中央出现了不太明显的凹陷,于是我改换路线,前往边缘。

远处传来尖利的警笛声。

凹陷变深了。一切都发生得太快了。在我的注视下,屋顶中央似乎开始向内部坍塌,起初只有几英尺的宽度,然后逐渐变大,化作黑色的排水口,闪闪发亮的热气和黑烟从其中升起。我这才意识到,我恐怕没有等待消防队赶到的时间了。

我沿着屋顶的外侧边缘飞奔起来,试图和中央区域拉开距离。然后我想起了那座园地棚舍。我曾见过维修人员把割草机放进里面——那是一栋毗邻仓库正后方的小巧棚屋。

我在屋顶的后部边缘探出身子。

找到了。

下方是个银色的矩形。倾斜的屋顶。要坠落的距离依旧超过一层楼的高度,但至少我不会死。

我审视着这段距离,然后调整了预期值。

或许不会死。

矩形的后方是水泥垫块,木制的货物托盘以及垃圾箱。我转过身,扫视屋顶,寻找用得上的东西。消防车的警笛声更响了,显然正在驶入研究所。钻出破碎玻璃窗的火焰照亮了天空。消防队不可能知道我在屋顶上,我也不打算冒险穿过凹陷的屋顶去靠近仓库正面,让他们有可能看见我。

这可不是普通的火,这根本是地狱之火。炽热的烤箱。热量透过我的鞋底传来。时间紧迫。

我从屋顶边缘探出身子。

　　我审视着墙面,寻找能用手抓住的位置——无论用什么方法,只要能让我离地面再近那么几英尺就好。

　　但我一无所获。

　　仓库的这一面只有陡峭的煤渣砖墙。

　　在我身后的黑暗里,火光骤然明亮起来。我转过身去。靠近仓库正面的屋顶上又出现了一个窟窿,热气喷涌而出。我没时间了。

　　我翻了出去,用双手抓着屋顶边缘,将身体放低。

　　然后坠入黑暗。

　　拯救我的是下方的铁皮屋顶,它将我的动量转换成了旋转动作。

　　我的双脚首先踩上屋顶,双腿和膝盖随即弯曲。屋顶的坡度让我身体后仰,屁股随即撞了上去。紧接着,我的双肩和脑袋也在铁皮上弹开。就在眼前金星直冒的时候,我头下脚上地滑落下去,周围的光线只能让我勉强看到迎面而来的木制托盘。我重重地摔在托盘上——先是抱住脑袋的双臂,然后我的右边臀部在响亮的"嘭啪"声中撞碎了木头,冲击带来的震颤传遍我的身体,挤出了我肺里的空气,而我滚了几圈,最后扭动身体,停了下来。

　　我沐浴在明亮的火光中。

　　有只冰凉的手按住了我的额头。我不明白。

　　警笛声更响亮了。在我头顶,熊熊烈焰直指天空。仓库。我为什么会在仓库?我的思绪一片混乱。我想起了停车场。萨提维克的车。"萨提维克在哪儿?"

"嘘。"有个声音传来。

"我在哪儿?"

"躺好,"那是个女人的声音,"急救人员就快来了。"

她的脸上有血。她比我年轻,二十七八岁的样子。她穿着灰色的雨衣,兜帽盖住了她一部分的沙金色头发。一道旧伤疤将她的两条眉毛恰好一分为二。她的下巴上有条粉红色的新伤疤。她的鼻子里流出血来,脸颊上留着用手擦拭过鲜血的痕迹。血滴到了她的雨衣上。

热浪愈加强烈。

她站起身,抓住我的脚踝,用力拉扯。我感觉到了自己双肩下的水泥垫块,于是抬起头来。她拖着我的身体,把我拖向一只垃圾箱后面,远离热浪和肆虐的火焰。她瘫倒在我身旁。

"发生了什么事?"我问。

她没有回答。

她再次用那只冰凉的手按住我的额头。我看到她少了两根手指,左手的小指少了第二指节以上的部分,无名指则少了第三指节,那是早已愈合的旧伤。

"他在哪儿?"我问她,"萨提维克在哪儿?"

"不在什么好地方。"她说。

然后晕眩感再度袭来,痛苦仿佛一把刺进太阳穴的滚烫刀子,随后世界陷入了黑暗。


"嘿!"

我翻了个身,抬起头。那是远处传来的声音。

"嘿,你!"

那声音来自一位朝我跑来的消防员。对方身材魁梧,面孔很年轻。

我扫视周围，那个女人不见了。

"你没事吧？"大个子跪在我身边，问道。

我一开始什么都没说。最后，我咕哝了一句："我的头。"

"你烧伤了吗？"

我没有回答。我只是站起身来，让他带着我绕去仓库的另一边。

十来位消防员正在与烈焰对抗。两辆消防车躲在停车场上的安全位置，消防软管蜿蜒着越过冒出蒸汽的潮湿地面，喷出的水龙浇灌在仓库上。跃动的红色火光让一切都生动起来。我仿佛又看到了多年前的那个夜晚，我家门外的情景。红色的光，没有脸的警察和仿佛从水下传来的对话。

除了消防车以外，停车场里只有我的车。这一幕缺了些什么，但我却一时对不上号。

我回头看向仓库，火焰蔓延到了屋顶，正在二十英尺的高度熊熊燃烧。

"你烧伤了吗？"那位消防员问。

我低头看着自己，这时才发现衬衫的袖子烧焦了，衣袖的边缘成了一团燃烧过的布料。

"噢。"我说。世界在火光中旋转起来。我跌坐在地。

那人转过头去，朝身后大喊："嘿，来人帮把手！"

# 23

有光照着我的眼睛。

"你叫什么名字?"

发话者是消防队的急救人员。我忽然觉得他已经问过我好几遍了,但我不敢肯定。

"埃里克·阿格斯。"我说。

"你感觉如何?"

这个问题不像是话语。只是毫无意义的声音。我努力集中精神。

"你有哪里痛吗?"那张脸凑近了些。他皮肤苍白,有一张圆脸,留着浓密的山羊胡,痤疮在他脸上留下的痕迹仿佛弹坑。

"我没事。"我说。

"你觉得你能站起来吗?"

"我没事。什么问题都没有。"

"你几岁了?"

我思索了片刻。那个数字迟迟不肯现身。"二十八,"我说,"也可能是二十九。"

"你脑震荡了。"

"不,我没事,"我说,"我什么问题都没有。"我试图起身。

"你有事。"那只手又阻止了我。

"我的朋友在哪儿?"

"谁?"

"我没事。"我说。我扫视周围。烧焦的仓库。我试图理解这一幕。可怕的事发生了。

"不是二十八,就是二十九。"我告诉他。

随后的记忆是驶来的救护车。

我头顶的车壁上挂着的那些听诊器。

鸣响的警笛——这声音我听过上百次,但从没有在这么近的车厢里听到过。

我仰天躺着,看着天花板,感受着车辆在空间中穿行。每当救护车转弯,挂在墙上的那些听诊器就会以和墙壁垂直的角度甩出,就像重力改变了那样——在纤细的黑色胶管末端,装着银色的耳件。当救护车绕过转角的时候,它们便会以一致的动作晃动,悬停在我的头部上方,仿佛一场听诊器的慢舞,蔚为壮观,而我有幸见证。

这一幕第三次出现的时候,那位急救人员也摇晃起来,几乎失去平衡。"嘿!"他对司机吼道,"悠着点儿。他不赶时间。"

"我没事。"我告诉他。


这就是正在发生的事。

也可能已经发生过了,也可能将会发生。警笛声、混乱而不连贯的记忆、萨提维克在停车场里的车、火的热量。

还有听诊器。我能清楚地看到它们同步摇晃的样子。

我试图起身。

"你醒了。"急救人员的脸苍白浑圆,满是弹坑。就像另一个月亮[①]。火卫一,要不就是火卫二。

月亮开了口,"放轻松,我们快到了。"

"到哪儿?"

"医院。"

"萨提维克也会去吗?"

"谁?"

"萨提维克。"

听诊器再次摆荡起来,仿佛支撑着救护车侧面的长长手臂。"我听不懂你在说什么。"月亮说。

那个梦。

我母亲穿着蓝白相间的睡袍。

"每次脑部的尺寸猛增,都与地球磁场的波动有关,"她语速飞快,语气生动,试图向我说明一切,"地磁发生了倒转,现在南美洲正位于热点。"

自来水过滤器的响声从厨房传来,锅碗瓢盆"叮当"作响,我姐姐在努力整理那片混乱。阳光从窗户泉涌而入。这地方乱糟糟的,我们有好几周没来过了。药瓶胡乱地丢在桌上。

"磁场的机制不是这样的,"我告诉她,告诉我博学的母亲,"你知道的。你肯定知道的。"

"但如果我说得没错,而直接供给线粒体的确能延长整整百分之五十的寿命,这对世界来说又意味着什么?"

我回想着她的话,试图回溯她的思路,但却无路可循。那是属于她的荒野,我根本跟不上她的脚步。

---

① 译注:此处原文为moon,除了特指地球的卫星之外,也可泛指其他行星的卫星。

"我要尝试把能够减肥的那部分推出市场,但要去掉抗衰老的那部分,因为政府肯定会横插一脚。爱因斯坦错了。只要你这次帮我一把,我就能证明。我从昨天起就在考虑这件事了,光和时间是相互关联的。如果光在穿过大气层的时候会减速,那它应该也能加速。牛顿说每个力都有大小相等而方向相反的反作用力。如果我们能证明时间与光是分离的,那就意味着光的速度是可以改变的。光子在运动时会用上全部的能量,所以它不会经历时间,也没有质量,对吧?黑洞只有质量,没有时间,不会运动,所以肯定有某种现象只有时间,没有质量,不会运动,而且——"

"妈。"

"而且他们不希望人类寿命达到两百三十岁。如果他们知道它的效果,我会进监狱的。"

"妈,拜托。"

"我减了十磅,头发也变成了棕色。我找到了强行供给线粒体的方法。你瞧,我的头发几乎是棕色的,只有两种成分,钙和叶酸。"

"妈,别说了。"

可她没有住口。她没法不说下去,正如我们任何人都没法不展现本性。

"宇宙缺失了大半部分,"她说,"科学家们都知道,所以他们发明了暗物质。但暗物质只是个骗局。"这时候,我注意到她在生气,那双淡褐色的眼睛里浮现出由衷的愤怒,"就像把致死因子加入庞尼特方格①,好让结论数据看起来正确那样。"她说着,挥舞双臂,"因为基因频率解释不通,所以才有人发明了致死因

---

① 译注:又译为"庞氏表",是生物学的杂交或育种实验中常用的图表。

子,以此解释数据有违规律的原因。这么多遗传可能性就这样消失了。"

我的手越过桌面,握住她的手。

"暗物质只是让等式成立的一种方法,"她说,"一种权宜之计,一种弥补手段。"她身体前倾,"一种黑魔术。"

"妈,我想你。"

我惊醒过来,感到一阵反胃。我的头很痛。周围的房间在旋转。这里是病房。我看到医生走了进来。我看到他面露微笑。

我睁开双眼。没有什么医生。

也没有什么病房。我只是脑子糊涂了。

听诊器摆荡起来。我还在救护车里。我能感觉到它停下了。

"我真的在这儿吗?"

月亮就这么照耀着我,一言不发。

"我用钙和叶酸洗了头发。"

她就坐在桌子对面,却又和我相隔百万英里。我姐姐站在她身后,看着我们。

"图坦卡蒙的乳母叫玛雅,"我母亲说,"这不是巧合。玛雅人也造过金字塔。我希望你拿上两个有盖培养皿,把桉木放进其中一只,看它能否杀死细菌。这样能行,埃里克。"

她继续说着。那些话语拍打着我,仿佛一条小河。一条潺潺流淌的小溪。白噪音。金字塔。叶酸。

"等你父亲回来,我们可以再坐船出海。你父亲会带我们到海角那边去的。"

我朝她点点头。我握住她的手。

最后,我站起身,玛丽拉了拉我手肘的袖子。

"该走了。"我姐姐说着,但母亲的双眼紧盯着我。

"别忘了桉木。现在西尼罗河病毒正在流行,桉木可以拯救很多性命。你听到了吗,埃里克?"

"我得走了,妈妈。"

"你听到了吗?"

"我听到了。"

"我不喜欢一个人住。"她说着,突然显得眼神清澈,目光锐利。这样是最糟糕的,比其余一切都要糟糕。"我希望他回家。"


敲门声。轮床越过门槛,让震颤传过我的脊骨。

天花板上的灯不断掠过。我身在白色的走廊里。

有个留胡子的男人朝我俯下身来,用笔形手电筒照进我的眼睛。急救室的医生。"瞳孔正常扩张,"他说,"没有出血。"他低头看着我,露出安慰的笑容,"感觉如何,先生? 哪里痛吗?"

"我的头。"我告诉他。

走廊通向一间护士站,"把他送去六号病房。"

轮床转向新的方向。突然间,我的一侧出现了帘布,另一侧是墙壁。轮床停了下来。"我们到了。"某个护士说。有台电视悬吊在天花板上。

"我认为你脑震荡了。"医生说。

我想起了萨提维克。如果不是我,他应该还在研究他的电路呢。我想起了他女儿的润唇膏。

"你多大了?"医生问。

"三十二。"

"生日是?"

"一月九日。"

"今天是星期几?"

"星期六。"我答得很快。

"发生了什么?"

"我不知道,"我又想起了萨提维克,还有他停在停车场里的车,"我真的不知道。"

他们开始输液,又给我照了X光。"你很走运,"医生说着,用白色的纱布裹住我的手,"这些烧伤会很痛,但基本上都是一度烧伤,痊愈以后连伤疤都不会留。你该注意的是感染,所以要保证烧伤的部位干净,以及按时服用抗生素。"

"还有别人入院吗?"我问他。

医生低头看着我,同时在我的病历表上写着什么,"今天我们很忙。"

"不,我是说从火灾现场送来的人。还有别的救护车从那儿回来吗?"

"没有,"他说,"只有你。"

## 24

他们让我留院观察了一晚。他们给我开了一堆止痛药,外加可以继续拿药的处方。

次日早上,两位面无表情的警探来了病房,就昨晚的事件对我进行了盘问。我把整个过程讲述了一遍,他们把对话过程记录下来。他们没有用过"纵火"这个词,但却提到警方认为这场火灾很可疑,至少在火灾调查员完成评估之前是这样。

"是他们放的火。"我告诉他们。

"谁?"

"从研究所打电话给我的人。"我跟他们说了那通电话。我跟他们说了那场爆炸、那架梯子,还有我从屋顶跳下的事。也说了那个女人的事。

他们来了精神,"你认识那个女人吗?"

"我从没见过她。"

"描述一下她的样子。"

他们把一切都记录下来,然后转到关于萨提维克的问题。我把我所知的——虽然不多——告诉了他们。五分钟过后,他们似乎把想问的都问完了。"你帮了我们很大的忙。我们会再联系你的。"

我烧伤的手在抽痛,脑袋隐隐作痛。我的大脑仍旧有种迟滞感,就好像我的想法在狭窄的出口排起了长队,而前面那些不肯让开。一切都混乱不堪。

探访时间开始前不久,杰瑞米打来了电话。他打算开车过来,但我要他等到医生开了出院许可再来。"我离开的时候需要搭你的车。"我告诉他。仿佛无穷无尽的烦琐程序过后,医生终于签了字,而我终于可以离开了。

一个护士用轮椅推着我前往正门。我抱怨的时候,她说:"抱歉,医院规定。"

"什么规定?"

"我们是把你推进来的,所以就得把你推出去。"

"为什么会有这种规定?"我问。

"规定就是这样。"她语气严肃,就好像在陈述宇宙的深层奥秘。两个粒子是如何缠的?方法就是这样。

"医院的意义在于来的时候生病,走的时候健康。"我说,"从营销角度来看,把坐着轮椅的病人推出门不利于鼓舞客户的信心。"

护士压低声音咕哝了一句什么,然后把坐着轮椅的我丢在正门附近。我看了看手机,发现有五六条语音信息,但现在我没心情去听。我关掉了手机。

几分钟后,杰瑞米的车停在医院门口。

他最先说的几个字是"老天啊,埃里克"。他的脸是暗红色的。我从没见过他这么生气。"我们会找到罪犯的。"

我钻进他的车里,关上车门。他语速飞快,事无巨细地向我讲述发生的一切。他的话语不断传来——他跟警方谈过了,他已经跟保险公司以及消防局长通了电话,也跟大老板们开过会了。"我们要为研究所换个新的保安公司,"他说,"七天二十四小时的那种。这种事不该发生的。收到第一封威胁信的时候,我们就该加强安保设施。"

在他的脑海里,两起事件已经联系到了一起。威胁信和火灾。这是当然的,不是吗?事态的确很容易让人做出这种联想。

他问起了从研究所打来的那个电话,于是我把整个过程全都告诉了他。

"你真的从屋顶跳下来了?"

"是啊。"

"老天,"他摇摇头,"警方报告里是这么说的,我还以为他们肯定弄错了。那儿可有两层楼高呢。"

"到棚屋的屋顶只有一层楼高。"

"还有那个女人,把你从火边拖走的那个,你从没见过她吗?"

出于某种理由,我的思绪闪回到了那件雨披,以及几个月前的那个夜晚。旅馆停车场里的那个身影。"我也说不清,"我说,"我想没有。"

"你没有真的看到萨提维克?只有他的车?"跟警察的问题一样。我的心沉了下去。

"只有他的车。"我说,"我猜这表示他还没有出现?"我一直期待杰瑞米是在卖关子,打算最后才把好消息告诉我。但没等他回答,我就意识到好消息并不存在。

"他没联系我。"他说。

"他老婆呢?"

"据我所知,他没有联系任何人。"

那之后，杰瑞米在沉默中开着车。我慢慢咀嚼着他的最后一句话。即使杰瑞米之前没有担心过萨提维克的事，他现在也开始担心了。

靠近城区的时候，杰瑞米问我："我该送你去哪儿？我忘了问你了。"

"送我回家。"我说。然后我把路线告诉了他。

几英里的路在沉默中过去。车子接近街角的时候，我看到了那两只火烈鸟。

"你还住在这种破地方？"

"我喜欢这儿。"

"你喜欢这儿，"他看起来半信半疑，"连耗子都不喜欢这儿。"

"我在压低开销。"

"那我给你那么多薪水是干吗的？"

"我也很想知道。"

杰瑞米驶入半空的停车场，停了车。

我抬起头，看向自己房间的门：二楼的尽头，靠近楼梯。但朝车门伸出手的时候，我犹豫起来。我不想就这么下车，然后独自面对那个房间。

杰瑞米似乎察觉到了。"你怎么样？"他问。

"什么怎么样？"

"火灾的事。你还应付得来吧？"

"我没事。"但我明白他的意思。明白他埋藏其下的真正问题：我会不会像在印第安纳波利斯那样崩溃和酗酒，做出疯狂之举？

"你知道的,这种事本来不该发生的。"他透过挡风玻璃望着外面,说,"如果是从前,没人会把这种威胁当真。可他们却烧掉了一整栋房子。"

"抱歉。"我说。我是认真的。这一切都是我害的。那些质问,那些关注。我想到了积雪的路面,想象着被轮胎碾压的冰雪的感受。

他看着我,"我不是这个意思。你没什么可抱歉的。你应该休息一下,想休息多久都行。"

"我不需要——"

"带薪休假,"他打断了我的话,"至少一两周,或许更久些。这提醒我了。"他把手伸向后座,拿出一小叠纸张和信封,"我擅自清理了你的信件槽。"他把那堆东西递给我。

我低头看着那些纸。垃圾邮件,时事通信,还有好几封信。

"顺带一提,这次带薪休假是命令。上头的命令。你只需要休息几个星期,直到我们处理完这件事。"

我点点头。几个星期,这意味着几种不同的可能性。我很想知道,他是不是已经后悔雇佣我了。

"你打电话给你姐姐的时候,她说了什么?"他问。

"没说什么。"我回答。这不算谎话。突然间,这辆车显得狭窄起来。我抓住把手,推开了门,"多谢你送我。"

他看了我一眼,"你没打电话给她,是吗?"

"我不想让她担心。"

"你应该打给她的。"他说着,转动点火装置,启动了引擎,"她已经在担心了。"

# 25

我姐姐。和我如此相似，又如此不同。

有时候，你会为自己遗忘的东西吃惊。其余的记忆会留存下来，仿佛无法甩脱的芒刺。就像火炉在昏暗的房间里燃起的响声。家人在走廊的那一头沉睡，而你会恍惚地看着炉火，觉得此时的一切都是完美的，也会永远完美下去——你会记住像这样不期而至的完美时刻。

这是另一段记忆：父母卧室里的镜子——用胶水粘在墙上、拼接在一起的许多长方形镜面——当你看向镜子，就会看到一个破碎的男孩在回望着你。由十几个排列不太整齐的方块组成的男孩。你可以略微挪动脚步，调整看向镜子的角度，让脸恰好出现在一块镜面中，肩膀在另一块，而手臂则在第三块镜面里，将你的存在彻底分割开来。

还有这么一段记忆：夜晚坐在窗边，等待父亲走进门来。你母亲进了房间，问："出什么问题了？"

而你没法解释。只有无法言说的恐惧。担心你父亲某天会一去不回。

但母亲从不担忧。她从不记得那些坏日子。

她的记忆由她自己打造而成。就像某种超能力。就像拥有弹性。而她只相信她需要相信的事。就像一只能够塑造现实形状的眼睛——她控制着自己的记忆,就像某些西藏僧侣控制心跳那样。可她的某些话却能让你出乎意料,其中的独特见解会令你吃惊。"骨质疏松症是自我适应的方式。"某天下午,她宣称,"高于六英尺的每一英寸都会降低预期寿命。随着年龄增长,骨质疏松会缩短你的循环系统需要运转的距离,由此减少心脏的负担。"

多年以后,我翻阅了许多文献,却找不到类似的说法。这是她独创的观点。

她会创造词语。从她口中吐出的词语就像金币。似是而非的词语。比如"亚环",比如"讽刺性",比如"封冰"。

"封冰?"我问。

"就是把敌人封在冰里。"她解释道。

我只能点头。这也是当然的。

还有另一个词,是在老师把我的考试分数给她看过以后说的。她伸出手,摸了摸我的头,"我的聪明儿子。我的数学魔术师。"

我姐姐只会摇摇头。她是我们之中的正常人,心智健全。

在汽车旅馆的房间里,我拿起了电话。按下号码——除了最后一个数字。我的手指悬停在按键上方。

时间很晚了,我告诉自己。玛丽多半已经上床了。再说我能告诉她什么呢?有印第①发生的那些事做先例,她还会相信我的话吗?

我几乎能听见她的问题——她抬高的嗓音,"你说一栋屋子烧毁了是什么意思?埃里克,你做了什么?"

---

① 译注:印第安纳波利斯的简称。

我做了什么?

我试图想象自己的回答。我放下了电话。

那份文件藏在杰瑞米给我的那堆纸张和信封中间。他多半自己都没注意到,就这么连同我信件槽里的其他邮件一起拿过来了。

那份文件很薄,是个米黄色的文件夹。我认出了文件夹封面上潦草的字迹:你要的布莱顿的资料。

那是得分机器寄给我的。我把这事忘了个干净。我应该是几天前才请他去尽量调查的吧?

里面是一张便条,连同几张影印件。

致埃里克:

我能查到的东西不多,但我还是打了几通电话,又托了一些人帮忙,这些就是我能确定的所有东西。

简而言之,布莱顿是个幽灵。没有出生日期,没有公开的近期住址。这个名字在1992年前根本没出现在数据库里,随后也只出现在公司文件里。他有个名叫"英格拉姆"的咨询公司。就像他说的那样,主要工作是买入售出,是个公司化的投资集团。但他们的资金远比你想象的要雄厚。没什么特别有趣的地方,只有一件事除外——这也是我好不容易才打听到的。他们是"发现奖"幕后的运营公司。你也许听说过这个奖吧? 抱歉,我查不到更多东西了。

我的确听说过。英格拉姆是向解决数学与科学的历史难题的研究者授予奖金的几个团体之一。就像航空领域的X大奖[1],

---

[1] 译注:XPRIZE,由谷歌资助的航空奖金,以将探测器送上月面并漫游500米为获奖标准。

以及数学领域的千禧年大奖那样，"发现奖"及同类奖金向来被视为鼓励创新的手段。

我翻阅着那些影印件，上面是入选的规则与条件。他们会将十万美元的奖金授予各种研究项目，大部分是物理学和计算机科学。过去七年里有三位获奖者。下一页上是全部获奖者的名单，再下方是审核中的研究项目的清单。不安爬上我的背脊。

有时候，在和父亲出海归来以后，我会发现母亲在饭厅里写她的论文。她每次提到都只用简简单单的"论文"两个字，好像只有一篇文章。但这些论文用的纸张总是越来越多，主题也总是在变。

"你们看到鲸鱼了吗？"

"没，"我说，"我们看了海岸线。"

她点点头，继续写论文——这次的主题是脂质体系。

从地图学的角度来说，测量海岸线是不可能的。它的细节太过复杂，又有太多不一致的地方。但你可以测量它的崎岖程度——它所特有的不均匀率。这就是我母亲。她就像一条波浪线，只能理解她的近似值。她的名字是吉莉安，但这名字总让人觉得不对劲。每当我想起母亲，都会觉得"朱利亚"这个名字更适合她。朱利亚集①，真是名实相符，尽管她并不知道这个概念。

对于我没有效仿她去学习免疫学这件事，母亲并不怎么失望。"这个领域的侵略性很强。"有一次，她用解说般的口气告诉我，"另外，"她补充道，"自然科学和物理学其实是一回事，不是吗？"

①译注：指在复平面上形成分形的点的集合，以法国数学家加斯顿·朱利亚的名字命名。

"这话怎么说?"我当时十二岁,早已沉迷于物理和数字无法自拔,对她的狂热视而不见。

"前者有达尔文,后者有爱因斯坦。但归根结底,一切都属于宗教。"

"科学是宗教的反面才对。"我说。但我的语气有点太粗鲁了。

她摇摇头,"驱使它们的理由是相同的,那就是理解世界的需要。"她的眼神毫无变化,"唯一的问题在于,你究竟有多想知道?"


我拿起电话。我究竟有多想知道?

我拨打了得分机器的号码。电话铃响了两声。"喂。"

"我收到你的报告了,"我说,"你是在哪里找到研究项目清单的?"

电话那头停顿了片刻,随即滔滔不绝起来,"老天啊,埃里克,你没事吧? 发生的事我听说了。我打了电话给你,留了口信,而且我——"

"研究项目。"我催促道。

"呃……"他一时语塞,试图跟上我的思路,"研究项目? 这么说你拿到那份文件了。那是我在大学里的一个熟人帮我整理的。你还好吧? 我听说了火灾的事。"

"这些都是公开记录?"

"没错,都是公开的,如果你知道该上哪儿找的话。"

"这上面没有写上日期。"

"日期方面我不太确定。你问这个干吗?"

我扫视着那张纸。我感兴趣的那项研究列在后半部分里。

"这里的资料可以追溯到多久以前?"

"七年前。"

"一直更新到现在?"

"是啊,也许吧。我也不确定。听着,这是怎么一回事?"

"清单里有个术语非常特别。"

"你说'特别'是什么意思?"

"分支变换——意思并不重要。只是个数学函数而已。"

"我不太明白。"

"它是我编出来的,"我说,"我在大学刚毕业的时候造出了这个术语。研究这个项目的人只有我们几个。"

电话那头沉默了片刻,"而这个术语却在获奖入围者的研究列表里出现了。"

"对。"

"你研究这个是在什么时候?"

"来汉森之前。跟我的旧搭档一起。"

"但那是……"他的声音越来越小。

"早在我们和布莱顿见面之前。"我说。

又是几秒钟的沉默。"为什么他们会对这项研究感兴趣?"

"这个问题问得非常好。"


在爱因斯坦之前,有加斯顿·朱利亚。

字典里将数学函数描述为一种体系。事实上,函数是可以变换的,其计算的核心是"如果/那么"。

我结束通话,把手机放在我面前的桌上。房间里一片死寂。我走到镜子面前。

我母亲第一次向我描述核糖体的时候,我就认出了它的原理。核苷酸序列进入核糖体的一侧,从另一侧出来的则是多肽链——简单而又有序的数据变换。再典型不过的数学函数。

一战即将结束的时候,一位名叫加斯顿·朱利亚的法国数学家率先绘制出了复数①在 $f$ 函数中反复迭代时的表现模式。将任意复数 $z$ 代入 $f$ 函数,得到一个值。然后将得到的值再次代入 $f$ 函数,得出下一个值,如此反复,不断进行下去。就像核糖体在永无休止的循环中吞噬自己的产物那样。

在绘制于三维空间的图表里,这些朱利亚集合会呈现出复杂而美丽的结构。朱利亚集合、曼德布罗特分形、病理变化曲线,还有些更奇怪的东西,被数学家们称之为"怪物"的东西。

想法也可以变成怪物。

"我不会回去的。"我对着房间里的黑暗说。

我看着镜子,努力相信自己的话。

---

① 译注:此处为数学概念中的"复数",并非单复数的"复数"。

# 26

前往印第安纳的飞机在八点起飞。等候登机的时候，我吃了些难吃的机场食物。几个钟头以后，我下了飞机，租了一辆车，在正午时分驶上了高速公路。

我发现，城市的交通就像筛子，会放走某些车辆，留下另一些。我对本地的道路没那么熟悉。前进的速度很慢。

我想到了萨提维克的门阵列——用进化来决定最有效率的设计。要是城市规划师能用同一种技术来构建道路，那该有多好。

下了高速公路以后，我驾车穿行于一片规划杂乱无章的旧街区。这儿是城市里最古老的区域之一。

那些房屋低矮而结实，就像矮小敦实的摔跤选手。用砖块和石头成排成批建造的矮小房屋，看起来几乎坚不可摧。屋子前面的栅栏占用着人行道。街上的人们就像黑白照片。

继续前进的途中，街区突然出现了变化，就好像我越过了某条界线。周围多出了商场、药房、加油站和旅馆。这种街区肯定有个对应的词儿，只有那些操纵选区划分的政府官员才知道。然后变化再次到来，就像某种相位偏移。巨大的箱型结构、开阔的空间、高大的房屋。几栋小巧整齐的综合办公楼建造在远离道路的地方,四面被停车场所包围。我最后一次确认了手机的GPS,然后在指示牌的位置左转。

我把车停到停车场里,关闭引擎的时候,还没到下午两点。

我到了。

我要去的那栋办公楼相对更矮也更宽。除此之外,它没什么特别之处,只是一座典型的商务大楼,恐怕能容纳几十家公司。淡金色的窗户,还有无处不在的混凝土。每当你离开中西部一段时间再回来,就会为停车场的景色大吃一惊。宽敞而充足的停车位,仿佛盐滩的沥青地面——让人不舍得停上去。东西海岸的居民是不会明白的。在中西部,有时候在另一辆车旁边停车都被视为无礼之举。就像在看日场演出的时候,坐到仅有的另一位观众旁边那样。

但即便以中西部的标准来看,这座停车场也冷清得反常。十几辆车占据着足以举办高中足球赛的这片空间。靠近出口的位置,我看到有辆宝马停在专用停车位里。绿色的宝马。我想起来了,这是斯图亚特最喜欢的颜色,虽然我上次看到他开的那辆车跟这辆相比简直是云泥之别。

我在后视镜里看了看自己,想起了他那封被我丢掉的信:我们得谈谈。

我下了车,朝那栋大楼走去。

回想当初,斯图亚特根本没考虑过开公司。对他来说,重要的始终只有技术:制作更好的捕鼠器,改进多边形。而开公司最重要的却是资金。他擅长技术,内心深处并不在乎什么公司,至少当时是如此。他从未渴望过运作自己的商业帝国。我抬起头,看着这座容纳了许多公司的低矮建筑,思索着他是否得到了真正想要的东西。

我走进了正门。

里面阴森森的。眼前是开阔而宽敞的空间,陵墓般的回音不时传来。还有木制花盆里的矮小树木。这座室内庭院布置得就像室外庭院,主题依稀带着亚洲风。周围看不到人影。我穿过空荡荡的前厅,在列出楼内公司名的布告牌前停下脚步。一楼是几家保险公司和营销公司,还有两三家名字和发音都像是维生素的公司。二楼、三楼和四楼是空的。五楼只有一家公司,我对那个名字记忆犹新:高通量科技。

我忍不住露出微笑。我还记得他第一次说出这个名字时的情景。

"公司可不能取这种名字。"我告诉他。

但他证明我错了。十多年后的现在,那个名字就列在这块布告牌上。高通量——这是个和筛选以及信息学都沾边的名字。归根结底,它的一切都和大数据有关。

我坐电梯去了五楼。电梯发出"叮"的一声,门开了,前方是一条走廊。我犹豫不决地走出电梯,沿着走廊来到一道双开玻璃门前,门上用釉写着几个黑色小字:高通量。我推了推门,它应手而开。

墙壁是米黄色的。地毯是灰色的,式样简单,是在客流量大的地方——比如候诊室——铺设的那种厚实而廉价的地毯。但这里并没有客流。没有椅子,没有放着最新一期《科学美国人》杂志的茶几。我以为能找到接待员之类的。这儿有张桌子,但后面并没有坐着人。桌子的那一边是另一条走廊。

"有人在吗?"我喊道。

片刻的犹豫后,我沿着走廊来到一个"T"字路口,然后选择了右边那条路。三十英尺过后,前方豁然开朗,就像穿过山岭的火车隧道突然到了尽头，我发现自己站在一个宽敞的房间里。人都去了哪儿？

我意识到，这里是工作区。是技术人员和设计人员——那些让公司真正运转起来的员工——使用的房间。一座延伸至地平线的隔间大厅，空无一人，遭到废弃。我继续前进。

在更远处，空间被分隔成许多个较小的房间，大都空空荡荡。那种客流量大的场所常见的地毯不见了，取而代之的是地砖，更前方则是粗糙的混凝土。所有这些房间都带着一种"曾经风光无限，如今无人问津"的气氛。

我继续前进，继续探索。这里有办公桌、抽屉拉开的档案柜、电话、电脑显示器。在角落里，我看到了一台拆掉了纸盒的复印机。纸张散落在周围的地上，就像一头被开膛剖肚的野兽的内脏。我看到了几只咖啡杯，还有一只小巧的奖杯，上面刻着"好爸爸比赛冠军"几个字。亚军和季军的奖杯不在这儿。这一切见证了曾经的数千个工时。这间办公室就像古代文明那样自生自灭。我觉得远处似乎传来了声音，似微弱的打钻声。

"嘿！"我大喊道，"这儿有人吗？"

打钻声停止了。我继续前进，更加深入这座迷宫。

我在旁边的房间找到了他。他背对着门，站在一张巨大的工作台旁边，工作台上胡乱摆放着集成电路——那些应该是十几位技术人员的成果。但现在，房间里只有他一个人。平坦的桌面上放着一只小型电钻。

"斯图亚特。"

他的肩膀绷紧了。他转过身，手里拿着一把霰弹枪，对准我的胸口。

"你来了，"他说，"我就知道你会来的。"

# 27

"他是在两周前出现的。"

我跟在斯图亚特身后，经过一排排无人的办公室。他以老练的动作将霰弹枪扛在肩上。

某些房间空空荡荡，另一些里面放着家具。某间办公室从地板到天花板都光秃秃的，只有房间中央放着一张转椅，仿佛站岗的哨兵。我不禁思索究竟发生了什么。感觉就像在旧西部的废弃小镇中穿行，周围是金矿枯竭后被人抛弃的一切。不对，我心想。我看到了一块没吃完的三明治，它正在某张散落文件的桌子上静静发霉。这儿不是旧西部的废弃小镇，这儿是切尔诺贝利。这里的居民没有离开，而是逃跑了。

"萨提维克来过？"我说。我努力压低嗓音，但震惊仍旧渗入了我的语气。

"对。"

"他没联系过任何人。"

他点点头，但没有放慢脚步。我看不到他的脸。

"这样就说得通了。"

"说得通什么？"

"我本以为你会更早些来。"他将霰弹枪换到另一边肩膀,脚下不停,"他似乎觉得有人在跟踪他。"

"他说过那是谁吗?"

"说老实话,他说的很多话都让人费解。至少当时很难理解。他有点神经质,似乎还有点思维混乱。"

从前的他可不是这样。

我们来到一扇钢门前,斯图亚特在输入键盘上按下一连串数字。我听到了钟鸣声,门发出"咔嗒"的声音,然后斯图亚特推开了门。无人的办公室,半途而废的工作,数十个荒废的小隔间。

我看着这幅冷清的景象,又看看斯图亚特和他的枪。他的长相向来凶恶:瘦骨嶙峋,棱角分明,就好像他比普通人多了百分之一二的尼安德特血统,而且全部集中在脸上。这么多年过去了,这种趋势不减反增。我们走进下一个房间的时候,他宽阔的肩膀挡在我的前方。"这儿究竟发生了什么?"我问。

"最初几年,我们发展很快,"他说,"或许太快了点。我们需要空间,于是我租下了这地方。我们一度拥有一百三十名员工。"

"他们现在去哪儿了?"

"希望是海滩吧。上帝作证,我可是给足了他们钱的。"

"给足了钱?"

"买断计划。他们这辈子都用不着工作了,除非他们自己想去。你还记得丽莎和戴夫吗?"

"记得。"两张面孔闪过我的脑海。跟我们一起创业的两位大学毕业生。

"他们也拿了自己那份,然后去了东边。一路向东。"

我扫视周围的这片混乱。在我看来,这可不像是员工提前退休后的场面,看起来更像是大逃亡,更像是为了保命而逃跑。

我努力回忆另一些名字,那些我早年或许认识的人。我努力想象这间公司膨胀到一百三十人的情景。飞速发展,然后垮掉。

"你老婆还好吗?"我问他。

"我不清楚。"

他的语气不带丝毫苦涩,只是在陈述事实。就好像我问他的是某天的天气,而他那天没有出门。

"令人遗憾,"我说,"多久了?"

"一年,或许更久一点儿。律师们几个月前把事情收了尾。我给他们省了不少麻烦。别的东西都归她,这个归我。"他朝他荒废的王国摆了摆手,问我,"你姐姐和妈妈还好吗?"

"我姐姐还好。妈妈几年前过世了,中风。"

"节哀顺变。"他转头看着我,"听着,埃里克,抱歉当初用那种方式跟你闹翻。我说过的一些话……那段日子很难熬。"

"没关系。"

"我是说——"

"真的,斯图亚特,"我打断道,"没关系。"我不是来揭旧疮疤的。我扫视周围,试图改换话题,"你们是什么时候关门的?"

"我们没关门。"

斯图亚特看到了我脸上的困惑不解,于是继续道:"噢,你以为——"

"这地方看起来有点……荒凉。"

他大笑起来,"这么说也没错。"

"发生了什么?"

"来这边,"他说着,重新扛起那把霰弹枪,挥手示意我跟上,"我带你去看。"

我们走下一段楼梯。

"萨提维克是怎么找到你的?"

"这并不难,"他说,"他说他是在企业列表上找到地址的。我们可没有脱离业界。"

"他完全没提起自己来了这儿,一个字也没跟我说。"

"你会把自己的行踪一一告诉朋友吗?"

"他也没告诉他老婆。"

我又瞥了眼斯图亚特的枪。我突然想到,我或许正在和最后见到萨提维克的人说话。我决定把谈话的内容转向我来这里的理由。

"你听说过一个名叫英格拉姆的公司吗?"

"耳熟,不过对不上号。"

我停下脚步,取出那份影印件,递给了他。"'发现奖'这个词让你想起什么没有?"

"啊,现在想起来了。"他扫了几眼那张纸,然后还给了我,"这阵容挺有趣的。"

"过去的获奖者。"

"英格拉姆是这奖金的运营公司,对吧?"他继续前进,我跟在后面。

"就是他们,"我说,"所以我才会来这儿。我发现他们对我们的分支变换很感兴趣。"

"是啊,他们来过。那是四年前的事了,谈得不怎么顺利。说实话,情形有点古怪。他们一群人西装革履地走进来,说我们已经初审入围了某个我们没有申请过的奖,问了一通我们正在研究的项目。"

"初审入围?"

"对,这个词让我很奇怪。审核的人是谁? 我们的研究是保密的——至少我们是希望保密的。我们始终没明白他们是从哪里听说的。然后我才想到,'奖金'正是窥探竞争对手技术的绝佳借口。"

"你是说商业间谍活动。"

"也许吧。"

"然后呢?"

"我们起先选择了合作,但我在展示内容方面留了一手。他们对此不太愉快。最后他们就这么走了。"

我们离开楼梯井,穿过空无一人的楼层,来到大楼的后部,在那里爬上了第二段楼梯。这段楼梯看起来是最近才改建的——粗糙的金属阶梯以螺旋状穿过地板上凿出的开口。我跟着他到了楼下那一层,看起来跟上一层没多大区别。

"你们公司有几层楼?"

"我们现在在四楼。我们买下了大部分公司的租约"

"那些楼层都是空的?"

他点点头,"噢,大部分都是。一楼还是有几家公司的。"

"既然那些楼层都空着,干吗还要买下?"

"我们需要缓冲带。"

"什么的缓冲?"

"这个。"他说。

我们穿过一条短短的走廊,又穿过一扇黑色的门,走进昏暗的房间。这儿没有窗户,只有对面墙壁上的显示器和电子器件发出的蓝色光芒。

"他跟你来这儿的方式一样,"斯图亚特说,"你的朋友萨提维克。他坐电梯上来,然后自我介绍。他说他认识你,所以我才答应听他说明。"

"他为什么要来?"我的声音似乎有些空洞,我这才意识到,这房间比我想象的大很多。

斯图亚特在电脑屏幕的微光中露出微笑。"理由跟你一样,"他说,"只是他当时并不知道。"他按下门边的一个开关,灯亮了起来,"他是来看球体的。"

"我们发现了实时读取电子自旋态的方法,"斯图亚特说,"这是个重大突破。电荷不再是一切的核心。一致性也得以维持。我们造出了纳米自旋电路,以及进程数据的档案。进程的规模大到你不会相信的程度。"

斯图亚特带着我走向房间深处。

这地方很大,几乎有整层楼那么大。对面有两排与墙壁平行摆放的电脑硬件,装在八英尺高的格栅架子里,以便空气流通。在它对面的另一面墙壁上,铺设着一块复杂得足以让喷气式飞机驾驶员目瞪口呆的控制面板,包括大量按钮、刻度盘和二极管、漆黑的屏幕。这一切都铺展在混凝土墙面上。闲置的插槽连着许多条电线。设备无处不在。要理解这一切根本不可能,它们的数量太多,又太过混乱。然后我注意到了那些玻璃。散落在地板上,仿佛一百万颗细小钻石的玻璃碎片。如果说这栋大楼的其他部分给人以荒废的印象,那么这儿就像发生过爆炸。我穿过房间,鞋底踩得玻璃嘎吱作响。当我的目光捕捉到房间另一头的东西时,我的动作僵硬了。突然间,我认出了那个东西。十多年前,我在一块餐巾纸的背面见过它的草图。

"你们终究还是把它造出来了。"

"你觉得我们会放弃吗?"

在房间的另一头,固定在一根金属杆的顶端的,是个很大的玻璃球体,直径十六英寸。在球体的上方,有个巨大的圆盘自天花板悬吊下来,有根电线从中垂下,朝墙壁的方向延伸出去。

"它能运作吗?"

"这取决于你对'运作'的定义。"

"就用你们的定义吧。"

他浓眉下的那双眼睛似乎变小了。这是他独特的皱眉方式。"那么答案就是'不能'。"他说,"还算不上。"我意识到他这是在坦白心声,或许他自己都不愿承认,"但它确实能做到些什么,所以我才给你写那封信,请你过来这里。我读过你的论文了。"

"我的论文?"

"我觉得这两者存在某种关联。"

我凝视着那个玻璃球体。晶体特有的不透明度,白色颗粒状的雾气。我越是凑近去看,越是能感觉到其中存在某种模式。我略微转动脑袋,光线便从截然不同的角度折射而来。突然间,球体内部出现了某种图案,那是个多面体,由玻璃内部的断层线构成。形状就像一道闪电,但更为复杂,也更加对称。

"呈现出了图形。"我说。

斯图亚特点点头。"碎片丛,"他说,"更高维度下的复杂几何体。实际上只是由内部裂纹组成的幻象。"

我稍稍偏过头去,里面的图案换成了全新的复杂平面,就像一块从晶体内部切割出来的宝石。

"这是你造出来的?"

"球体是我,但折射图案不是。它不是真正的玻璃,是以微米规格的公差值加工过的石英。我第一次使用它的时候,图案就出现了——这是某种与内部分子重组有关的突现特质。"

我再次转动脑袋,宝石的形状消失了。我只是以略微不同的角度看向球体,内部的断层线就隐藏起来了。我的目光再次穿过了晶体。

我缓缓绕着圈,试图从其他角度去观察。"你说它没法运作,却又能做到些什么。"

他犹豫了片刻,然后才开口,"它能记录画面。"

我看着他,"画面。什么的画面?"

"空间的画面。三维空间。完美成像。它能做到的只有这个。"

"三维空间? 也就是说,它是种摄影机?"

"这也算是一种观点吧。"

我凑近过去,把手放到球体上。触感冰凉。

"保真度如何?"

他大笑起来,"就连现实本身都没它那么精细。"


刚毕业那会儿,我发现设计永远不会销售给大众的技术让人感到无比自由,纯理论的设计。

我用不着操心用户界面是否优秀,或者单位成本有多高。我们可以用更大的风扇或者水冷设备来排放余热,解决手段可以臃肿而丑陋。我要面对的问题只有一个:合适的材料真的存在吗?

斯图亚特朝球体走来，站到我身边，仍旧扛着那把霰弹枪。

"我们刚开始这个项目的时候，"他说，"我曾以为两年以后，科学界就会承认量子力学是种魔法。"

"如果你研究魔法，它会不会成为一种科学？"

"一切都是科学。"

我注视着清澈的石英，寻找着其中的瑕疵。"这只是种概念而已。"我曾经探寻这个理论的逻辑界限，利用它的漏洞。只是个思想实验——仅此而已。正如双缝实验是思想实验那样。就像舌头总能找到疼痛的牙齿，那些令理论崩溃的领域总是吸引着我。我总能精准地找到那些让事物无法按照表象运作的地方。

我自己的话在我的脑海中响起：数学可是严肃得要命的。

"你怎么称呼它？"我看着那个球体，问道。

他过了好一会儿才答道："球体就叫球体。内部的形状叫宝石。"

我还记得，他的灵感来自摄影技术的突破。

确切地说，是拉梅什·拉斯卡尔的飞秒摄影，一种用视频记录光的运动的方法。将画面放慢到几百万分之一秒，就连光子也像在爬行一样。而我不由得思考：能否运用同一种原理将现实分解成零碎的信息数据包？能否用这种方法得知现实的纹理分辨率？

拉斯卡尔的天才之处在于，他运用了飞秒摄影技术去观察原本看不到的死角。通过捕捉光线的图像，将其减缓到可以测量的程度，就能分析它反弹的过程。你可以记录下光子从固体物上弹开，找路返回传感器的过程。时间间隔是关键。物体距离越远,光子弹回源头所花费的时间也就越长。就像蝙蝠通过回声来生成三维地貌那样,你也可以通过反射的光线来构建地图。

我见过那些影像。光线照耀着大厅,而电脑记录着数据。在屏幕上的某个死角后方,有个形状正缓缓从静电场分离出来。从一百万个——甚至是一亿个——光子里选出的某个光子,正在回弹运动中以微秒为单位塑造着影像。

有种理论认为,某些量子信使粒子同时拥有穿梭时间与空间的能力。通过及时追踪粒子的路线,就能得出特定的"反弹"图案。正如用拉斯卡尔的摄影机窥视死角,通过测定光子弹跳的时间来再现影像,就可以得出片刻前的反弹图案。可以将其重现。

从理论角度来说,只要有一台足够强大的粒子大炮,以及充足的计算能力,就能让弹射出去的粒子回到宇宙中的四种力仍为一体的时候——回到宇宙大爆炸的时候,甚至更早以前。关键在于测量时间间隔的能力。正如水手们曾经需要准确的计时器来计算经度那样,如果想在时空连续体中确认自己的确切位置,你需要的是能够追踪信使粒子的计时器。

斯图亚特放下了肩上的霰弹枪,"要不要试试看?"

"请吧。"

斯图亚特走到那面满是刻度盘和旋钮的墙壁前。"看着球体。"他说。然后他把霰弹枪靠在控制台上,坐进一张转椅里。

我看着球体。紧盯着它。它就像空无一物的透明玻璃杯那样清澈,直到你转动头部,而图案便随之显现。

"准备好了吗?"斯图亚特喊道,"摸摸它。"

"什么?"

"摸一下球体。"

我把手放在光滑的球体表面上。

"别抱太大希望。"他说。

片刻过后,我看到了一道闪光——一道不只是光线的光脉冲,而我的脑袋开始隐隐作痛。有那么一瞬间,刺痛传来,而我的视野被微光笼罩,就像某种附带偏头痛的光晕,但它很快便开始淡化和消失。

"你没事吧?"斯图亚特问。

"头痛。"

"副作用只会持续一小会儿。"斯图亚特说。

"副作用?"但他没说错。我的思绪清晰起来,模糊感也退去了。我的视野恢复了正常。

"好了,看吧。"斯图亚特说。

我转过头去,在球体里看到了我自己。无比清晰的影像,就像高清电视那样。我触摸过球体的那只手僵在了半空。

"活见鬼。"

"这是完美的再创造,"斯图亚特说,"连你袜子的纤维都一根不差。"

"这么说这是3D图像?"

"看吧。"他说。

然后我看到了场景转换——视角发生了改变,而球体里的影像旋转起来,越变越小,就好像摄影机的镜头正在拉远。我转过身,扫视房间,寻找能拍到这种镜头的摄像头,但却一无所获。

"你在找摄像头吗?"斯图亚特问我。

"在哪儿?"

"没什么摄像头,只有传感器。"他指了指悬吊在天花板上的白色圆盘。

"我不明白。"

"它创造出了整个房间的3D模型,就像电子游戏那样,而你也在其中。我们可以调整影像的角度,从任何方向观察场景。视角是在这里控制的。"

他的手在小巧的控制滚轮上操作了一番,球体里的场景就发生了改变,转换到了全新的视角。

"令人吃惊。"

"这不算什么。看这个。"他朝键盘弯下腰去,输入了一连串指令。静电音传来,有那么一瞬间,球体里的场景抽动了一下。紧接着,影像开始回放。我看到自己的手缓缓从球体上收回。我看到自己的脸转向斯图亚特,仿佛听到了什么。然后影像变成了灰色。

"它在动。"

"非常正确,它在动,但神奇的部分还没到呢。"

"这么说你录下来了?"

"不,原理并非如此。来吧,我来演示给你看。"他走向房间中央,朝天花板垂下的那根电线伸出手,"这是传感器的电源。"他用力拉扯那根电线,而它从墙壁上脱落下来,"我拔掉了电源,传感器关闭了。没有任何东西在做记录了。现在,把手放回球体上。"

我照他说的做了。这次我将手指尽可能摊开。

石英比先前温暖了些,接近人体的温度。就在运行的那几秒钟里,它的表面温度上升了几十摄氏度。

"准备好了吗?"

"好了。"

　　他把电线的插头插回墙壁上。"现在传感器的供电恢复了。记住,我插上电源的时候,你的手已经放在球体上了。"他按下控制器,光线再次脉动起来。我觉得自己的骨头发出了声音。同样的痛楚,同样的视野模糊,这些感觉迅速消退。

　　球体内部闪现出了某个影像。我站在球体前,手按在这块石英上,就像一面完美的镜子。

　　"你的手别动。"他说。

　　"好的。"

　　"现在看着吧。"

　　他按下按钮,影像开始变化。我看到我收拢了摊开的手指,看到我缩回了手,然后倒退几步,转过头去。影像停止了。

　　他重放了一遍。我又看了一遍,寻找着伪造的痕迹。但那种痕迹并不存在。倒放的影像中的那个人的确是我。三秒钟——我伸手去触摸球体的影像只有三秒钟。他重放了一遍,然后又是一遍。

　　"但我这么做的时候,传感器的插头已经拔掉了。"我说,"它是怎么记录我的动作的?"

　　"别误会了,它的局限很多,"他说,"影像每次的时长都不一样,但通常小于五秒。影像的范围也受到很大限制。它只能记录特定的圆周范围内的影像。"他转动控制台上的旋钮,影像拉远到十来英尺的距离,然后便化为了灰色。他拧动旋钮,影像又恢复了原本的大小,"凭借对传感器的精密调节,我扩大了它的读取半径。起先只有几英尺——不比球体本身大多少——但现在已经能覆盖几乎整个房间了。"

　　"可我还是不明白,传感器是怎么在没通电的情况下记录影像的?"

"传感器记录的不是光子的状态,"他说,"它记录的是反弹的过程。"

我看着他,然后我明白了。我明白他做了什么了,明白了其中的伟大之处。"活见鬼。"我又说了一遍。他所记录的根本不是什么运动序列。他只是拍了一张快照,其余的部分都是用信使粒子的反弹数据组装起来的。

"哪怕并没有记录下来的影像,你也能够播放出来。"

"所以我才把他们全赶回家了,"他说,"那些帮助我建造了它,并设计出分析数据的算法的人。所以我才写信给你。它还只是个雏形,但这种技术会改变游戏规则本身。它是一台可以窥探任何事物的摄影机。任何事物。"

"甚至窥探过去。"

他点点头。

"如果消息走漏出去,这种技术肯定会惹恼某些人。"

"某些有秘密要守住的人。"

"罪犯,"我说,"政府。"

"比这些更严重,埃里克。"他走到电线那里,再次拔掉了插头。

"你说过它只能记录五秒钟。"

"通常是这样。"他说。

"但也有例外?"

他笑了,"如果你去研究魔法,足够用心的话,它会变成科学吗?"

他的语气让我迟疑了片刻,"你看到了什么?"

"它有次回溯过八秒钟。还有一次更久。"

"多久?"

"够久了。我觉得……"说到这里,他似乎想要停口,但最后还是说了下去,"我觉得,它有时候会发生混乱。"

"为什么而混乱?"

"为它看到的景象。窥探的过去。"

他走回控制器那里。他拿起了斜倚着控制台的霰弹枪。"有时候,我会看到并没有发生过的事。"他说。

我等着他解释。

斯图亚特把霰弹枪扛在肩上,然后穿过房间,来到球体前。他站到我身边,"我在球体里看到了,但在现实中却没看到。"

"看到了什么?"

"我也不确定。它始终只出现在视野的角落。"

我扫视房间。混乱的环境。他面对的沉重负担。他濒临倒闭的公司。这样的压力可以轻松压垮一个人。

"或许你看到的只是镜影。"我说。

斯图亚特点点头。"是啊,"他说,"我一开始也是这么想的。"他神情疲惫,"要是没把它录下来,我现在或许还是这么想的。你想看看吗?"

斯图亚特回到控制面板那里,按下开关。球体亮了起来。我凑近些,在其中看到了这个房间,看到了手持霰弹枪的斯图亚特。

"这段影像是在几个月前记录下来的,"他说,"画面最边缘的地方有个什么东西,但我看不清楚。"

我眯起眼睛,仔细打量。影像里并没有什么出人意表的东西,只有斯图亚特。斯图亚特的影像站在球体旁边。

斯图亚特继续道:"如果你连续播放同一段场景两次,就能将影像桥接和延长。你可以放大画面,看着注视球体的自己。

然后你可以把影像里面的球体放大。第一次看到它的时候,我是用这种方法碰巧发现的。然后我就开始刻意寻找了。"

我思索着斯图亚特说过的副作用。我思索着他启动机器时带给我的头痛。如果反复启动机器,后果会如何?如果是一天之内重复十来次呢?你会看见并不存在的东西吗?

"就是这个。"斯图亚特说。

我看了过去,然后目瞪口呆。球体里出现了某个形状——难以捉摸的不规则形体。位于感知能力边缘的一道阴影。它可能是任何东西,也可能什么都不是——直到它移动位置。当它移动的时候,我的印象也出现了变化。

"我就是从这里开始桥接影像的。"斯图亚特说。

突然间,影像开始拉远和播放,我看到的不再是那道阴影,而是整个场景。接下来,我看到了拿着枪的斯图亚特走向球体。场景拉近了些,球体变得清澈而明亮,出现了某种影像。就像是出现在电视画面里的电视画面。

我看向真正的斯图亚特,他正站在控制台前。我回头看向那段录像。

我看着影像里的斯图亚特窥视着球体内部。我看到他看到了我们所看到的东西,看到了球体内的房间里的奇怪阴影——与他的轮廓相同的阴影。另一个版本的他,站在他并没有站过的地方。然后影像里的斯图亚特从肩上取下了霰弹枪。他退后三步。他端起枪,开火。

石英爆裂粉碎,球体里的影像也转为漆黑。

斯图亚特离开了控制台,站到我身旁。"我以为我能修好它,"他说,"我以为从头来过就能纠正这种异常,但事与愿违。

更换石英花了两个月，当我再次运行它的时候，又看到了边缘处的阴影。就像我的并行版本。我知道它是存在的，就在某个地方，"他指了房间四周，"或许就在这儿。"

我看向地板，忽然意识到散落在周围——呈现出以中央台座为圆心向外辐射的完美图案——的那些玻璃碎片，根本不是什么玻璃。我转过身，看向那道阴影在房间里所站的位置。

深灰色的混凝土地板上的弹道图案近乎完美，只有两个点除外。这片石英碎屑里有两个脚印大小的清晰缺口，看起来就像有人站过一样。

## 28

"萨提维克来这儿干吗?"

我们站在将整个二楼包裹其中的庭院里。最下面的两层楼比上面的楼层稍微宽阔一些,最外部是围绕大楼的环形阳台状庭院。这里摆放着不少野餐桌,种植着矮小的树木。它就像一座整齐有序的小公园,与内部的混乱形成鲜明对比。间歇性吹来的风让斯图亚特的头发翩翩起舞,吹开了他皱巴巴的衬衣,而我不禁好奇他这身衣服穿了多少天了。

斯图亚特把霰弹枪搭在自己的前臂上。他看起来就像个迷了路的猎人。

"他想见识你的另一项工作成果。"

"为什么?"

"起先我也不确定。后来我明白过来,肯定跟那个实验有关。双缝实验。"

"你知道他眼下在哪儿吗?"

斯图亚特摇摇头。他的黑色眸子眺望着阳台外,看着逐渐暗淡的阳光,"但他似乎很害怕,有什么东西吓坏了他。"

"你干吗要拿着枪?"

"因为我觉得他完全有理由害怕。"我们盯着落日看了好几分钟。黑夜正在到来。"再让我看看那份文件。"斯图亚特说。

我递给了他。他浏览了一遍,"看看这上面的研究类型,它们的共同点是什么?"

"这些类型根本五花八门。"

"那是因为你没仔细看。获奖者只是用来转移注意力的。如果你只看真正赢得奖金的那些,你会发现那些研究只是游离在边缘而已。"

"什么的边缘?"

"真正问题的边缘。你还不明白吗?他们真正花精力去调查的是另一些研究。那些没能赢得奖金的研究。"他皱起眉头,"我想我认识其中几个研究者,至少是几个在研究相同项目的人。"

"都有哪些人?"

"我得警告你,"他说着,把那份文件还给了我,"其中两个已经死了。"

"这是最近的事?"

"过去几年内的事。一个是车祸,另一个跳了楼。进入发现奖的入围名单是有风险的。"

他转过身去,靠着栏杆。"这里的夜晚很安静,一片祥和。"他看向远处,"球体里的宝石不是我们造出来的,我们只是发现者。就好像它从最开始就在那里。就像一件埋藏在地下的文物,而科技只是将它挖掘出来的铲子。"

"你上次回家是在什么时候?"

"几周前吧,"他说,"我需要的一切这里都有。有储备的食物,有电、水,还有管道系统。"他低头看了看那把武器,"还有我的霰弹枪。"

"你这口气就像在守城一样。"

他转过头来，突然紧盯着我，"你的论文让我印象深刻。那个实验非常简练。还有后来发生的事，那个医生。"

"罗宾斯。"我说。

"吃力不讨好的事，"斯图亚特摇摇头，轻笑出声，"这就是最麻烦的地方，不是吗？只是运气不好。你发现了灵魂，却又撞见了没有灵魂的人。"

"没有证据能表明这一点。"

"证据？你觉得人们需要证据吗？"他指了指，"看那边。看到那座教堂的停车场了吗？"

我能看见他所指的位置。距离两个街区的远处有一座建筑物，从我们所站之处依稀可见。如果他不告诉我，我恐怕会以为那是个综合体育馆，或者某种小型球场。

"我能看到那座教堂每周日的停车场，过去几周比从前拥挤得多。因为那些关于灵魂和奇怪科学实验的传闻。你的好伙计罗宾斯，还有那些泄露的视频。人们也许不清楚你的实验的结论究竟是什么，但他们知道你有个结论。"他抬头看向天空，"一切都是六个夸克和六个轻子组成的，对吧？宇宙万物都是。十二个粒子构成了一切，六个夸克和六个轻子。"他把身体探出栏杆，"你觉得那块石英里也是夸克和轻子吗？"

"那只是影像而已。"我说。

他又摆了摆手，"一切都只是影像，所有东西都是。这已经算不上问题了，对吧？数学已经朝那个方向发展很多年了。一切的一切，说到底大都只是无法真正触及的虚无——只有触及的幻觉和碰触的感受。愿意的话，就称之为夸克和轻子吧。真正的重点在于,它究竟意味着什么。"

"你觉得它意味着什么?"

"我要是知道就好了,"他大笑起来,"那块石英里的图案在向我们诉说着什么,就像残留在视网膜上的影像。第一次让球体运作的时候,我发现了不少缺陷,但再次运作的时候,那些图像失真就全都消失了。我花了很长时间,努力思考其中的含意。"

"得出什么结论了吗?"

"只有一种可能,"他说,"我觉得石英里的图案是某种底片。"

"相片的底片? 这个房间的底片?"

"现实的底片。"他耸耸肩,又说,"三维时空的底片。不知用什么方法,所有这些都编入了同一个图案里,甚至细致到普朗克长度①。你过去不也总说要统一量子力学和相对论吗?"

"你觉得那个图案能做到这种事?"

他耸耸肩,"现实已经做到了。我们只是不知道它是怎么做的。"

我们沉默良久,眺望着夜空。

"现在该做什么?"最后,我说。

他转头看着我,"已经没有投资者了。钱用完了。结束了。"

"你肯定有什么能做的事吧。"

"没有了,"他说,"看看你周围吧。知识产权还值几个钱,但也得跟别的东西一起打包卖掉。我原以为自己能筹集到必要的资金,但结果却失望了。投资人都跑路了。但至少我能先看到成果。还能让你看到。"他站起身来,"当初你为什么会离开?"

———————————

① 译注:物理学上最小的距离单位,相当于1.6乘以10的负35次方米。

"那都是十年前的事了。"

"你完全没提过理由。你就这么逃走了。后来,我听说你因为当街发疯而被捕了。"

发疯。这个词从儿时起就纠缠着我。

"我喝醉了。"

"原因跟你姐姐的手有关。"

我在将逝的暮光中看着他的脸。我看不到责备,只有困惑。

我从栏杆旁退开。天几乎已经完全黑了。停车场里的灯亮了起来。"那是另一段人生的事了,"我说,"我已经向前看了。"

"你想怎么骗自己都是你的事。"

是时候离开了。我现在明白了,有些事最好留在过去。我们看着愈加低沉的夜幕,沉默了一会儿。等他再次开口时,已经换了个话题。

"你的朋友萨提维克没说他要去哪儿,但他的确提到了一个名字——维克斯。他问我有没有听过。"

"你听过吗?"

他摇摇头。我绞尽了脑汁,但我对这个名字也没有丝毫印象。"还有别的什么吗?"我问他,"你还能想到什么吗?"

"还有一件怪事,发生在他离开前不久。他让我当心。"

"当心什么?"

"他说有个男孩。他让我小心那个男孩。"

# 29

在飞机上,我闭上了眼睛。返回波士顿的红眼航班①。

我吃下助眠的药片,但睡梦并未到来,只有不连贯的嗡鸣声:就好像发生的一切都是别人的事。我只是我自己的观测者——观测着我准备做或者正在做的事。我把手伸向自己前方,于是通过观测确定了我自己的存在。

"别相信你的眼睛。"我听到自己对黑暗说。

我无比渴望着酒。

黑暗到来。

遗忘也随之而来。

异状出现的时候,我才十三岁。感知范围边缘的动作。能感觉到却看不到的空间。若隐若现的血盆大口。而那时的我无法解释,也不知该如何形容。

那些黑暗之物现身和蔓延的时候,我的祖母总会抱住我,然后轻轻摇晃着我。它们就像一道高耸的浪头,随时准备拍打下来,将我卷走。有时我会哭泣,称它为"那种感觉",虽然它并非感觉,而是我闭上眼睛的时候会看见的东西。我祖母的表情先

———————————
① 译注:指长途夜间航班。

是会浮现出关切,然后为她仅有的孙子而担忧,为这个见过了太多、又失去了太多的男孩担忧。

于是,当那些黑暗之物到来时,我不再告诉她了。那种感觉回来的时候,我不再哭泣,也不再向她诉说。在我自己的房间里,我能感觉到它在增长。奔涌的疯狂。

我曾面对过它,面对不断翻涌却看不真切的黑暗。感觉就像站在离火车汽笛很近的地方,响亮到你无法忍受的地步。只不过那并非声音,而是另一种东西,更加庞大的东西。

然后,惊恐的我会用双手捂住眼睛,朝它尖声喊出数字,二、三、四、五,不断地喊下去,因为我能想到的只有这些。于是我明白了意料之外的某件事。我可以赶走它,赶走这团疯狂,赶走这片黑暗的虚无。

我能用数字将它赶走。

飞机降落了。机场照明灯明亮刺眼。

在停车场里,我找到了自己的车。而在上面,夹在我的雨刷器下面的,是一张字条。

我起先以为那是罚单,直到我摊开了它:

快了。

我在车里又吃了两片药。

这段车程漫长而曲折。在城市的黑暗里,街灯就像全新的星座,而我曾对着虚空低语,问我父亲他去了哪里。但我听不到回答。只有死亡。就像或许已经死去的萨提维克。而死者对活人总是缄口不语。

我转动方向盘。

夜半时分,我惊醒过来,用抽搐的手臂抓住自己,就好像我被什么东西绊倒,然后从高处摔下了一样。

我大汗淋漓,心脏在胸腔内狂跳。

"嘘。"她轻声说,然后用一只手抚过我满是汗水的额头,"继续睡吧。"

"我还以为自己滑倒了。"

"这种经历谁都有过,"她说,"那只是你的灵魂落回了原位而已。"

我坐起身。"我该走了。"几个钟头之前,我开车来了她的公寓。为了摆脱自己的想法,我需要感受实实在在的东西,任何东西都好。但这是错误的选择。我的想法也一起跟来了。

"留下吧,"乔伊轻声道,"你没事的。"她的双手按在我赤裸的肩膀上。

"你怎么知道?"

"一切都会顺利的。"

我想起了她几个月前跟我说过的话。"不,"我说,"不知为什么,我不觉得会顺利。"


第二天早上,我在反胃感中醒来。

冰冷的地板瓷砖。我朝着马桶呕吐。

我做了些可怕的噩梦。燃起的火焰。

在我的梦里,我的肺烧伤了,而我猛然惊醒,意识到自己正在屏住呼吸。

我用牛奶服下一片药。

"你确定这样没问题吗?"

她就站在厨房的黑暗里,离我不远。她听到了我翻找药瓶的声音。

我亲吻了她的额头,在天刚亮的时候离开。在她公寓楼的大门外,天空正在坠落——大雨倾盆。我踩过水洼,跑到我的车子旁边。

透过雨幕,我在旅馆附近看到了那辆没有标识的丰田酷路泽。这是再明显不过的警用车辆,真不明白他们干吗要伪装。这种车洋溢着"执行公务"的气氛:黑色的中型车,有色玻璃窗。离这辆车远点儿,没什么可看的。雨水拍打着车身光滑的油漆。

是来审问我的吗?我心想。又是关于火灾的问话?

我径直经过了那辆车,看都没看一眼,但我没有转进旅馆停车场,而是继续前进,驶入街对面的加油站。

我想起了挡风玻璃上的字条。快了。

靠近加油站的大门时,我抬起头,看向停在街上的那辆车。虽然我看不到有色玻璃后面的人,但我注意到它的雨刷器每隔几秒就会摆动一次,擦去玻璃上的雨水。

我买了一条面包,一瓶花生酱,六联包的可乐,还有冠军的美餐[①]。我才进去仅仅几分钟,等我出来的时候,那辆车已经不见了。我环顾周围,目光扫过车流,但却看不到它的影子。

我回到车上,穿过街道去了旅馆。我下了车,匆忙走向楼梯的时候,听到了运转的引擎声,还有车胎溅起水花的声音。我甚至懒得转身确认。

就在这时,有个穿着土黄色裤子和黑色球衣的男人从楼梯侧面绕了出来,站到我面前。他高大魁梧,三十五六岁。他看起来就像在大学时当过摔跤手,又或者干过保安——他粗壮的脖

---

① 译注:此处原文为"Dinner of Champions",是一句流行眼,多指垃圾食品。最早的出处是维蒂斯麦片的广告"冠军的早餐(Breakfast of Champions)"。

子让球衣领口的纽扣绷得紧紧的。

"埃里克·阿格斯。"他说。

我停下脚步。我看着他,而雨水倾注而下,浇湿了我们。有那么一瞬间,我考虑着向他撒谎,但这有何意义?他显然认识他要找的人。

"对。"

"有人想跟你谈谈。"

我正在犹豫该如何答复的时候,听到身后那辆车的门开了。我转身看去,正是早先那辆车。黑色车身,有色玻璃。原来那并不是警用车,除非这个球衣男也是警察,而他看起来不像。他们在等我。我把包丢在地上。

"谁想跟我谈谈?"

"我们会很乐意向你介绍。"

"你是说现在?"

"如果你不介意的话。"他前进了一步。而我差点拔腿就跑。我能做到。这家伙个头太大,持久力肯定不足。有那么多渴望氧气的肌肉在跟他作对。如果我突然逃跑,跟他拉开距离……

仿佛看透了我的心思那样,司机那边的门打开了,另一个人走下了车。这一位个子更高,也更瘦些,而且年轻个几岁。他是这两人中的跑者——如果需要跑者的话。

我转身看向球衣男,"如果我不愿意呢?"

他扬起一边眉毛。这个答案已经足够了。

我扫视周围,但他们时间和地点选得非常完美。我们站在转角的另一边,旅馆办公室看不到这儿。楼梯阻挡了道路那边的视线,而大雨又让大部分人都留在室内。

"我没给你们找麻烦,让你们的工作轻松多了,是不是?"

球衣男指了指敞开的车门。"这种事一向都很轻松。"他说。

在大学的时候,我见过保镖把醉汉踢出双开大门。他们在地上打滚,就像风滚草。如果我抵抗,这就会是我的下场。我还是可以朝左边飞奔,拿我的速度赌赌运气。

我抬起头,看向我房间的门,然后做出了决定。昏暗无光的房间。未能解答的问题。安排这一切的人肯定费了不少功夫。他们肯定有见我的理由,而有理由的地方就会有答案。

我就这么坐进车里。球衣男跟在我身后进来,关上了门。车子驶离了旅馆。


我们前进了三十分钟,朝着城区南方前进。

"我要见的人是谁?"我问道。过了几分钟,我再次发问:"我们要去哪儿?"

就算他们俩长着舌头,也不打算使用。最后,我们就这么在沉默中乘着车。

驶上出口匝道的时候,雨已经停了。五分钟过后,我们来到了一座地下停车场的入口,木制的道闸自动抬起。我们沿着弯道向下,车轮发出抗议声,而另一个念头开始渗入我的脑海。我又有了逃跑的想法——打开车门,然后全速逃跑。以这个车速,只要跳下去以后滚个几圈,就不会受伤了。

没等我拿定主意,这辆车就穿过了一道双开小门,然后车头贴着墙壁停了下来。左右两边都是墙壁。那两人没有下车。那道门却在我们身后关上了。我困惑了片刻,然后感觉到地板动了起来。我们正在上升。车用的电梯?我听说过这种东西,但从没真正见过。这是仅属于超级富豪的体验,属于那些不希望自己心爱的阿斯顿·马丁离开视线的人。电梯迅速升起。门的上方没有亮起的数字。我们经过不同楼层的时候，也没有"叮"的响声。这是那种直通式的电梯。

电梯停止的时候，我的胃略微翻腾了一阵子。沉重的门打开，而在前方，透过挡风玻璃，我看到了一条豪华的入口通道。明亮的电灯，还有枝形吊灯。

那两人下了车，我也跟在后面。他们一言不发地领着我走进顶楼套房。高高的天花板，价值数百万美元的公寓。我从没见过类似的东西。那些人领着我朝公寓深处走去，跨过一块壁球场大小的白色粗毛地毯，地毯的中央放着一只像是玩具的红球。

透过敞开的阳台门，我看到了宽大的阳台，以及在深蓝色天空映衬下的一座座摩天大厦。我们所在的位置起码是二十楼，或许是三十楼。

"埃里克。"

我转过身，寻找着声音的来源。

萨提维克坐在一张硕大的红木办公桌边。

## 30

"萨提维克!"

我穿过房间,而萨提维克孩子气的面容浮现出欢快的笑容——那头灰发下的脸庞就像个小天使。

他本打算跟我握手,但我把他拉了过来,给了他一个拥抱。

"你来这儿做什么?"他说。

我拍拍他的背脊,"你还活着。"

"我当然还活着。你以为我怎么了?"

"我不知道你怎么了。"我扫视周围。我们似乎身在一间豪华的休息室里。两张宽大的睡椅,白色砖块砌成的壁炉。或许是个起居室,但我不敢肯定。我不熟悉这方面的词汇。让我长大成人的房子可没有这种房间。

"你知不知道……"我词穷了,这件事带给我的震惊太过强烈,"你究竟去了哪儿?"我努力压低嗓音,但安心感很快转变成了另一种情绪。愤怒,愤慨。

萨提维克摇摇头,"我在这儿待了两周了。至于发生了什么,我还是不能说。"

这时候,我才注意到他眼睛上方的割伤。伤口已经愈合了

——或者说正在愈合。伤口很深，就在发际线和眉毛之间。看这道伤的样子，恐怕是在应该缝合的时候没有缝合。

我的怒气消退了，"你的额头……"

"你也一样，"他说着，指了指仍旧缠在我手上的绷带，"出什么事了？"

我低头看着自己的手。我都忘了绷带的事了。"发生了火灾。"我说。

"火灾？"他皱起眉头。

"在汉森研究所，"我说，"仓库烧光了。"

他瞪大了眼睛，"烧光了？有人受伤吗？"

我摇摇头，"只有我。"

"怎么回事？"

我该从哪里开始说呢？我能想到的一切似乎都跟之前的某些细节有关。"发生了很多事，"我说，"但我们应该先通知你老婆，然后是杰瑞米。很多人都在担心你，我们必须告诉他们。"

他的表情变了，"抱歉，埃里克。"

"抱歉什么？"

"这地方跟你想象的不一样。"

就在这时，两扇门砰地打开，几个人依序走出某间书房，一边大声交谈着什么。看到为首的那人时，我的心沉了下去。那是布莱顿。他走向我们，脸上浮现出微笑。"瞧瞧是谁来了。"布莱顿说。

他穿着黑色的高领毛衣，与他的金发形成鲜明对比。两个男人和一个女人跟在他身后，但保持着距离。那些男人多半是保镖，但那个女人的身份就不好说了。

她穿着黑色西装，提着手提箱。大概是律师或者会计。她四十五六岁,棱角过于分明,算不上漂亮,但仍旧相当迷人。她的双眼是清澈的淡绿色。

"阿格斯先生,"布莱顿说着,伸出一只手,"能再见到你真好。"

我没理睬他停在空中的手,"为什么找我来?"

他的笑容改变了形状,绷紧的嘴唇微微咧开。他放下了手。

"直入主题,"他说,"我欣赏你的作风,帮我们省略了那些繁文缛节。不过话说回来,我们应该也熟悉到不需要寒暄了。"他转向那个女人,"如果你不介意的话。"

那女人点点头,不发一言地离开。两名保镖留了下来。

等她走后,布莱顿转向了我。"如果让你久等了,我在此致歉,但我还有公司方面的职责。"他说,"我想你和我是时候重新谈谈了。"

谈谈。这就是他找我来的目的吗?"我听着呢。"

"单独谈话。"他朝保镖做了个手势,那两人便站到萨提维克身旁。其中之一轻描淡写地将手放在萨提维克的肩上。萨提维克没有抵抗。

"来吧。"布莱顿说着,示意我跟上。他朝房间后部的阳台门走去。

"要找你可不太容易,埃里克。"我们走到阳台上以后,布莱顿说。阳台异常宽敞。白色的大理石地板,玻璃栏杆。空气凉爽,下方街道上的车流声不时传来。三十楼,看到这一幕的时候,我在心里下了判断。

"没这么难,"我说,"你轻轻松松就找到我了。"

"那就这么说吧,要猜透你可不太容易。跟你有关的事从来都不简单,是吧?所以我才希望跟你对谈一次。"

"所以你就绑架了我?"

"绑架?"他笑出声来,"你是自愿来这儿的。他们礼貌地请求,而你接受了。还是说我弄错了?"

他当然没错。就算上了法庭,我也没法给出别的供词。"那萨提维克呢?"

"我们对他就没那么礼貌了,这我承认。但这也是没办法的事。那家伙很好斗,虽然也许一眼看不出来。"他看了我一眼,"你就不一样了。你会尽量避免冲突,对吧?你比较擅长逃跑。"

我从口袋里拿出手机拨了号,然后举到耳边。

我以为他会阻止我,但他的微笑又回来了,"你要打给谁呢?你打算说些什么?"

他没有动。没有保镖冲过来抢走我的手机。

三秒钟的沉默过后,我拿开手机,看了看屏幕。拨打失败了。

"要封锁电话信号是很简单的,"他说,"这样我才能确保你专心致志,不会因为电话而分心。让我们好好谈谈,让我们的思想进行交流。"

"那就说吧。"

我把手机塞回口袋里。

他大笑起来,"你看我的样子,就好像我是你的敌人。我没你想象的那么坏。把自己不理解的动机往最坏的方向去想,这是常见的谬误。我们喜欢将事物分成善与恶,但并没有多少事物能如此轻易地划分。说实话,一切都只是观点问题。真正要考虑的只有宇宙之箭。其余的都只是……毫无必要的细节。只是装饰而已。"

"那发现奖呢?也只是装饰吗?"

他短暂地眯起眼睛。他没料到我会问这个。"从某些角度来说,是的。但从另一些角度来说就不同了。如我所说,没有善与恶,只有那支箭。但还有对抗那支箭的人。以及目标是协助它的人。我很想知道,你属于哪一方?"

"我不明白你在说些什么。"

"你当然明白。你知道的事比你想象中的多得多。"他在白色大理石上踱着步子,"顺带一提,你姐姐还好吗?"

这是句含蓄的威胁。"你想怎样?"

"我想知道你对某件事的观点。看起来,那个问题正好跟你擅长的领域有关,"他瞥了我一眼,继续来回踱步,"如果你喝醉了酒,那么这种时候你做的事算不算数呢?"

我瞪着他。

"当然了,你肯定也想过这个问题,"他说,"归根结底,意识是种有限的资源。如果你猛地甩上某扇门——在喝醉的时候,伤了你姐姐的手,严重到要找外科大夫来接骨……"他故意没把话说完。

我觉得自己的脸开始发烫。

"那种不确定性,"他说,"那种借口,对你来说肯定算是某种慰藉。在你醉得天昏地暗的时候,你的意识还在你大脑里吗?你该为你做过的事负责吗?"他走到我身边,停止了踱步,在我肩头轻声道,"这算是你的过错吗?"

我攥起拳头,然后又松开。我张嘴想要反驳,却并不相信自己要说的话。

他轻笑出声,"噢,归根结底,你冷静的外表下也藏着些什么。我开始好奇了。告诉我吧,以你专业的观点来看,烂醉如泥的时候能让波函数坍缩吗?你知道的,我们可以做个实验。我们这儿有瓶上好的波旁威士忌,用橡木桶两次发酵的特藏酒。你只需要大口大口地喝就行了,然后我们再用萨提维克的小盒子来确认。看看你的罪孽能否得到赦免。"布莱顿走到栏杆旁。狂风吹来。远处传来汽车的喇叭响声,然后又是一声。那是城市之声。他把身体探出栏杆。我真想推他一把。抓住他的双腿,然后用力一抬。他转身看向我,仿佛猜透了我的想法。"我很好奇,当你喝到烂醉的时候,意识会去哪儿呢?"他看着我,仿佛在等我回答,"意识,真是天赐之宝,"他说道,"有些人却觉得它只是负担。他们只会努力将其抹消。你们在怕些什么呢?"

他走近了几步。"他们说想要了解某个人,就必须弄清他们害怕什么。埃里克,你最怕的是什么呢?是没有人会记得你吗?"他似乎看懂了我的表情,"不,那是其他人害怕的事。"他说,"或许你害怕没法完成自己的工作?"他梭巡的目光似乎发现了我的神情变化,"噢,就是这个,不是吗?在印第安纳波利斯发生的事肯定让你很痛苦。"

"你究竟为什么找我来?"

"你问了问题,而答案就摆在你眼前。告诉我,你对我有什么用?萨提维克有什么用?"

"我不知道。"

"我们生活在奇怪的时代。因为在有记载的历史上,躯壳与灵魂的矛盾始终无法调和。可现在,我们做到了。"

我紧盯着他。躯壳与灵魂。听起来耳熟。

"你跟罗宾斯谈过。"

他点点头。"我在他耳边低语过。所以我明白,他算不上什么问题。可是你——"他指了指我的方向,"——你创造出了影响整个世界的问题。"

221

他转过身，再次俯瞰城市的景致，"埃里克，你究竟创造出了怎样的世界？你停下来思考过吗？你们——你和萨提维克——做了那个小小的实验，而那些好管闲事的科学家又会追随你们的脚步，不断核对、再核对，直到得出和你们相同的结论——人类中的一部分没法让波函数坍缩。你觉得有可能阻止这些信息继续传播吗？你觉得有可能掩盖已经发现的东西吗？"

"不觉得。"

他摇摇头，"就算可以，也不会轻松。知识的失传早有先例，但并非毫无代价。你的论文发表的时候，我觉得一切都完了。世界以轴线为中心旋转，但还有些轴线是你看不到的。即便是现在，还有实验室在为此装配设备，申请资金。即便是现在，也有人会察觉其中的关键。机器已经开始运转了。如果我闭上眼睛，就能听到齿轮转动的声音。他们会不断推进，他们会找到你们发现的东西，然后又会发生什么呢？"

"这话什么意思？"

"那些与众不同的人类会有何遭遇？你肯定已经思考过了。"他转头看向我，"罗宾斯称之为灵魂，其他人迟早也会，但无论如何称呼，事实都不会改变：你的实验划出了一条界线，将矛盾暴露在了解剖学家的解剖刀下。"

"什么矛盾？"

他困惑地偏了偏头，"自由意志的矛盾。你是真的不明白吗？"

我确实不明白。布莱顿的脸在昏暗的光线中泛白。他神情严肃。

"人们会要求测试政府官员吗？或者法官？或者他们潜在的伴侣？由于罗宾斯的发现，这一切已经开始酝酿了。在教会里,已经有人开始问这种问题了。它会带领我们去往何方？这些非人之人……他们会有怎样的下场？他们值得信任吗？我们应该把他们送进劳教营吗？应该屠杀他们吗？"

"你疯了。"

"我承认这些都是极端手段,但思考一下吧。人类什么时候厌恶过极端手段？人们会为了宗教分歧、文化差别和种族差异自相残杀。部族和部族之间的分野又是什么？那种东西真的如此重要吗？人们从不放过任何证明同胞缺乏人性的机会,而你给了他们终极的证据。村庄会被焚烧,就算这儿不会,别处也会。就算今年不会,明年也会。这就像是新编的老故事,比如萨勒姆的女巫审判——把石头绑在无辜者的背上,看他们能否飘起来。这种倾向扎根于我们的本性。埃里克,你明白自己惹出了多大的麻烦吗？你破坏了世界。你打碎了幻象。"

寒意缓缓爬上我的脖颈,"你是什么人？"

"噢,你总算这么问了。我是活得够久,所以知晓这些道理的人。"

"你提到的那些人,"我问,"他们又是什么人？那些没法让波函数坍缩的人。他们是什么东西？"

"他们有个名字。埃里克,你还没猜到吗？"

"什么名字？"

他别过脸去,再次俯瞰整座城市。

"他们出生,他们生活,他们死去。"他转过身来,"我们称他们为'命定者'。"

布莱顿领着我回到室内。他脚步轻松,与我并肩穿过套间。习惯了外面的黑暗以后,这里的灯光仿佛更明亮了。我们经过一间藏书室,我看到萨提维克坐在里面的一张高背椅上,两名保镖站在门口附近。萨提维克察觉到了我们,于是抬起头来。我们的目光短暂地交汇,然后我便走过了门口。在那几分之一秒的时间里,我看不出太多东西,但我觉得自己注意到了他眼里的担忧。担忧自己的安危,又或者是我的安危。很难说。

到了走廊的另一边,布莱顿领着我穿过几扇门,来到了一个光线暗淡的宽敞房间里。"你平时玩吗?"布莱顿问。

如果在别的顶层公寓里,这儿也许会被叫作"奖励室"。这儿本该有一台宽屏电视,设施完备的吧台,几张沙发和凳子。但布莱顿对奢华的看法比较独特,因为房间里放着四张台球桌。窗户上都贴着黑色的纸,用来遮蔽光线。那些台球桌堪称艺术品:豪华的绿色毛毡,精致的做工。墙上挂着各式各样的台球杆。而我终于找到了吧台:它就设置在房间的另一头,布置相当高雅。布莱顿提到的那瓶波旁威士忌就放在那里,外加另外许多种类的酒。在一面长长的镜子前方,纤薄的玻璃架上放着许多玻璃瓶。

在门边的那张台球桌上,放着一套古怪的设备。我仔细打量,试图弄清它的作用。看起来像是扬声器的东西正仰天倒在桌上,上面贴着某种白色的板子。这时候,我注意到了第二张台球桌上的污渍。它同样贴着豪华的绿色毛毡,但毛毡上的某些地方颜色更深。我试图说服自己,那些污渍与暴行无关,但我的大脑却在肆意想象。大摊的干涸痕迹。桌子那头有一大块圆形污渍。中央有两块小的。另一块靠近侧袋。就好像有人曾经躺在上面,十几处伤口血流不止。

布莱顿注意到了我的目光。他走过那张有污渍的台球桌,在放着球具的那张面前停下脚步。

他朝门边的保镖做了个手势。我听到一声"咔嗒",然后第一张桌子上方的灯突然亮了起来,而我看清了那些设备。我这才发现,那并不是扬声器,而是别的什么东西。那是个黑色的盒子,上面有好几个旋钮,还有某种网格曲面。好几颗台球胡乱散落在桌上。在盒子的上方,由金属支架所支撑着的,是个小巧的白色板子——硬塑料做成的扁平圆盘。一只两磅规格的黑沙袋子翻倒在盒子附近,黑色颗粒撒在桌上,糟蹋了毛毡。

"每个伟大的发现都会有殉道者,"他说,"启示总是伴随着代价。"他从桌上拿起母球,"沃纳·冯·布劳恩创造了V-2火箭。它在第二次世界大战中杀死了成千上万的人,但也成就了NASA的水星计划。"他将白色的母球举高,然后放在桌上,"月亮。"他说着,将那颗白球向前滚去。它在球桌的边沿弹开,撞上了六号球,然后停了下来,"在冯·布劳恩之前,还有尼科洛·塔尔塔利亚,弹道学之父。穷困、口吃、其貌不扬的塔尔塔利亚发明了数学中的圆括号,并证明了弹道轨迹是有弧度的。"布莱顿把二号球向前滚去,它砰地撞上另外几颗球,在反弹中飞出了球台。其中一颗球撞上了桌子中央的黑盒子,然后困在了沙子里,"然后是裂变的发现。首先做出详细理论解释的人是莉泽·迈特纳,她曾经思索:什么样的连锁反应才可能实现?几年过后,我们就得到了答案,对吧?一切总是如此:钢的发现无可避免地应用在了刀剑上,而殉道者也因此流血。"

他身体前倾,将七号球从靠近盒子的位置滚到一旁。然后他拿起那袋沙子,倒在白色的圆板上,"这叫作音调振动板,是种很有年头的设备,或许你听说过?"

"没。"

他朝黑盒子伸出手去,"这是调频器。"他转动旋钮,直到发出"咔嗒"一声，而我突然听到了轻柔的嗡鸣。他又稍稍转动旋钮，嗡鸣声更响了——音调更高了。在白色的圆板上，沙粒开始震颤和舞动，随着板子的颤抖而移动和流淌。它们慢慢形成了一个形状，一种图案。就像孩子不断重复的乱涂乱画，又像是某种古怪的万花筒。沙子自行汇聚成一条条弯曲的黑线，而圆板的其余部分仍旧维持着苍白。

"我们周围的空间充斥着各种波，"布莱顿说，"它们绕过我们，穿过我们。声波、电波、光波。物质本身的波。这些波大部分都是不可见的，但我们的意识有时会强行将它们拖入物理存在。就像这些沙子将声波拖入物理存在那样。"

他转动旋钮，嗡鸣声更响了。圆板上的沙子回应着新的频率，形状也随之改变，从孩童的涂鸦转为一系列同心圆。白色表面上的黑色颗粒。各种各样的数学图形，形状不规则的捕梦网①，曼荼罗。移动，翻腾，就像拥有生命的活物。布莱顿缓缓转动旋钮，而它们也从一种形状变换为另一种，先是蜂窝，然后是一系列平行的波浪线，就像抽象的象形文字。"这些波型会向上延伸，"他说，"沙子只能捕捉到二维的那部分。"他继续转动旋钮，而黄蜂振翅般的声音传来，形状转为一连串圆形，就像左轮手枪的截面：六个较小的圆形排列在中央较大的圆形周围。中央的圆形就像黑洞洞的枪口。

布莱顿放开旋钮，拿起了那只袋子。他又朝圆板上倒了些沙子——倒了很多沙子——直到沙粒淹没了图案，从侧面溢出，让台球桌上显得乱糟糟的。他把倒空的袋子丢在地板上。圆盘上的沙子震颤翻腾，相互碰撞，挣扎着想要排列起来，却构不成

---

① 译注：捕梦网（dream catcher），印第安传统的装饰品，印第安人认为它能捕获美梦，让噩梦随阳光消逝。

任何图案。没有那种空间。只是一堆不断移动,毫无特色的沙子。

"这些只是波和波形而已,"他说,"只是会导致振动的音调——只要玩点小花招,我们就能看到它。"他挺直背脊,看着我。他在说的已经不是那块圆板了,"重要的不是眼睛,而是心。是你胸膛里的奇特火花让你固定在眼前的现实里。也是它让这一切出现的。你周围的一切。埃里克,你信教吗?"

"我对宗教没有成见。"

"你是否思考过,为什么宇宙的构造方式会是现在这样? 重力,电磁力,各种各样的核间力——它们的相对和绝对力量与范围,全都在刀锋上维持着平衡。只要稍稍一动,一切都会化为虚无。"

"人择原理①。"我说。

他点点头。"当然了,正因为这些力是这样的,我们才能在这里计算它们。但还有另一个稍稍不同的角度:宇宙如果不是现在这个样子,就没人能观测到它了。"他朝着台球桌身体前倾,继续道,"如果无人观测,宇宙还会真正存在吗?"他转动盒子上的旋钮,音调再次拔高,就像飞舞在我耳边的一只黄蜂,"或许我们对宇宙是必要的,正如宇宙对我们是必要的。这是一场伟大的合作。没有了我们——"他低头看着圆板上不断振动的黑色颗粒,"——它就只是一团不断翻腾和扭动的质量而已。"他毫无征兆地将手捶在桌上,让整套设备摇晃起来。

沙子从圆板上弹落下来,洒得到处都是,留下的那些缓缓形成了新的图案,白色的圆板表面开始出现,让图案清晰鲜明。一

---

① 译注:正是人类的存在,才能解释我们这个宇宙的种种特性,包括各个基本自然常数。简单地说,因为人类,宇宙才得以存在。

连串和缓的曲线,就像蝴蝶的翅膀。

"你觉得宇宙希望被人观测到吗?"他问。

"宇宙不可能希望去做什么。"

"你能肯定吗?"

"如果你说的是某种意识,那么——"

"如果宇宙有意识,它就不需要你观测了。不,"布莱顿说,"我所说的是某种更加优美的东西。"他绕过桌子,关掉了那个黑盒子。嗡鸣声消失了,沙子也停止了移动,图案定格下来。他似乎在凝视那个图案。"海森堡谈论粒子的时候,说的更多的是可能性而非事实,但他却备受推崇。"他又拿起母球,"我早就发现,物理学家从精确的角度谈论现实的时候,总会运用各种公式;而当他们泛泛而谈的时候,口气却像僧侣。"

他沉默了片刻,然后把母球放回球桌上,"三万八千年前,澳大利亚就存在岩画艺术了。欧洲的岩画更多,彼此的间隔足有数千年,但却拥有相同的主题。就好像存在某种模板。"

"你想说明什么?"我不明白他转换话题的用意。

"根据迹象显示,某些洞窟连续两万年都有人居住。地层里有二十七英尺深的贝冢,在远比文明更长的时间里,一代又一代人不断建造着它,没有任何新的手工制品,没有任何创新。你能想象吗?就像柏拉图的形相论里那个不变的村庄。不只是普通的村庄,而是柏拉图哲学中的理想村庄,他们的岩石壁画与一万八千年前相比,在风格上毫无分别。"

我跟不上他的话题了,"这些跟眼下的事究竟有什么关系?"

"现在事态发展得更快了,而且还在加速。有些人出生在没有电力的家里,孙辈却踏上过月球。现在我们有了核能、微型芯片,以及可以装进口袋里、却能连通全世界的无线设备。看看你周围，你就会发现，一切桎梏都已被打破。如果你侧耳聆听，就几乎能听到。"他闭上眼睛，表情平静。

"听到什么？"

他睁开眼睛。"加百利的号角声，"他盯着我，笑得更欢了，"你问我为什么找你来，埃里克，而这就是我的答案。埃贝拉希的时代即将到来。"

# 31

保镖们领着我穿过走廊。我们经过萨提维克刚才待过的藏书室，但此时他的椅子上空无一人。在客厅里，我们再次跨过那块白色粗毛地毯，这次我注意到那颗红色的球不见了。我扫视周围，但它踪影全无。他们领着我穿过另一条走廊，绕过转角，从厨房来到一扇配有钢制门闩的沉重木门前。高个子保镖用钥匙打开了门，然后把我推了进去。我听到身后传来一声"咔嗒"。我转身用力踢向门板，让铰链发出"咯吱"声。

"埃里克。"一个声音传来。

在附近的黑暗里，我只能勉强看清某个轮廓。

"萨提维克？"

"恐怕是的，"那个轮廓动了动，"他们晚上就把我关在这儿。"他说，"我的房间。现在也是你的了。我知道你会来。"

"你怎么知道？"

"他们在地板上多铺了一张床垫。不然还能是给谁准备的？"

我在黑暗中摸索前进，直到脚踢到了某种柔软之物。我弯下腰，用手摸着床垫，然后坐了下来。周围只有透过门板底部的小型黄铜格栅照进来的光。我猜那是空气流通用的通风口。

"这房间是怎么回事?"我问。

"我想这儿以前应该是食品储藏室,不过他们把架子都撤走了。"

"所以这儿没有窗户。"我说,"而且这儿是套间的中央,没人能听到我们的叫声。"

"我昨晚听到过叫声。"萨提维克低声说,"但这儿很高,我不觉得他们会在乎这个。"

"什么叫声?"

"从另一个房间传来的。但我没见过他。他们从没把他带来过这儿。"

我想起了桌球台上的污渍。我决定不提这件事。

"那现在呢?"我问。

"我们睡觉。"

"不,我是说,我们身上会发生什么? 他们打算对我们做些什么?"

"我不清楚。他们没告诉我。"

这片黑暗突然显得逼仄起来。空气闷热。就算有通风口,我也怀疑空气不够两个人使用,他们明天或许会发现我们全身青肿,窒息而死。我把那个念头赶出脑海——只是无用的妄想而已。"他们是怎么抓住你的?"我问他。

"在街上。我试过逃跑。他们也抢走了我的车。"

车。这就能解释那天晚上的实验室了。

"他们还利用了那个男孩。"他说。

"纽约的那个?"

"他现在跟着他们了,我猜他们本来就是一伙的。布莱顿让我测试他,他想亲眼看看。"

"发生了什么?"

"那个男孩没能坍缩波函数,就像从前那样。像他这样的人还有不少。我也测试了布莱顿,他起先没有发觉。我以为我骗过了他,但或许是他骗过了我。"

"他跟那个男孩一样吗?"

"不,"萨提维克说,"布莱顿是另一种东西。"

"这话什么意思?"

萨提维克顿了顿,"很难说。他只看了一小会儿,所以我也没法肯定。"

"肯定什么?"

"就好像他可以选择,"萨提维克说,"就好像他可以选择要不要坍缩波函数。"

我们坐在黑暗中,沉默良久。最后,他说起了自己来往于全国各地,试图理解双缝实验意义的那趟旅行。

"但你为什么会去高通量公司?我还是没想明白。"

"因为一条留言,"他说,"有人在我的车上留了张纸条,还附上了地址。谷歌搜索的结果显示,这跟你从前的研究有关。"

"谁的留言?"

"上面只有个名字,维克斯。我还以为会查出什么来,但我错了。我想那也是陷阱的一部分。他们第二天就抓住了我。"

漫长的沉默过后,我开了口:"我们得想办法离开这儿。"

"那些保镖的身手很快,"他说,"我的脸就是这么搞的。"我感到他的身体在黑暗中动了动,"你跟我的家人谈过吗?"

"没。"我说。

"我想念我女儿,"他说,"我怕我一直不回家会出事。"

"不会有事的,萨提维克。"

"我最想念的就是这个——每晚给她读故事书。出门在外的时候,我就没法给她读了。"

"会有机会的。"

"希望你是对的。她喜欢听故事。我讲故事,她躺在床上安静地听。"

"你跟她讲过你那个四位王子的故事吗?"

"她每一部分都听过。"

"你给我讲的那段还有后续?"

"还有很长的后续。"

"那么,那第四位王子,瞄准鸟儿眼睛的那位,他最后怎么样了?"

"说来话长。"

"发生了什么?"

萨提维克沉默了片刻,"他死了。"


夜半时分,有个声音吵醒了我。有那么一瞬间,我忘记了自己身在何处,紧接着又想了起来。那声音就像是有球在弹跳。我把脸贴近通风口,看到了对面的厨房。我看到一双短小的腿正在房间里走动。红色的球在地上弹跳着。是那个男孩。

"嘘。"我喊道。

球停止了弹跳。男孩转过身来。他弯下腰,进入我的视野,透过通风口看着我,而我看到了他的脸。他大概十岁大,一头黑色卷发。他盯着我,脸上全无表情,连丝毫的惊讶都没有。

"你能打开这扇门吗?"我轻声问。

男孩略微昂起头,表情毫无变化。他很普通,是那种典型的男孩,穿着蓝色牛仔裤和T恤衫,跟公园里的那些孩子没什么分别。

我等了片刻,但他没有回答。"你能——"

他把球扔了出来,砸中了我面前的通风口。我缩回身子。我看到他的双腿走向远处。


第二天,保镖们用捶门声叫醒了我们。房门打开的同时,我翻身下床,爬起身来。他们让我们轮流使用了盥洗室,门口始终有保镖守着。

"布莱顿在哪儿?"

那保镖只是看着我,一言不发。他并不是我昨晚见过的那些保镖之一。他个子很高,肤色黝黑,穿着薄薄的夹克式球衣,前襟敞开。我反应过来:他们肯定是轮班制的。布莱顿的手下有多少人?不知那个男孩还在不在,我没看见他。

"我能吃个早饭吗?"

"想要什么就去拿,"那人指了指厨房,"你有五分钟。"我穿过套间,踏上厨房的地砖。我花了点时间找到冰箱,它完美地藏在六眼煤气灶旁边的暗格里。我在这台"深寒"牌①冰箱里翻找了半天,最后拿出一盒橙汁。然后我从上面的橱柜里取出一只玻璃杯。杯子很沉,我将它攥紧在手里。它沉到足够当作武器。如果把它敲碎在大理石地板上,我就有了足以切断颈动脉的锐器。保镖朝厨房里走了几步,近距离打量着我。他双手叉腰,夹克略微敞开,我看到了装着手枪的皮套。我往杯子里倒满了橙汁,全部喝完,然后把杯子放进水槽。

---

① 译注:Sub-Zero,美国高端冰箱品牌。

片刻过后,萨提维克沿着走廊走了过来,球衣男和另一个保镖紧随在后。

"穿好鞋子,"球衣男说,"我们要走了。"

"走去哪儿?"

"街上。我们会在公园让你们下车。"

"下车?"

"对,放你们走。"

我眨了眨眼,盯着他。这不合情理。毕竟都发生了那么多事了。"就这样?"

"我不打算再说一遍。"

球衣男把我推向我昨晚过夜的房间。我跟着萨提维克绕过转角,走了进去。我们弯下腰,拿起鞋子。萨提维克一脸茫然。他的表情令人费解。

我看向身后,球衣男还在转角那一边。

我朝萨提维克凑近身子,低声道:"这可不妙。"

萨提维克的脸上浮现出微笑。茫然的神色消失了。"他们要放我们走了。"

我摇摇头,"他们干吗要这么做?"

"我不知道。"他说。他穿上了鞋子,黑色的皮便鞋,"也许他们已经用不着我们了。"

"萨提维克,这事有点不对劲。"

萨提维克站起身,"我一直操劳过度。回家以后,我要换个活法。花了那么多时间,换来了什么? 削减肥料,该削减肥料了。"

"你究竟在说什么?"

"就像草坪一样。你撒上肥料,草就会长得更快。但何必呢？草又换不来钱。"

"萨提维克，我需要你集中精神。"

"我很集中。我在这儿待了两周了。今天我要回家。"

"你相信他的话？"

"他说他会放我们走。"

我想到了我母亲，还有她相信自己想相信的事的能力。就像某种超能力。或许我们都有这种能力，或许我们在必要时都能运用这种能力。

另一个保镖走了过来，带着我们找到站在私人电梯旁的球衣男。电梯门开着，我本以为会看到那辆车，但里面却是空的。只有空无一物的金属地板，以及四面金属墙。大小堪比车库。

"进去。"那保镖说。

我们四个走了进去。我站在萨提维克身边，球衣男拉上了金属制的公寓大门。然后电梯门缓缓合拢。我甚至能闻到电梯缆线的油脂气味。

萨提维克还在笑，"事情总算有转机了。"

"是啊。"我说。

球衣男按下按钮，电梯动了起来。

"我离开太久了。今晚我就要见到我女儿了。"

我只能点头。

"她看到我会很高兴的。"

"是啊。"我说。

穿着球衣的男人以流畅的动作抬起手臂，朝萨提维克的头部开了一枪。

# 32

直到枪声响起后，我才尖叫出声。

鲜血飞溅在墙上，我纵身扑向凶手，但他早有防备。他旋转身体，利用我的前冲之势来对付我。他抓住我的胳膊，将我狠狠摔在电梯门上。我的脸撞上了坚硬的钢铁，鼻梁似乎断了，眼前金星直冒。我转过身去，胡乱挥舞拳头，但打到的只有空气，然后一记足以砸碎骨头的刺拳打中了我的下巴，让我不支倒地。

我晃晃脑袋，试图让视野恢复清晰。我想起身，肋骨却吃了重重一脚，让我躺回地上。这一脚把我肺里的空气全都挤了出来，让我难以呼吸。我像鱼儿那样大口喘息。然后又是一脚，再一脚。我将身体蜷缩成球，保护着要害。意识缩减为一个小小的白点，渐渐远去。最后，踢打停止了。

电梯猛地停了下来。我能感受到屁股下方的颠簸，然后是电梯门打开时的震颤，走出门去的脚步声，以及絮絮低语声。

这一切都发生在乘坐电梯的时间里。萨提维克死了。我躺在地上，遍体鳞伤，血流不止。

一辆白色的路虎揽胜正朝着敞开的电梯口倒车。在我身边是脸朝下倒在地上的萨提维克，一摊鲜血在金属地板上蔓延开来。我察觉到了逐渐接近的脚步声。球衣男和另一个保镖正在返回电梯。

他们用油布裹住萨提维克的尸体。

我想杀了他们。

这种愿望如此强烈,让我叫出了声。我愤怒地叫着,努力坐起身。扣动扳机的那个人却只是低头看着我。

"留神你的眼睛。"球衣男警告道。

我盯着他,心里只想把他撕碎,想咬断他的喉咙。

于是他朝我的脸踢了一脚。

我的头猛地甩向后方,我感到嘴唇破了。我的意识在黑暗中游荡。

"我说了,留神你的眼睛。"

我用模糊的视野抬头看去,球衣男就站在我身前。我没有移开目光,而是向电梯墙壁伸出手。我扶着墙向前走去,怒视着他。保镖气得涨红了脸。他拔出枪来,指着我的脸。我想起了沙子里的图案。六个圆形弹仓。但他手里的并不是左轮手枪,而是一把半自动手枪。我继续向前,膝盖摇晃不止。

他扳开击铁。

"还不是时候。"另一个保镖伸出手,抓住球衣男的手腕,按低了枪口,"除非你想负责挖坑。"保镖脸上的愤怒还在,但他似乎控制住了自己,把枪收回了枪套里。

他低头看着我。他的手臂动了动——快到我几乎看不见。骨骼碎裂声传来,世界陷入黑暗。


"起来。"

这句话不知从何处传来,我感觉到有人抓住我的胳膊用力拉扯。时间似乎过去了几秒钟，又或许是几分钟。

我试图挣扎，但我的头晕得厉害。他们拖着我朝电梯外走去，我的身体毫无反应。我翻了个身，试图跪坐起来。抓住我胳膊的手松开了，我趴倒在地。我的鼻血顺着喉咙流下。电梯的地板是银灰色的光滑钢铁，我能看到自己按在上面的手，但那感觉却像是别人的手。我的胃里翻江倒海。我朝干净的地面吐出鲜血，血液和胆汁溅到了那人的鞋子上。这让我稍稍出了口气。这是我仅有的反击。

"赶紧把他搬到那辆该死的路虎上。"

两个保镖拽着我的胳膊，打开后舱门，把我丢到后座后面。束缚带就在旁边。球衣男把我的双腕反绑在身后，然后用力收紧到阻断血液流通的程度。如果维持这个状态太久，我这双手就完蛋了。但这似乎并不重要。

他们把萨提维克丢在我身上，重重关上了车门。

车子驶出停车场的时候，他的尸体紧紧压着我的双腿。我的背脊能感受到他的手臂，他的双腿垂在我的腿肚上。从他头上的枪孔流出的鲜血流出油布，浸湿了我的衬衣。

在前座上，那两人用平稳的语气低声交谈，但我分辨不出他们的话语。这样正好。我不想听他们说话。萨提维克死了，我也要死了。我想起了我姐姐，我的父亲和母亲，还有萨提维克的话：人们常常忘记，他们总有一天会死。我有种疯狂大笑的冲动。我这才想到，这是有理由的。你必须忘记。因为你没法让这种想法存在于脑海。你没法容忍。没法容忍自己的消亡。一切的结束。世界也会在眨眼间消失吗？还是说还有些别的什么？比如死后的世界。

路虎揽胜停了下来。片刻的停顿后,我们再次启动,绕过弯道,光线突然明亮起来,转为黄色。阳光透过玻璃涌入。我们离开了室内停车场,来到了城市的街道上。

路虎开始加速。我想起了球衣男在顶层公寓里说过的话。放你们走。他是这么说的。有时候,谎言里也有些许真相。让你们在公园下车。我能想象萨提维克和我被深埋在黑暗的地下,永远没人能找到我们。这并不难。

车子继续前进,道路上的喧嚣不时传来。几分钟过后,前排座位上的低语声戛然而止。寂静突如其来。

我察觉到寂静的时候,还没意识到它代表了什么。并非对话结束时的那种寂静,而是另一种情况。他们是突然住口的,就好像注意力被突然夺走了,就好像他们看到了什么。我能感觉到车速开始放慢。

球衣男轻声说:"这他妈怎么回事?"

"告诉她别他妈挡道。"

"她在干什么?"

"嘿——"

轮胎的刺耳摩擦声。

"当——"

然后是碰撞。世界天翻地覆。

撞击声震耳欲聋。剧烈的摇晃让我撞上了后舱门,然后我的身体滚来滚去,不断在墙壁之间反弹,破碎的玻璃仿佛闪闪发光的瀑布那样倾泻而下。侧翻的车子向前滑去,刮擦着路面,曾经是车窗的地方飞出火星,在离我的脸几英寸的地方落下。等滑动终于停止以后,我躺在地上,膝盖贴着脑袋。不,不是这样

的。那是萨提维克的膝盖，不是我的。我们的身体因为撞击而
交缠在一起。我变换重心，手臂也获得了自由——撞击的冲力
让我挣脱了束缚带。我把手臂从身下抽出，手腕鲜血直流。萨
提维克仍旧软瘫在我身上，他的脸扭向一旁，仿佛感到羞愧。我
在尖叫。直到声音传出以后，我才意识到自己在叫。我听到一
声尖利的"噼啪"，然后又突然停止了。

我从后窗爬出车外。我们正在城市的街道上。一侧是仓
库，另一侧是铁丝网。这里是某种建筑区——但位置太过偏僻，
不太可能是碰巧经过。人行道上只有一个目瞪口呆的行人。那
是个老太太，两只手各拿着一只薄薄的塑料食品袋。撞上我们
的那辆车就在十几英尺的远处，那是一辆棕色的小轿车。撞车
发生后，它继续向前，然后撞上了一根路灯柱。我们的车子侧翻
在地，碎片洒在街道上。

金属片的碎裂声吸引了我的注意力，接着，那辆棕色轿车的
司机位的门猛地打开。有只鞋子踩在地上，但我不打算等着
看。我扭转身体，奋力爬过路面。汽油的味道侵袭着我的鼻孔，
玻璃碎片不断扎进我的双手和双膝。我爬出十几英尺以后，身
后传来一个声音。我转过身去。球衣男爬出了车子——从粉碎
的挡风玻璃那里钻了出来，身后拖着血迹。他的腿弯成滑稽的
角度，他在大叫。二十英尺远处的人行道上，那位老太太丢下食
品袋，转身逃跑。六联装的可乐撞上地面，罐子迸裂开来，泛着
泡沫的液体在水泥地上流淌。就在这时，我发现了另一个人。

他从街对面的车子那边走来。高大苍白，留着胡须，头发剃
成板寸。他手里拿着一把枪。

那些伤疤非常惹眼。它们在他的皮肤上纵横交错，仿佛深
深的皱纹。我们双眼交汇，然后——他做了个近似点头的动

作。他靠近车子的残骸,笑得露出了牙齿。警笛声从远处传来。

他举起枪口,对准布满蛛网般裂纹的挡风玻璃。他没有说话。砰,砰,砰,砰。一切发生得如此之快。子弹击中了血肉和金属,车里的人毫无抵抗之力。我继续爬行,尽可能在我自己和屠杀现场之间拉开距离。我回头确认高个子男人有没有跟过来。他绕到了球衣男躺着的车子侧面。球衣男还能动,他弯曲的腿就好像有十几个关节一样。那人用脚把球衣男的身体翻了过来,我听到了刺耳的喘息声,他的肋部有红色的气泡不断泛出。断裂的肋骨,被刺穿的肺。有只鞋子踩在了球衣男的喉咙上,将他踩向路面。他眼窝里的双眼开始翻白。片刻过后,我听到了一声响亮的"啪啦"。喘息声停止了。疤脸男人的双眼转向我,我的身体僵硬了。我不敢动弹。但他绕到车子后部,在萨提维克躺着的地方蹲下了身子。萨提维克仍旧被裹在油布里,身体半在车里,半在车外。他以堪称温柔的动作掀开遮住萨提维克脸孔的油布。又或许只是我这么觉得而已。

萨提维克的黑色双眸注视着远方,定格在另一个地方。希望那儿是个好地方。

"已经死了。"他说。

"另一个呢?"

我转过头去,却看不到她。看不到另一个发话者。疤脸男人低头看着我。视线再次交汇。警笛声更响亮了。

"还活着,"他说,"不过受了伤。"

我看到他持枪的那只手动了动,换了个握法,但他没有抬起枪口。枪管里冒出一股细小的烟。

"赶紧了结这事吧。"他说。

"不行。"女人的声音再次传来。我意识到那个声音很熟悉。然后我看到她从车子侧面绕了过来，看到了那条将她的眉毛分成两边的伤疤。是在火灾现场救了我的那个女人。

"维克斯说让我们带上他，"她说，"所以我们就得带上他。"

# 第三部分

带着光明踏入黑暗,了解的只会是光。

若想了解黑暗,请先置身其中。

——温德尔·拜瑞,《若想了解黑暗》

# 33

　　警笛声从驶往反方向的这辆小货车旁边经过。这是那种用来搬运家具的老旧厢式货车,像个装有轮子的方盒子。女人和我坐在后面,疤脸男人在前面驾驶,我坐在他的后方,背靠着车子内壁。我的脊骨能感觉到车身的震颤。

　　我盯着坐在对面的那个女人,"你们是什么人?"

　　"朋友。"那女人说。

　　"别对他撒谎,"司机说,"这样的开头可没好处。"

　　她咕哝了一声,也许是表示同意,也许是在笑。在那一刻,另一辆警车绕过街角,警灯的光线转动不停。我看着警车从旁掠过。

　　"好吧,不是朋友,"她说,"算不上。"

　　"那么你们是?"

　　这次答话的是那个男人。"相对来说杀你的可能性更小的人。"

　　货车在街道上穿行,我用双手抱住自己。

　　司机不时伸长脖子,确认后视镜。女人的嘴唇抿成一条冷酷的线。我看着她左手上缺失的手指——大部分的无名指，以及一部分小指。皮肤粗糙泛红。

透过挡风玻璃，我看到了街上的交通和路边的建筑。行人纷纷朝我们侧目，为这种横冲直撞的驾驶方式皱起眉头。但附近没有警车。

没有人追过来。至少我没看到。

她似乎跟上了我的思路。"条子，"她说，"是我们最不担心的事。"

我们绕过转角的时候，我想到了那些听诊器。等我们重新坐直身体以后，那女人站了起来，走到前座那边。她朝乘客位探出身体，从地板上捡起了某个东西。疤脸男人转过头来，我看到他的左耳顶部少了一块——粉红色的伤疤组织在他的头颅侧面形成了一个椭圆，而在那条曲线的范围里，一根毛发都看不到。

她转过身，朝我走来。"过来。"她说着，抓住我的后脖颈。她把我拖了过去，而我没有挣扎。一只袋子罩住了我的头。

"费这功夫干吗？"疤脸男人说。

相对来说杀你的可能性更小。

"以防万一。"她说。

"万一什么？"他说，"你觉得他还能像没事人一样走掉？"

袋子里黑乎乎的，触感粗糙，似乎是某种编织布。司机轻柔的话声从前座传来："他是走不掉的。"

到达目的地的时候，我听到了车门打开的声音。有人拉着我的手臂，我把脚伸出车外，站了起来。我让对方就这么拉着我前进。

"注意脚下。"

现在已经是晚上了。我看不见,但我能从空气和远处蟋蟀的叫声判断出来。

我脚下的地面从松软的泥土换成了某种坚硬之物。我们到了室内,我们前进时的脚步声营造出微弱的回声。我可以断定,无论我们身在何处,周围都很宽敞。机场的机库?我要被送去别的地方了吗?

走了几分钟以后,声音再次响起。"再走一步。"

我把腿稍稍抬高,前方是个六英寸高的隆起。这里的声音不一样了。回声不见了。粗糙的双手扭转着我的肩膀。

"坐。"

我朝身后探出手,摸到了冰凉的木头椅面。我坐了下来。低语声和拖曳脚步的声音传来。我听到了说话声,却听不清说了些什么。

环绕着我的脚步声步履沉重,然后停下了。

"搜他的身。"

一双手摸索着我的身体。我的口袋,我的双腿,我的腹股沟。他们拿走了我的手机,但留下了钱包。

"没有武器。"

有人取下了我头上的布袋。在屋子角落的挂钩上,有一台机械工用的那种照明灯,照得我几乎目不能视。我们似乎身在某个旧仓库里。不,是旧工厂,我暗自下了结论。这个房间是经理办公室——大块的混凝土地板的前方,是一扇用铁丝网加固的安全玻璃窗。这片空间简直就像是绘画课本上关于"透视"的配图。玻璃遍布裂纹,由铁丝网固定在一起。这儿没有门。这座建筑物的另一头是弯曲锈蚀,看起来皱巴巴的钢铁。整个地方像在多年前就遭到废弃,无人问津。

男人和女人如今站在我面前。

"他比我预想的年轻。"疤脸男人说。

我抬起头。他个子高大,看起来大概六英尺两英寸。伤疤和乱糟糟的胡须让他活像个出海太久的海盗。不是动画里或者夏季喜剧片里的那种海盗,他更像是另一种海盗:会跟着其他船只进入公海,趁夜登船,然后杀光所有看起来拿不出赎金的乘客的那种海盗。

"我这是在哪儿?"我问。

疤脸男人没有答话,而是挥出硕大的拳头,砸中了我的头部侧面。我重重地倒在地上,连带着椅子一起。世界开始褪色,又恢复了原样。

"住手!"那女人大声怒吼道。男人收回手臂,准备再次挥出一击。他的拳头收在右肩附近。她朝他的胸口重重一推,"够了。"

这一推似乎让他消了气,他朝她露出微笑。他抬起双手,掌心向外。"好吧,好吧。"他说。

当他低头看向我的时候,脸上的笑容消失了。他蹲了下来,一边手肘靠在膝盖上。

那女人想要拉起他,但他甩脱了她的手。"我不会伤害他的,"他说着,目光转回我身上,"但他得明白自己的处境。"

他的目光扫过我的身体。

"我可以说我打你是因为你擅自开口,但这就是假话了。事实在于,我觉得我应该从最开始就把话说明白,"他身体前倾,正对着我的侧脸说,"我不喜欢你惹出的那些麻烦。你得照我们说的去做,要不我们就杀了你。听明白了吗?"

"够了。"那女人又说了一遍。

"不,我希望他回答,"他紧盯着我,"听明白了吗?"

我用一边手肘撑起身体。

我在周围寻找可以拿起的东西。什么都好。能够用来打他的东西。我耳鸣不止,鼻子抽痛。我摸索着椅子,手指握住了一条木腿。

"停手。"那女人说。她看到了我的那只手。

她转向那个男人,把手伸到背后,这时我看到了那把刀。她残缺的手指握住了刀把。

"我说了,停手。"这次她的声音不一样了,低沉、缓慢而又危险,近乎平静。就像是在说,不会再有下一句了。

他转脸看向她。他似乎在思考她的姿势的含义:侧身对着他,藏起一只手。

"我们让维克斯来做决定吧。"他说。

他转头看着我,"站起来。"

我尽我所能去照做,但我的头还是很晕。我连维持平衡都很困难,但我还是勉强站了起来。

那女人把椅子从地板上挪开,然后摆正位置。

"坐下。"她说。

我坐进椅子里。疤脸男人绕到我面前。

"会有人找我的。"我说。

"比你想象的还要多。我们说话这会儿,他们多半正在监视你住的汽车旅馆呢。"

汽车旅馆。这表示他们知道我住在哪儿。

"如果我们没来,你觉得你现在会在哪儿?"他问我。

他似乎在等我回答。"多半已经死了。"我说。

"那就对了。所以无论发生什么,你都没资格责怪我们。就算丢了命也一样。听明白了吗?"

"你们是什么人?"

"噢,"他轻声道,"这就真的要看情况了。"

# 34

晚餐包括豆子和面包。夜幕降临,我们围坐在仓库深处一角的小火堆旁,头顶是高高的天花板,周围是在偌大的空间里堆砌成屏障的破碎板条箱。我们这座临时营地的一面墙壁是辆老旧的半拖车,只是少了轮子。另一道墙则被阴影笼罩。他们把那辆厢式货车开到仓库后面,然后往上面盖了块油布。

我们头顶是大块的金属板和钢制的工字梁,下方是零星而空无一物的支架,从前多半装着日光灯管,但如今只有空气。墙上有几道相距遥远的缝隙,不时有风从那里吹入,让营火摇晃不止。我侧耳倾听,听到的却只有蟋蟀的鸣声和勺子刮过碗碟的声音。没有道路上的车流声,没有城市的喧嚣。无论我们在哪儿,肯定都相当偏僻。

我打量着正将食物舀进嘴里的他们。先是那个女人,她身材瘦削,神情焦虑。她的眼睛总是静不下来。她吃得很快,就像饿坏了,但驱使她的绝不只是饥饿而已——食物仿佛只是一种让她分心的烦人事物一样。打过我的那个男人吃得慢一些,双眼盯着餐碟。那个女人叫他亨尼希。真是个适合海盗的名字,我心想。他大口吃下晚餐,然后慢慢咀嚼。"半耳"亨尼希,我暗自想着。火光开始暗淡的时候,他站起身,从附近的柴堆里拿来几块大木片,丢进火里。他没有看我,没有说话。他已经吃完了晚餐,此时将注意力转向了手枪。空气里弥漫着豆子、柴烟和枪油的气味。我盯着营火,而他则在擦拭武器。

他们用胶带绑住了我的手腕。拉出,缠上,拉出,缠上,在富有节奏的动作中,胶带缠了一圈又一圈。我受伤的手在抽痛。我很清楚,撕下胶带的时候,我手臂上的汗毛也会无可挽回地离去——如果有这种机会的话。我就这样直接死掉的可能性始终存在。等他们捆住我的双脚,把我搬到那台损坏的半拖车旁以后,我无意中听到了这种可能性。我没法用手臂支撑自己,因此脑袋撞上了钢铁,痛呼出声。

"安静点儿,"亨尼希说,"否则我们就把你的嘴也贴上。"

他的难以捉摸令我畏惧。但那是合乎逻辑的恐惧,是我可以控制的恐惧。但当他提到封住我的嘴的时候,我心里的恐惧却毫无逻辑。光是想到这一点,都会让我双臂颤抖——那种随时都会浮现的颤抖。我想象着在早晨呕吐,嘴上仍旧贴着胶布,想象着我陷入窒息,被自己的呕吐物溺死的情景。

我噤若寒蝉。

接下来的几个小时里,他们轮流去周围巡视。

我靠着那辆半拖车,看着他们来来去去,最后同时坐在火边。

火堆快要熄灭的时候,那女人站起身,对又在擦他那把枪——也可能是另一把枪——的亨尼希说了句话。她凑近身子,对他缺损的耳朵说着什么。在火光中,我看到亨尼希的目光转向了我。他们似乎在争吵,然后亨尼希点点头。他穿过房间朝我走来,而她站起身,看着这边。

他的手里拿着一把刀。一把猎刀,在火堆的余烬中闪烁着橘色的光。那是一块可怕的钢铁,微带弧度,顶端锋利。我想象着那把刀利落地刺进我的肋骨之间,切开皮肤、肌肉和胸膜,寻找着我的心脏。

亨尼希一言不发。他蹲伏在我身边。他的动作很快,手猛地一划,短促的撕裂声传来,我的脚踝便获得了自由。

"站起来,"他说,"我可不想拉你。"

我用手肘借力,让身体侧向躺下,努力用双脚支撑身体。一条强壮的胳膊抓住我的手臂,将我向上拉去。我重新站了起来。我把被绑住的手腕伸向他,但他摇了摇头。

"那块胶布得留着。"他指了指半拖车里面,又说,"你睡那儿。我希望你靠着盒子后面那道墙壁睡,"他朝那女人坐着的地方点头示意,"她会睡在盒子前边,所以你想出去就得跨过她的身子。现在你是她的麻烦了,明白了吗?"

我点点头。

"我睡在这儿,"他指着火堆周围的地板,"就算你能过她那关,你也得跨过我才能离开这儿。"他身体前倾,"今晚可别给我惹麻烦。"

他指了指那只铁盒子,于是我钻进里面。就是半拖车后面的那种盒子,在公路上经常能看到。它有三十英尺长,八英尺宽,九英尺高。看起来能装下十万个宠物小精灵玩偶,或者一整套运往马里布①的豪华客厅陈设。今晚它将会是我的床榻。靠近后部,没有通风,没有照明,也没有取暖设备。

---

① 译注:加州地名。

我走向漆黑之处,双手摸到后墙,然后坐了下来。盒子的墙壁是钢铁,但地面却铺着木头,因腐朽而发黏。我伸直双腿,看向前方,感觉就像坐在望远镜较细的那一头里,在小小的黑暗里注视着整个世界。

几分钟过后,那个女人用手势示意我靠近。我壮着胆走出盒子,她递了一条毛毯给我。它又厚又暖,气味也不算太糟。

"你只要睡一晚上盒子就好,"她说,"维克斯明天就会来。"

"维克斯是管事的?"

"可以这么说。"

"在研究所的时候,是你救了我,是你把我从火边拖走的。"

"那场火。"她点点头,脏兮兮的金发摇曳起来,"不是我们干的。"

"是布莱顿?"

"他是在送出某种信息。"

"去他妈的信息。"

她笑了,"你那天晚上就该逃走,再也别回去。那样或许还有机会。"

"他究竟是什么人?"

"不是表面上那个人。"她沉默了片刻,继续道,"他那类人的生活方式就是隐藏自己。"

"有意思,他在我看来不像是喜欢躲藏的类型。"

她摇摇头,"他躲在他那类人一直以来的藏身之处。显而易见之处。"

这句话说到了我的心坎上。就好像你可以知道粒子的位置或者速度,但无法同时得知两者。整个宇宙都是由不为人知的知识组成的。

"你叫什么名字?"我问她。

她转过身去,不再面向火堆,身影被阴影笼罩,让我看不清她的表情。"这是你最不需要操心的事。"说完,她再次陷入沉默,而我开始觉得她不打算再开口了。但无论她的内心经历了怎样的纠结,最后还是脱口而出。"默茜,"她说,"你可以叫我默茜。"

# 35

　　第二天早上，说话声吵醒了我。然后是远处传来的"哒哒"声。我睁开眼睛，阳光透过屋顶的上千个窟窿照射进来。那些或许是弹孔，或者锈蚀造成的孔洞。暴风雨到来的时候，这地方遮挡雨水的能力不会比纱门更强。

　　我坐起身。在盒子的前部，毛毯已经叠成了整齐的方块。默茜早已离开盒子，在跟亨尼希说话。我能听到说话声，却看不到他们——声音是从盒子外面传来的。

　　我费力地挪动身体，靠着钢铁站了起来。我的肩膀传来剧痛，但我努力不让自己发出声音。

　　默茜走了回来。她站在转角那里，看着我。"你起来了。感觉怎样？"

　　还没死，我很想这么说。我的胃在抽搐，但不是因为饥饿。有那么三秒钟时间，我以为自己会呕吐。然后我真的吐了出来，胆汁和酸水不断涌上喉头，直到我的双眼刺痛，鼻子抽动不止。我努力用鼻子呼吸，但鼻孔里仍旧满是凝结的血块。我撑起身体，感觉手上湿湿的。

　　"你没事吧？"

她又问了两遍,那股反胃感方才过去,而我终于可以说话了。

"没事。"我说。我不觉得自己现在能进行更长的对话。

"你病了? 得了流感什么的吗?"

"没,"我用灼痛的嗓子发出嘶哑的声音,"早晨是最难熬的。"

她走了过来,小心地绕开呕吐物,手里拿着一把锯齿牛排刀。"剩下的胶带也可以去掉了。"她说。

在被绑缚一整夜后的早晨七点,有个拿着刀子的陌生人朝你走来的时候,这么一句话已经算得上动听了。

"伸出手臂。"

"谢谢你。"我说。

我坐直身体,照她说的伸出手,而她则在思索该怎么做。她举起刀子,靠近胶带,试图想象最不可能划伤手腕的角度。

"别谢我。他允许我给你松绑,多半是因为我提到你该上厕所了。我告诉他说,我可不要帮你把尿,所以这事得归他管。"

如果我有笑的心情的话,我也许会笑的。"有道理。"我试图回答,但光是说出这几个字都很费力。我嗓子的状况不但没有好转,反而恶化了。我需要水。在盒子里睡过一晚以后,我这副病恹恹、湿漉漉的样子肯定相当引人侧目。

刀子刺穿了胶带,她慢慢地锯着,而我试图抽开双手。冰冷的钢铁擦过我的皮肤。

"当心点,"她说,"别突然有什么动作。这儿能做缝合线的东西只有你的鞋带。"

刀子最后猛地一划,切断了胶带,我的双臂终于分开了。我僵硬的关节花了点时间才相信这一点。胶带仍旧黏在我的前臂上,但至少我的肩关节能动了。我缓缓地伸展手臂,举过头顶。

"抱歉用胶带把你绑起来,"她说,"这只是预防手段而已。来吧,早餐也有你的一份。"

我跟着她走出拖车车厢,踩在脏兮兮的水泥地面上。阳光没给这地方带来什么美化。它比我昨晚的印象还要破败得多。角落里那些我以为是瓦砾堆的东西,其实是从地板的缝隙间长出的一小丛灌木。我这才意识到,这地方遭到废弃的时间不是几年,而是几十年。没有一块窗户装着玻璃,风不时呼啸着吹过。外面是另外的建筑物,中间只隔着一条狭窄的过道,或许曾经是条堤道。在我目之所及之处,只有又长又矮、用钢铁或混凝土制成的矩形建筑物。看起来就像是个老旧的厂区,又或者是某种军事基地。

我跟着她来到营火旁,坐了下来。

早餐比晚餐好多了。用架在火堆上的铁煎锅烹调的鸡蛋和培根,感觉就像在野营,只不过高悬在我们头顶的是铁皮屋顶。吃完鸡蛋以后,我开了口:"洗手间在哪儿?"

"带他去。"默茜说。

亨尼希站起身,领着我穿过墙上的一个窄洞,穿过一整套古怪的老式锅炉,走进第三个房间。这儿比之前的房间宽敞得多,还有一部分是露天的。在这里,阳光透过屋顶上天窗大小的开口倾泻进来,地板中央长着整棵整棵的树木。这里到处都是尺寸和形状各异的管道,有些管道足有三英尺粗,被很久以前遗落在这里的焊枪切成两半。这东西不太可能出现在旧兵营里,所以我对这地方的认识也随之变动。这儿肯定是某种工业园区,不过它最初的用途却是个谜。

我们沿着一面破碎的红色砖墙前进,最后来到一扇挂着褪色指示牌的门前。扭曲的木片上写着"男厕",但亨尼希却径直走了过去。"没水,"他说,"很快就会有馊味的。"

我们沿着墙壁又走了一百英尺,最后来到一个出入口。我跟着他走了出去,外面阳光明媚,在一条废弃碎石路的尽头,有一栋向内塌陷的小型建筑。它没有屋顶,但有三面墙还是立着的。

"就是这儿。"他说。我们在一道水泥墙边停了下来。"小号在墙这边,大号在那边。"

"小号。"我说。

他指了指那面墙,"噢,那就去吧。"

我一边撒尿一边扫视周围,努力看清周围的地形。在我站的地方,建筑物似乎朝着四面八方延展出去,并按照某种主题发生变化。这地方是个迷宫,我明白他们为什么喜欢这儿了。如果发生冲突,主场优势是很重要的。

三分钟过后,我们回到了火边,我发现餐具已经清洗好了。周围有几壶水,还有一块擦洗垫。

我看到了桌上的枪支。一把步枪,一把霰弹枪,两把手枪。突然之间,这些人——无论他们是什么人——比起流浪汉来更像是士兵了。亨尼希拿起最后一块木头,放进火堆里。

我摆弄着仍旧黏在胳膊上的胶带,试探性地拉了拉。痛楚证实了我早先的猜测。

"动作最好够快,"默茜说,"就像撕掉创可贴那样。"

我用力一扯——痛楚一闪而过,胶布连带着前臂上的汗毛一同脱落。我察看了皮肤,至少没出血。我把另一边胶带也扯了下来。

亨尼希背靠桌子,一边用刀子剔指甲,一边看着我。他在桌子上方松开手,刀子径直刺进了桌面。"胶带也许没了,但这不代表你有自由走动的权利。"

我一言不发。

他看了看手表。那是一块潜水表,表盘很大,厚实的皮革表带搭配他厚实的手腕。"维克斯随时都会到。"

"来吧,我们去找些柴火来。"默茜用手势示意我跟上。

我跟着她穿过这座建筑物。我们从另一个出口走到外面,这儿长着齐腰深的野草,晃动的时候仿佛波浪。微风吹起。默茜走在前面。我本以为柴火很难找,但离开那座建筑物一段距离以后,柴火遍地都是。矮小干枯的灌木,最适合拿来引火。这儿还有较为高大的树木,树上仍有绿叶。默茜拉低树枝,折断枝条,摘去叶子。在仓库的转角那边,我们找到了一堆旧木板。

"过来,帮我弄断这个。"

她把木板放到附近的一块煤渣砖上。"你比我重。"她说着,指了指木板。我踩了上去,它发出一声响亮的"咔嚓",裂开了。她拿起比较长的那一截。

"再来。"她说。我照做了。

我开始考虑要不要逃跑。

我跑得或许比她快。我比她重六十磅,所以我或许比她强壮。除了刀子以外,她似乎没有别的武器。要把枪藏在身上而看不出来是很困难,但并非做不到。她完全可以在小腿那里绑上一把大口径短筒手枪,然后藏在宽松的牛仔裤管里。我的目光扫过周围的地貌。我看到了高大摇曳的野草和灌木,以及向高处那片树林绵延的山坡。周围到处都是破败的建筑物。在远处的小山顶上,我看到了一道铁丝网围栏,其顶端过去多半装着倒刺,但如今只有垂挂下来的深红色铁丝——要么是早就被人故意剪断了,要么就是锈蚀的后果。只有围栏顶部的支架提醒着人们,这座堡垒的护墙曾经有过獠牙。我可以跑到围栏边,然后爬上去,翻过围栏,她多半追不上我。除非她跑得很快。除非她有武器。除非她想杀死我。

我很清楚,她的叫声或许会惊动她的朋友,但他身在离这儿足足三十码的室内,坐在将熄的火堆旁。所以我会有不小的优势。

她看着我,仿佛知道我在想什么。

"那边有好几英里的森林,"她说着,指了指围栏,"爬上一座高山,再跳下悬崖,就能来到一片潮滩上。如果正好在涨潮,你就会落进海峡里冰冷的水中。你或许会被卷入洋流——然后被带向大海——也或许不会。如果你运气够好,潮水还没涨起,你就会掉进一片泥滩里,走出四分之三英里——走这段路的风险很大,但并非办不到——以后,再爬上山坡,穿过树林,山顶就是一座镇子。道路。码头。人烟。"

这不是挑衅。根本算不上。

从数学角度来说,其中有个容易忽略的计算环节。就算我真的逃了出去,然后又该做什么?

弃船逃生的水手往往无法幸存。

她看着我,"怎样?"

我依依不舍地看了围栏和树林一眼。"今天就算了。"我说。

我们继续收集木柴,直到拿不下才开始折返。她选了另一条路穿过这片废墟。"这地方曾经是个冶炼厂,"她说,"天知道那是多久以前的事了。接下来的三十年里,这里成了煤气厂,然后是存放金属锭的仓库,再然后就闲置了。或许某一天,会有人把这儿铲平,改建成公寓楼。这种功用的转变实在令人惊讶。"我们俯身穿过墙上的另一个窟窿。这栋建筑物相对较小,但里面同样空空荡荡。

"这些洞是你们弄出来的?"

"亨尼希称之为'战略撤退手段'。有必要的时候,这些洞可以让我们抄近道。只要在使用时避免被人发现,跟踪过来的人或许就会看漏这些洞,被迫绕远路。"

"可如果被发现了呢?"

"那我们就只能比速度了。"

"跟什么比速度?"

"跟找上门来的麻烦比速度,"她说,"就像每个人都会做的那样。"

我们从散落四处的波纹屋面钢板之间走过。我在光滑的铁皮上失去了平衡,但及时稳住了。

"我们叫这种地方'藏身处',"她说,"这儿比大多数地方都要好。隐秘,偏僻。条子们有时也会来外围巡视,但从来不会进来。最麻烦的部分是不让乞丐和流浪汉进来。他们总会徘徊到这儿。亨尼希会解决他们。"

"我猜也是。"

"不是你想的那种解决。不会留下永久性的伤害。他不是坏人。"

"你说起来倒是轻松。你的脸可没挨上一拳。"

她摇摇头,"你根本什么都不明白。"

"那就请你指点迷津吧。"搬木头让我的手臂开始酸痛了。

"你很快就会明白的。"

她说话的口气让我不安起来。我猜想了片刻。"你是说维克斯，"我说，"什么时候？"

"噢，维克斯已经到了。"她停下了脚步。

我们正站在昨晚过夜的那栋建筑物外。我这才明白这次外出的意义——除了捡柴火以外。如果维克斯重新考虑过处置我的方式，他们应该就在里面等着我。而且不必在有我在场的情况下商量。

默茜朝墙上的窟窿歪了歪头。"你先走。"她说。

无论如何，我都没什么选择。我朝那个窟窿走去，弯下腰，走到另一边。她紧跟在后。或许太紧了些。

我的双眼花了点时间去适应室内。

我们正站在营地的边缘。我看到了拖车和营火。我寻找着亨尼希，但他却踪影全无。是正躲在货舱后面，等着朝我扑来吗？还是被派出去办事了？

我走近了些。营地空无一人。

但我没等太久。

片刻过后，我听到了另一个房间传来的人声。亨尼希首先走进了入口，维克斯跟在他身后。或者说是我认为是维克斯的人。

她的半边身子仍旧藏在阴影里。她个子高挑，留着棕色短发。她穿着黑色休闲裤和长袖排扣外套，像个白领，左手腕上戴着金手镯。从她的衣着来看，她多半是刚刚走出某间会议室，或是才作为陪审员出席了某场重要审判。无论她是谁，她的打扮都不像是藏身在林子里的那种人。

见别无选择，我绕到营火那边，把手里的木柴丢在地板上。那个陌生人走向火堆的时候瞥了我一眼，这才发现我的存在。

她淡绿色的双眼转向我的脸。

就在这时,我认出了她。

是我在布莱顿的顶层公寓里见过的那个女人。

我在困惑中看了默茜一眼,但她没有给出解释。

那女人面无表情地审视着我。她或许在生气,或许在失望,又或许只是在评估我而已。

我拿不准该说什么,于是什么都没说,就这么让她上下打量着我,一边做出她要做的决定。又或许她早已做出了决定,只是拿不准该怎么告诉我。默茜绕过火堆,坐在拖车车厢的入口。

"我们相互还没正式介绍过呢,"那女人说着,伸出了手,"我叫维克斯。"我踏前一步,跟她握了手。那只手的手指长而纤细。

"埃里克·阿格斯。"我说。

维克斯转向默茜,"他脸上的伤该不会是亨尼希干的吧?"

"一部分是。"她说。

维克斯看着我。"跟我走走,"她说,"我们有很多事要谈。"

## 36

"很久以前,有个女人在研究公司预算,填写试算表,进行仔细而谨慎的风险与收益评估。然后,发生了一件可怕的事。"

"什么可怕的事?"我问她。我们离开了那栋建筑物,正在一条老旧的车道上散步。在覆盖周围的高大野草之间,有两条车轮压出来的小径。

"她发现她的所有评估都是错的。世界比她以为的更加危险。"

前方出现了一条深得出奇的车辙,于是我们踏过草地,转上另一条小径。在我们头顶,阳光透过花朵般的白色云层倾斜着照射下来。是能印在明信片上的好天气。"只有获取全部的信息以后,才能做出准确的评估。"她继续道。

"而你掌握的信息并不完整,是吗?"

"在某种程度上,我们都一样,缺乏必要的信息。我向来是个谨慎的人,但这个世界让我变成了另外一个人,以前的我无法想象的人。"

"变成了什么人?"

"成了赌徒。"

"把我弄来,就是为了这个,"我说,"一场赌博。"

她点点头,"从某些方面来说,是的。"我们前进的途中,她敞开西装外套,拿出两张四英寸宽六英寸长的照片,递给我,"我知道你见过布莱顿了,但这照片上是不是还有个让你觉得眼熟的人?"

我立刻认出了他。"波阿斯。"我说。

"你第一次遇见他是在什么时候?"

"几周前的一次商务晚餐上。"

"你们谈了些什么?"

"你说那天晚上? 我记得大部分都是刀剑的话题。"我审视着手里那两张照片,看起来像是保安摄像机拍下的。布莱顿和一群人正在走进某栋建筑物,看样子像是家老旧的银行,要不就是某种办公楼。波阿斯跟在他身边。他们就像一队商务人士,正在赶去出席某种重要公司会议——或者是刚刚才结束离开。

"噢,刀剑的话题啊。他肯定很喜欢你。"

我把照片还回去,"他可没给我这种印象。"

"这些是几年前的照片了。"她把相片塞回西装外套的内袋里,"他们现在小心多了。要接近他们更困难了。"

"你似乎做到了。"我说。我思索着她说的话。公司预算。试算表。"你替他们工作。"

"可以这么说吧,"她说,"更确切地说,我替基金工作。我只在办公室见过他们几次,但我知道我的工作只是假象。所有指示都是他们直接下达的,我只是个尽职的公司苦力,或者说曾经是。他们的大部分员工都是直接从常春藤联盟的大学招募来的,不过他们也会四处发掘人才,比如擅长分析大范围数据的人才。这是种相当专门化的天赋。但我比他们以为的更加擅长,比他们预料的更擅长。所以我才会走到这一步。我有点过于擅长那份工作了。"

"这么说你辞职不干了?"

"辞职是行不通的,"她笑着说,"为基金工作的人没有辞职的。他们只能逃跑。"她说,"取出自己账户里所有的钱,然后逃跑,然后他们会抓到你。事情会这么发展。只会这么发展。"

"这么说还有别人发现了。"

她点点头,"这些年来,通过一些线索,这样的人我只找到了几个。他们要求忠诚,但如果得不到忠诚,他们就会退而求沉默,永远的那种。"

"如果每次都会这样,那干吗还有人逃跑?为什么不留下来扮演好苦力?"

"因为我知道了别人不知道的某件事。我知道了他们真正的身份。"她在小径上停下脚步,看着我,"我第一次看到你的名字,是在基金那儿。"

"因为那场实验。"

她摇摇头。"比那早得多。"她转过身去,继续向前,"我曾是基金的调查与评审小组的成员,负责发现奖的基础工作。我们关注过很多研究。这是个复杂的权重系统,而我们会努力评估哪些人的成果值得特别关注。名单上总是有数以百计的项目,数以千计的名字。刚开始,我以为我们是要找出那些有资格的人,但随着时间推移,我发现了截然相反的事实。"

"怎么说?"

"基金的宗旨是个谎言。我们不是在嘉奖成就,我们只是在尝试预测可能出现的成就。"

"预测?"

"是的。"

"为什么?"

她没有答话。她把脸转向小路,换了个话题,"布莱顿在顶层公寓跟你都谈了些什么?"

"他说的很多话都毫无意义。"我说。

"说来听听。"

"他谈到了波,人择原理,加百利的号角。"

"噢,号角,"她说,"他真够喜欢古典的。还有什么吗?"

我努力回忆。那架电梯从我的脑海闪过。金属贴在我脸上的感觉。我摇摇头,把这些赶出脑海。"他提到了某个叫作阿贝里斯或者阿布莱克斯的东西。"

"埃贝拉希。"

"对。他就是这么说的。"

"这么说它的确是存在的。他说了些什么?"

时机到了。赌博的时机。要么大赚一笔,要么输个精光。我能从她的眼神,从她等待回答的样子看出来。我停下脚步。维克斯又走了两步,这才发现我没有跟上。

她转过身,看着我。无论是怎样的谈判,都有个必须表明立场的时刻。现在就是我的时刻。维克斯很聪明,足以看出这一点。谈判的关键在于平等交换。现在轮到我提问了。她露出漠然的表情,等待我发问。

"布莱顿为什么想要我的命?"我问,"为什么他要杀我的朋友?"

她的表情毫无变化,但她的眼神却透出一丝疲惫。那是打了败仗的将军才有的眼神。"世界有它自己的秘密,"她说,"还有想要保守那些秘密的人。你们的小盒子讲述的是个不该泄露的故事。"

我想到了萨提维克。他所做的简化。数字化,将它转化为产品。我想起了他用油布包起那只小盒子的情景。

"不,"我说,"原因不只是这样。论文已经发表了。布莱顿说起过那些没法让波函数坍缩的人。他叫他们'命定者'。"

"真是个好称呼。"

"他这是什么意思?"

"你是物理学家,"她说,"你觉得他是什么意思?"

"我不知道。"

"那是因为你把事实搞反了。说到底,他们并不是费解之谜。"

她的表情意味深长。她看着我的目光仿佛在说,我只需要考虑字面的意思就好。"你是说,我们才是费解之谜。"

她笑了,"当然。"

不协调从一开始就存在。在一切都已注定的宇宙中,自由意志才是不协调因素。费解之谜不是那些无法坍缩波函数的人,而是能够做到的人。

"意识本身,"她说,"它自始至终都是个谜,不是吗?"

"那些命定者呢? 他们是什么人?"

"就把他们当作世界的联结机制吧。"她说,"他们工作,供养家人。他们在要投票的地方投票,在发生暴动的地方参与暴动。他们或是参与政变,或是因为政变丢掉脑袋,或是在势均力敌的选举中左右其结果。他们是沉默的少数人,在各种各样的环境里发挥着作用。他们稳定社会秩序,让社会发展和繁荣。"

"我不明白。"

"人择原理需要宇宙变成现在这样,以便让生命诞生,但我们不妨把这种理论扩展一下：宇宙之所以是现在这样，也是为了催生文化，不是吗？还有随之诞生的各种角色。命定者起的是一种引导作用，让各种角色各就各位。"

"你是说，这就是他们的意图。"

她摇摇头，"不，他们不可能拥有意图。他们的行为早就规定好了，他们能做的只有执行。"

"这些行为，其目的是什么？"

"他们的影响力对文明有所助益。就把他们当作保持社会齿轮转动的润滑油吧。没有了润滑油，金属就会出现磨损，装置就会卡死、崩溃。巨大的引擎会停止转动。但命定者无法发明任何东西。他们无法创造。所以就必须要求像你这样的人出现。"

"谁要求来着？"

她眨了眨眼，"当然是这个世界。第一次跟布莱顿见面的时候，你跟他吃了一顿饭。"

我迟疑了片刻。我自己的齿轮有点卡住了，"是的，晚餐。"

她缓缓转身，再次迈开步子。我明白，她希望我跟上，于是我紧跟在她的右后方。她的鞋子在松软的泥土上踩出了小小的印子。她转头看向我。"坐在他对面是种怎样的感受？我从没跟他一起吃过饭。我们只谈工作。在发现他的真实身份以前，我就觉得他身上有些可怕的地方。哲学家们认为，正因为有恶存在，善才得以凸显。"她看着我，"你觉得是这样吗？"

"这我说不好。"

"如果你懂得诀窍，就会发现一切都记录在册。只是文献里些许的提示，只要把它们联系起来，你就会发现一切突然说得通了。随便选一种宗教，你都会发现最古老里的故事里都有好战者存在。名字并不重要。我从来都不是信徒,所以当我发现古老的故事讲述的竟然都是事实的时候,你可以想象我有多惊讶。"

我发现自己已经不会再吃惊了。再也不会了。"布莱顿就是那些好战者之一? 你是这个意思吗?"

"是的,"她绿色的双眸不带任何感情,"最古老的好战者之一。"

"他的目的是什么?"

"就是他那类人一直以来的目的:阻止进步,妨碍发展,拖延后马尔萨斯式增长①的到来。他们散播混乱。他们是世界的敌人。他们的目标很简单,就是阻止我们的社会发展达到下一个层面。"

听起来太疯狂了。这样的偏执妄想足够让人把你送进精神病院了。

"也就是说,他们是命定者的反面?"

她不以为然地摆摆手,"不。命定者只是世界的工具,而且就像普通工具那样,他们也会损坏。命定者只是棋盘上的小卒。不,布莱顿和他那类人是你们这类人——推动进步的人——的反面。他们是阻碍进步的人,他们是文明的敌人。"

"你说了'他那类人'。默茜也这么说过。"

她仔细打量着我,"他们在不同的语言里会用不同的名字。"

"那你呢? 你怎么称呼他们?"

她神情严肃,"见过他们活动的人都会用同一个称呼。我们

---

① 译注:指英国经济学家马尔萨斯,著有《人口论》,认为人口和生存资源无法保持同步增长,而多余的人口总会以某种形式消灭。"后马尔萨斯式增长"应指控制人口增长后所达到的良性增长。

叫他们'闪烁者'。"

我凝视着她。我看到过这个名字。在一封信里见过。

"你知道这些听起来有多疯狂吗？"

"见证过那些事以后，你还觉得疯狂吗？"

"可为什么？这根本不合情理。那些闪烁者……就算他们是你说的那种存在，他们的动机又是什么？"

"你在质疑我的话。这是好事。你的科学家本性在要求证据。"说这句话的时候，我们来到了十字路口，泥地上能看到新踩出的足迹。这条小径是出入这片设施的必经之路。三十年前，它或许还是条马路，中央有整齐的白色虚线。如今到处都是泥土和野草，遍布裂纹的沥青被掩盖在下面。她领着我走上右边那条路。"跟我说说你对布莱顿的认识。"她说。

我跟在她身后。"是个有钱人，"我答道，"是个疯子。他——"

她打断了我的话，"运营着密切关注数学与物理学领域进步的奖金机构。"

"基金，"我说，"是啊。"

"那只是伪装。"她说，"通过操纵这种机构，他可以了解研究的最新进展，及时得知新发现。之后有几个选项。先是胡萝卜，而且巧妙到你根本察觉不到——用高薪却没有出路的职位来引诱研究者。那是他们精心打造的职业之路，能把才华横溢的实验科学家变成富有却无能的管理人员。如果这招不管用——往往都不管用——那么还有大棒。他们会切断资金来源。有时他们会直接买下新技术，然后叫停研究。再然后还有专利流氓行为，通过合法的花招打起旷日持久的官司，以此搁置技术的发展，废掉有潜力的人才。"

我想到了斯图亚特的公司。资金耗尽了。

"他们是文明的敌人,"她继续道,"总是与大多数人的利益作对。他们的手段五花八门,就算那些全都失败,他们也还有最后一种手段。那是他们的终极手段。"

"那又是什么?"我问她。虽然她还没开口,我就知道答案是什么了。

"研究者们会失踪,"她说,"布莱顿会谨慎挑选具体的方式。有时候看起来就像意外。而且通常发生在研究公开之前。"

"但他干吗找上萨提维克和我?我们的研究已经发表了。就算真的像你说的那样,也已经太迟了。我们的研究已经公布了。"

"他们为的不只是你们已有的成果,"她说,"还为了你们将来也许会有的成果。布莱顿担心你在做的某种研究。"

"这太疯狂了。我手头什么研究都没有。"

"你去汉森工作之前,名字就出现在某张名单上了。肯定是因为你发起的某项研究。而且你还是主要负责人。"

"你替他们工作,可你却不知道具体是什么研究?"

"我没有察看所有文件的权限。还有另一些分析人员,负责审核另一些名字。还有些我无法参与的会议和无权了解的指令。我只知道,他认为你即将得到重大成果,某种能够推动进步的发现,所以你才非死不可。"

我开始头晕。这太夸张了,太疯狂了。"你说这是谋杀科学家的阴谋?"我说,"他们不可能让我们直接消失。会有人起疑的。我们有法律,有调查人员,有记者。"

她又摇摇头,"你不明白他有多强大。他的金钱和影响力只是冰山一角。"

"我是一场谋杀的见证人。我看着萨提维克被杀。他们当着我的面朝他的头部开了枪。我会证明——"

"如果你把这件事公开,那么第二天早上,你就会是个死人了。"

我看着她的表情,努力推测着真相。她会不会只是在威胁我,以便让我合作?还是说她真的相信会这样?我想起了加强了保安手段的罗宾斯。失踪的人不只是你的朋友。无论罗宾斯知道些什么,他都没去找执法部门。或许他是有理由的。

你可以逃跑,然后他们会抓到你。

"你寻求证据,"她说着,从外套里拿出了另一样东西。那是一张除了中央部分全都折叠起来的报纸。她把报纸递给我。"今天发行的。"她说,"你昨天来的时候,我不在这儿,原因就是这个:我知道你想要证据,所以等着给你拿来证据。"

报纸的下半部分有一篇文章。"车祸中一人遇难。"我看到了萨提维克的名字。我扫视那段文字,心沉了下去。文章里没有提到枪击,没有提到别的死者。完全没有提及犯罪的迹象。报纸上说,他死于钝性挫伤。

"但他是被枪打死的,"我说,"我亲眼看到了。"

"报纸上可不是这么说的。"


前方二十码远的地方,出现了最后一栋建筑物。一座用煤渣砖和钢铁建造的大型仓库。我看到她的车就停在墙边。那是一辆毫无特色的灰色小轿车,一辆融入车流后便无迹可寻的车子。

她转头看向太阳,面容棱角分明,仿佛是用岩石雕刻出来的。"来吧。"她说着,示意我走向墙上的一处开口。就算这栋旧仓库曾经有门,也是很久以前的事了。

她领着我穿过一条狭窄的走廊。我的双眼花了片刻去适应昏暗的室内,然后跟着她穿过一条阴暗的走廊。

我们前进的时候,她不时看向我,阴影里的神情难以辨认。"埃贝拉希也有过其他名字,"她说,"埃贝林。埃贝雷克斯。阿克希埃拉,"她转回头去,脚步不停,"它还有另一个名字。迷失之轴。得名于它自身的产物,"她走向某个入口,"来吧。"

她的话语唤醒了一段记忆。"布莱顿也谈起过世界的轴线。"

"他说了些什么?"她问。

"他说世界还有些看不到的轴线。"

我们走进一个敞开的房间,而我花了片刻才理解状况。"没错,"她说,"他说得对。我们正在这里追踪其中一条。"墙边放着桌子和工作台。堆积如山的文件和图表。就算这儿曾经是座仓库,现在也有了新的用途。

突然的移动吸引了我的目光。地板附近有个灰色的东西在迅速移动。

我的双眼追随着阴影里的动向——它不断改变着方向,但太有规律,不可能是动物。更像是机械。然后我明白了。在房间中央不停摇晃的,是个挂在长长金属绳末端的庞大重物。

"欢迎来到钟摆室。"她说。

# 37

那根金属绳足有三十英尺长。纤细的绳子连着一只铁球。

"好大的装置。"我说。这是我最先想到的字眼。它如此之大,以至于直到升起之前,它的摆动弧线都像一条掠过地面的直线。

"这根金属绳必须达到三十英尺,才能确保运作正常。"维克斯说,"但只要做好空气流量方面的补偿,将其缩短也是可以的。问题是这儿没法修正空气流量,所以只好弄出这么大的阵仗了。钟摆有将近十磅重。"

"我猜它不只是钟摆吧。"

"这个美人儿就只是钟摆而已。地球上的任何一个钟摆都能做到相同的事。"

"它做的到底是什么事?"

"从三维空间的角度描绘弧线。"她朝房间深处走去,"摆动的时候,它会绘制出地球运行的轨迹,用这些钉子标示出来。"

她指了指打扫得干干净净的混凝土地面,我看到那儿摆着尖端朝上的普通钉子,组成了一个硕大圆形的轮廓。仿佛地板里藏着某种巨大的捕熊夹,而这些就是夹子的齿。又像巨石阵

——如果巨石阵是由钉子组成的话。我走近了些,看到有十几枚钉子倒在地上,多半是钟摆移动的时候撞倒的。圆形的一侧有六个,另一侧也有六个。

"也就是说,轨迹会随着时间改变。"

她摇摇头,"你看问题的角度错了。钟摆本身是不变的,就像航海家的罗盘。不是钟摆在房间里移动,而是反过来:整个地球在钟摆下方运动——在银河的旋臂里描绘着弧线,同时旋臂本身也在移动,只不过是相对于……什么来着? 就用'更庞大的星际背景'这个词吧。或者说'时空连续体的构成材料',如果你相信这种东西存在的话。你有没有想过,宇宙里是否存在隐藏的雷线①? 某个可以凭此为据、测量所有其他地点的位置?"

"根本不存在这种位置。"

她指向铁球摇摆而过的模糊灰色影子。我听到了一声"咻",然后是扑面而来的风。"你觉得'一切注定的宇宙'是个悖论,想要解释这只了解宇宙构造的钟摆所在的宇宙为何存在。爱因斯坦曾经为了'幽灵般的超距作用'而哀叹,可它就发生在我们面前。"她指了指那只钟摆,"但没有人知道这是怎么发生的。"

"布莱顿谈到了波,"我说,"指出了个大致方向。"

她点点头,朝工作台走去。那是一张堆满图表的桌子。"没错,波,但究竟是哪种介质的波? 谈论波很简单,但在具体问题上,我们究竟该去哪里寻找答案? 如果和戒心不那么高的物

① 译注:1921年由业余考古学家阿尔弗雷德·瓦特金斯创造的名词,他认为许多历史遗迹在地图上可以用一条直线连接起来,且直线上许多地名的词尾为"雷",即词尾声为ley、lay、lea等相同或近发音,后引申为"将看似不相干的事物连接起来的线"。

理学家聊天,他们最后总会把宇宙说成某种信息,这并不是毫无理由的。"

从一堆纸质图表上,她拿起一本又厚又重的书。她把书丢了过来。

我接住了。我看到了书签,于是翻到那一页。

眼前的内容出乎我的意料,"文艺复兴画作?"

那一页上是天使加百利的肖像,他正吹着号角,天堂的所有天使排列在他身后,组成了看似绵延至无限远处的环形。这道羽翼之环带着某种不规则的美感。

"加百利的号角。"她说,"他会在审判日吹响这支号角,而所有人都要为自己的罪孽负责。"她转过目光,看向书页,"我一直很喜欢那幅画,号角和天使们。但这儿还有一幅。"她从桌上拿起另一本有折角的书。这一本是数学著作。她把书放在我面前的桌上,翻过书页。

"这也是加百利的号角,"她说,"一个悖论。"

我走上前去,越过她的肩头看去。我审视着那一页上的图画。f曲线图:x是1/x的函数。

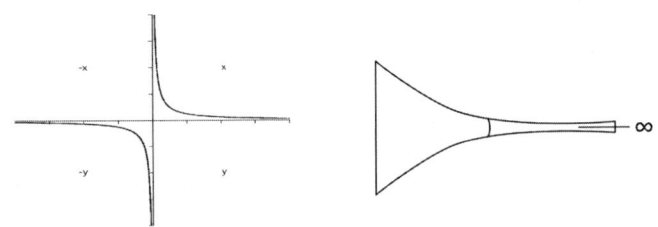

"x的倒数绕着自身的轴旋转,"维克斯说,"得到的几何体内部比外部更大。"

"数学上的怪物。"我很了解这个数字,"这个曲线图没有尽头。加百利的无底号角,又叫作托里拆利的小号。"我说,"体积有限,表面积却是无限的。"

"这是对宇宙的比喻。但埃万杰利斯塔·托里拆利在十七世纪描述这个图形的时候,肯定没有想到过这些。"

"怎样的比喻?"

"宇宙不是球形,而是漏斗形的。但这么也说不太对,是吧?只是个对不怎么贴切的比喻的比喻。"

我盯着她。感觉就像在听弦理论:错倒也不算错,只是某人的一种假设而已。"只是说法的区别罢了。"我说着,语气出乎我意料地尖锐。我想起了母亲的那些故事——那些和现实毫无交集的事。

"说法的区别,"她赞同道,"还有数据的区别。你想听的话,我这儿还有个不一样的比喻。你听过套娃宇宙吗?"

"你是说俄罗斯套娃,"这是过去几十年里某些思想家津津乐道的宇宙学理论,"不同宇宙相互嵌套的概念。"

她点了点头,"原理跟托里拆利的小号相同。体积有限,表面积却无限。我们的宇宙只是相互嵌套的级联宇宙中的一个。然后再把人类的独特视角纳入考虑。"

"你的意思是?"

"在这一切之中,人类的定位是什么?人类为何与众不同?我们的能力是观察与反映出观察到的东西。我们的能力是概括周围的世界。先是绘画和书籍,现在又运用了各种技术,制造出的复制品也越来越复杂。"

我想起了布莱顿提到的岩石壁画。

"这是一种扎根于我们本性的冲动,"她继续道,"我们首先看到,然后反映。想象出自行车的画像,然后再想象自行车的雕像。最后想象所有细节都完美无缺、几可乱真的雕像。想象你骑在这座完美雕像上的样子。这么一来,它和真正的自行车还有分别吗？随着文明进步,我们描述宇宙的能力也在增长,那么,我们的雕像究竟会在何时变成它所代表之物？这个类似之物越来越庞大复杂,它所衍生的文明会不会同样创造出自己的类似之物呢？"

"类似之物？"我说,"你说的是构建现实。"

"所有现实都是以某种方式构建出来的,不是吗？或者是某种意志的作用,或者是按照某种规律、从某个体系中演化出来。牛津大学有个叫尼克·博斯特罗姆的学者,他计算过我们存在于这种嵌套体系中的可能性。"

她抽出书里那张书签,然后展开——那是一张皱巴巴的纸,上面写着一连串数字,还有好些潦草的文字。她把那张纸放在桌上摊开。"这是他的公式。"她说着,指了指最后一行：

$$f_{sim} = \frac{fpNH}{(fpNH)+H}$$

"级联宇宙的数量可以是无限的。存在并非循环,而是串联。"

我摇摇头。我见过这条公式。它对演绎法的运用令人着迷,但就像许多宇宙学理论那样,它是不可验证的。"没有证据,"我说,"这些都只是推测而已。"

"表面上也许是这样,但这种概念里包含着某种数学的绝对性,不是吗？如果第二或者第三现实有可能存在,那么,生活在那些类似物里的人为什么不能释放出同样的类似物？既然迭代的次数没有上限,我们生活在基本宇宙的可能性又有多大? 在层层堆叠的世界里,我们的上游又有多少个世界?"

我摇摇头。体积有限,表面积却无限。

她从桌子另一边走过来。"从数学角度来看,答案很简单:在这样的体系里,级联的宇宙数量或许接近无限,但基本的世界只有一个。所以,要么次级现实并不存在,要么我们已经身在其中——这是平均律决定的。"

我瞪着她。

"如果我们真的在级联里,"她继续道,"我们就能断定自己身在哪个宇宙了。"

"怎么断定?"

"我们身在一个非常特别的宇宙,"她说,"因为我们发展的程度还不足以形成我们自己的次级现实。"

我开口想说些什么,但又闭上了嘴。然后我明白了。明白她的意思了。

她似乎在观察我的表情,"在这种可能存在的无限个级联宇宙里,我们只可能是——"

"终点,"我说着,打断了她的话,"最后的宇宙。"唯一一个尚未孕育出后继者的宇宙。

她点点头,"长矛的矛尖。"

我想起了那台显微镜,想起了坠向画面的过程。根本无"底"可寻。

我转身看着钟摆,思索着她的话,"所以你是说,这一切都是某种人为构建的结果?"

"不,不全是。你连问题都问错了。现在应该很明显了。"

"我没觉得明显。"我说。

"就算经历了这么多,你却还是视而不见。"她摇摇头,"宇宙是个物体——是波的集合体。一切物体都是波集合而成的,你对物理学的了解应该让你明白这一点。"

"所以?"

"所以你的结论应该是?"

"我……"我合上了嘴。我不明白她指的是什么。

"宇宙只是让波传播的媒介。我们并不是生活在某种模拟装置里,"她摇摇头,"我们就是模拟装置。"

我看着她,努力理解这番话。

"我们是创造者。"她注视着我的脸,"而我们的魔法,"她说,"就是意识。"

我张嘴想说些什么,但什么也说不出来。

"充斥于宇宙的波只是图形。让图形坍缩的能力就是意识。是灵魂。怎么称呼都随便你。每一道波都是一种潜能,我们则通过亲身体验将其转变为物理存在。"

"你是说,宇宙是个物体——是波的媒介。"

"对。"

"而我们用这些波的图形来构筑存在。"

"对。"

"那么图形又是谁创造的呢?"

她又笑了,"你在假定图形是被创造出来的。但也许级联里的每个宇宙都不是被创造的,而是被发现的。需要被人揭露、凸显。"

"那些命定者呢?"我问,"如果他们没法坍缩波函数,那他们扫视周围的时候会看到什么?"

"你想问的是'命定者能否看到世界真正的模样'吧。"

"他们能吗?"

"他们根本看不到世界。他们就是世界，或者说世界的某个侧面。他们什么也看不到，因为对他们来说，能够看到世界的角度是不存在的。"

我忽然很想坐下。

"在被创造出来的那一刻，他们的本质就无法改变了。他们是世上的羊群，其使命就是维持平衡。"

"什么平衡？"

"想象一下，如果世界里的每个人都像你这样——或者我，那会是什么样子。这样的世界能正常运作吗？文明还会存在吗？社会需要平衡，但扰乱平衡却轻而易举。我们的本性是不可预测的，而命定者就是解决之道，平衡我们造成的扰动。世界需要他们像什么样子，他们就是什么样子。"

"你的口气就像布莱顿。"我说，"他描述这个世界的时候，也把它说成好像自身有所需求似的。"

"难道不是吗？"

我没理睬她的反问。"如果世界不需要他们了呢？如果世界不需要命定者了，他们会怎样？"

她耸耸肩，"那他们多半会不复存在。"

我沉默良久，消化着她这番话。让自己……就算不相信，至少也要努力理解。"布莱顿身边有个男孩。他没能让波函数坍缩。"

"命定者大都是善良的绵羊，但他们也是会变节的。如果从他们小时候开始入手，就能利用他们易于受到暗示的倾向，让他们和大众的利益作对。他们欠缺良知，他们欠缺一切。想象一下吃肉长大的绵羊吧，这就是那个男孩。布莱顿的保镖们全都曾是那样的男孩。"

"他的那些保镖原来是这么来的。"

她点点头,"是的。"

"如果那些没法坍缩波函数的人被叫作'命定者',那我们又是什么?他们会用什么名字称呼我们?"

"我们是迷失者。"她说,"在所有那些古老的故事中,我们等待救赎或是审判的人。在级联世界之间扩张的不只是空间,还有时间。正如一个世界可能存在于另一个世界里,一个瞬间也可能存在于一千年里。"

"那些闪烁者,我还是不明白他们的身份。他们在这一切之中扮演着什么?"

这时候,她迟疑起来。她看向钟摆,注视着它摇摆的样子。"他们来自级联的高处。不是这个世界,不是相邻的世界,而是更高处。"

我盯着她,"可他们为什么要来?"

"在我们上游的远处发生了某件事,某件可怕的事。很久以前,代表光明的人来了。与光明之人作对的另一群人也来了。"

"另一群人。"我说。

"一方的目的是建造,另一方的目的是摧毁。我们成了他们的战场。"

"发生了什么?"

"他们自相残杀。建造者们失败了,他们的战斗被人用象形文字记录下来。印度河流域,特奥蒂瓦坎,秘鲁。还有其他地方。他们之中最无畏的那些首先殉命,其余的也相继死去。文明的兴起与衰落反映着他们冲突的过程。双方相互屠杀,最后只有少数年长者幸存下来。他们最谨慎,也最狡猾,最善于躲藏。"

"你是说像布莱顿那样的人。"

她点点头，"最后几人之一。"

"其余的呢？"

"走了。死了。"

"你明白这种事是多么不可能吗？"

"以整个宇宙的时间尺度来看，什么事是不可能的？以百万个宇宙的时间尺度来看呢？"

"就算这一切都是真的，而你是在为布莱顿工作的时候知道的，你又为什么又要帮我？为什么要跟那样的存在作对？"

"哲学家们觉得正因为有恶存在，善才得以凸显。但我却觉得有时候，邪恶会悄然接近，让你在不知不觉中沦为帮凶。等你醒悟的时候已经太迟了，所以你只能继续作恶，理由也许是恐惧，也许是迫于无奈。这样下去，你会渐渐背叛你的整个人生，背叛你的全部存在。我曾经是个犹大。科学家们因我而死，最优秀也最聪明的那些。我不希望再有下一个了。我试过拯救萨提维克，但却失败了。或许你还有机会。"

她停了口，抬头看向钟摆，庞大的灰色铁块呼啸着掠过空气。

"一年稍多些的时间以前，这只钟摆的轨迹变化过。"她说，"那些钉子倒下的时间本来应该严格符合时间表，就像时钟那样稳定。但在去年，钟摆漏掉了一根钉子。只是个微小的细节。要不是正好有人在看，我们肯定察觉不到。"她蹲在钉子组成的圆形旁边，"平衡出现了变动。有些情况发生了变化。"

"这代表什么？"

钟摆从维克斯身边再次掠过，朝着另一个方向摆荡而去。它消失在阴影里。

她转过身，看着我，"这代表时间也是我们的敌人了。"

# 38

维克斯领着我回到营地。时间刚到下午,营地里相当忙碌。火堆快熄灭了,睡袋都收了起来。我觉得他们这是在遵循着某种固定程序——老练的士兵正在拆除营地。看到我的时候,默茜迟疑了片刻,脸上浮现出释然的神情。我反应过来:她不确定我会不会回来。我很好奇这种情况有多常见。和维克斯散步的人经常一去不回吗?

维克斯在拖车附近跟亨尼希低声交谈了几句。几分钟过后,他们钻进那辆厢式货车,然后驱车离开。

默茜和我给火堆添着柴,火焰噼啪作响。"看来你要留下了。"她说。

"为什么这么说?"

"因为你还活着。"

默茜把最后一片木头丢进火堆,接下来的几分钟里,火势逐渐增强。我看着她的脸,但她看都没看我一眼,始终注视着摇曳的火焰。

一个钟头过去了,其他人还没回来。我开口问道:"他们去哪儿了?"

"他们会回来的。"她说。这算不上回答。

我看着燃烧的余烬,思索着维克斯的话,努力理解其中的含意。嵌套的宇宙。无限的表面积。来自更高处的闪烁者。他们的灵魂一路上烧穿了一层又一层的现实,就像滚烫的石头穿过冰层。

外面狂风呼啸,我听到树枝刮过外墙的波纹铁皮。火势再次开始微弱的时候,天已经完全黑了。我又一次跟着默茜出去搜罗柴火。我们才离开了二十分钟,但回去的时候,那辆厢式货车已经回来了,就停在墙边。它的引擎发出"嘀嗒"的响声,就好像经历了超负荷运转。亨尼希和维克斯不见踪影,肯定是去了这片废墟的深处。

默茜和我让火堆恢复了生机。半个钟头过后,远处传来一声痛呼。有个男人的声音在大喊。那声音在夜空中逗留许久,然后慢慢消失。

默茜没有反应,甚至没有抬起看着火堆的目光,就好像她早就预料到了。

"那是什么?"我问。

"你很快就会知道了。"她说。


又过了一个钟头,其他人回来了。他们一言不发地走进营地,亨尼希的衬衣上多了几块新的血迹。我没问他们去哪儿了。我们吃了罐头当晚餐,叉子碰撞铁皮的叮当声充斥周围。没有人开口。我只能看着摇曳不定的火焰,睡意渐渐涌起,不久以后,就连火光也开始暗淡,火焰缩小成阴影里的暗淡光亮。

我睡在温暖的木炭旁,谢天谢地,这次我的双臂没有胶带的束缚。他们相信我不会趁他们睡觉时敲碎他们的脑袋。

第二天早上，有只靴子用力推了推我的肩膀，让我醒了过来。我张开眼皮，看到亨尼希低头看着我。"起来。"他说。

默茜和维克斯人影全无。我显然是最后一个醒来的。

"这边。"他说。

他领着我穿过墙上的一个洞——他们昨晚就是从那里进来的。我跟着他向右转了个大弯，然后穿过某个入口，走下一小段楼梯，进入某个像是地窖的房间。

默茜和维克斯就站在那里，等着我们。维克斯还是那身商务休闲西装，看起来跟周围格格不入。

我走到默茜身边，她背对着我。"这是哪儿？"我低声问。

默茜没有回答，但维克斯听到了我的话。"只是个僻静的房间，"她说，"来吧。"

我跟着他们走向深处。这间地下室很潮湿，但照明良好：一盏提灯挂在暴露在外的管道上方。房间中央有个被绑在椅子上的男人，他周围的地板上是干涸的血泊。其实算不上僻静，我想着，回忆起了昨晚听到的那声尖叫。

这个人已经死了。他鼻青脸肿。

我的脑海里突然闪过自己坐在这张椅子上的模样——亨尼希的拳头敲打着我的头。真是个糟糕的死法。

维克斯看着我，仿佛期待我有什么反应。

"这是谁？"我说。

"你认不出他吗？"

我侧过头去，仔细打量。我不寒而栗。"我见过他。"我说。布莱顿在顶层公寓的手下之一。

"他们安全团队的成员。"维克斯说，"好吧，现在是前成员了。"

是那个留下来的保镖,厨房里的那个。他的运动外套覆盖着凝结的血迹。我后退了一步,脚却粘在了地板上。那摊发黏的血迹足有六英尺宽。

维克斯绕过那具尸体,"我们抓到他的时候,他受了几处内伤,然后又添了几处外伤。他在死前吐露了信息。"

我看着那具尸体,思索着他们用了怎样的说服手段。除了那张受过殴打的脸以外,没有明显的拷打痕迹。膝盖骨没有变形。只有脸肿得像个汉堡包。

"什么信息?"我想吐。但我想起了被裹在油布里的萨提维克。我想到了电梯里的他——在人生的最后时刻,他还以为自己就要能再次见到家人了。我看着面前那具尸体,却感觉不到同情。我什么都感觉不到。

"关于埃贝拉希的信息。"维克斯说,"布莱顿隐藏信息的努力令人钦佩,但弱点始终是存在的。安保人员总会听到看到一些东西。要在每天保护自己的人面前保守秘密可太难了。"

"你是在那儿工作的时候明白这件事的吗?"

"不只这一件事。"她说。

"埃贝拉希究竟是什么?"

"我们还不清楚,"维克斯说,"也许是某种武器。"

"比如炸弹?"

"也许吧。也可能是更精巧的东西。迷失之轴,他们最古老的文献里提到过的东西,他们一直在留意的东西,等待的东西。钟摆的变化应该就是征兆。我们只知道,那东西对他们来说很重要。"

"它看起来是个什么样子?"

她沉默地看着我。

"你也不知道。"我说,"听上去,你打听到的信息并不多。"

她指了指那个死人,"他说你也参与其中。"

"我什么都没参与。"

"布莱顿可不这么认为。所以你的逃脱才让他大发雷霆。"

亨尼希迈着沉重的脚步走出阴影,来到维克斯身旁。他似乎把周围的空间全占满了。

维克斯转向我。"能得到这份信息还多亏了你。"她看着我,"要不是你,我们不可能抓到这家伙。他是来找你的。我们在你住的旅馆附近抓到了他。"

# 39

那天深夜,默茜找到我,手里端着两杯咖啡。一杯是她的,一杯是我的。

维克斯和亨尼希的说话声从角落飘来。他们抬高了嗓门,然后又低下来,转为低语。

将熄的火焰驱赶着营地里的黑暗。我裹着毛毯坐了下来,背靠着拖车车厢的外壁。

默茜走过从屋顶的窟窿斜斜照入的一片昏暗的星光。除了名字以外,我对她仍旧一无所知。

亨尼希也谜团重重。或许他真的是个海盗,有多年绑架和抢劫的经验,在马达加斯加海岸杀人如麻。或许他曾经把十几条游艇送去了海底。

还有默茜。听起来意味深长的名字[①]。

默茜把杯子递给了我,"当心,很烫。刚在火上煮开的。"

"没想到你还能用营火煮咖啡。"我伸出手,接过了咖啡杯。

"用'煮'这个词或许夸张了点。"她说,"我祖母煮咖啡的时候才叫危险。她的手抖得厉害,等她走出厨房的时候,杯子里的

---

① 译注:默茜原文为Mercy,意为"怜悯"。

咖啡每次连一半都剩不下。我也懂得了'别跟在她身边'这个道理。希望你喜欢奶精和糖。"

"我的确喜欢。其他人去了哪儿?"

她耸耸肩,"散步,制订计划。"

她在我身边坐了下来。

我想问她是什么计划,但没等我开口,她就说:"我认为这些都不重要。"

"为什么?"

"因为计划会失败。"她说,"好了,喝吧。"她看着我抿了一口,又问,"如何?"

我把温暖的杯子从嘴唇边挪开,"真不错。"

"好像出乎你的意料。"

"是的。"

"很廉价的货色:开水,咖啡粉。只能勉强算是咖啡。维克斯从城里带来了新补给,所以我们能喝到一两天的新鲜奶精。让这咖啡可以入口的正是奶精。'善缘',榛子味。这是奶精的牌子。这是我从大学时的男友那里学来的可笑嗜好。他的名字我记不清了,可这见鬼的咖啡却铭刻在心。现在无论我去哪儿,都会找到卖这种奶精的地方。我觉得它甚至能让柏油变好喝。但我平时不会这么晚还喝,咖啡因会让我睡不着。"

"噢,别为了我让你失眠。"我努力想象她怎么过正常人的生活:上大学,时而换个男友。但我想象不出。她残缺的手攥着陶瓷杯子,手指的断口泛着粉色。

"不,没事的。今晚我不着急睡。晚点做噩梦也无妨。"

我看着她握住杯子的手指。粉红色的血肉,应该是六个月前愈合的,或许更早些。我很想知道这是怎么发生的。伤口看起来不整齐,切口不算平整。血肉缺少了几块,就好像有只爆竹在她手里爆炸了一样。

"你觉得他们的计划会失败?"

"我觉得我们会死。每个人都会。"她坐在我身边,伸直的双腿正对着火堆,"就像这个世界会死去,就像每个世界都会死去。只要时间够长,什么都逃不过热寂。"

"但这就是关键,不是吗? 我是说时间。"

她没有答话。我们就这么在沉默中坐了好一会儿。我等着她把话说下去,但她没有。她呷了口咖啡,看着火焰。

"你是怎么卷进来的? 起因是什么?"

"是他们。"她站起身,朝黑暗里走了几步。她弯下腰,从阴影里拖出某个大家伙。等她回到暗淡的火光里时,我发现那是个破旧的纸箱。从院子里找来,充当柴火的废品。

"你是说闪烁者。"我说。

她点点头,把纸箱丢到火堆上。一开始,世上的一切光线都消失了——被遮蔽了,黑暗完整了。然后黄色的火苗从纸箱的底部角落燃起,火焰每一秒都在增长,直到整个盒子熊熊燃烧起来。她伸手烤着火。火光照亮了房间,我甚至能看到头顶生锈的椽子,还有墙上曾经是窗户的黑色矩形。我还能看见她的脸,苍白而瘦削的脸。

"我第一次看到他们的时候……我甚至想不起过程了,直到现在也一样,记忆出现了断层。"

"断层?"

"有些事我想不起来了。"

"我不明白。"

"她没跟你说过,是吗?"

"说过什么?"

"他们真正的长相。我们叫他们'闪烁者'的理由。"她把一根小树枝丢进火里,"事态突然变糟的时候,你的大脑是处理不了的。你得随后自行填补。很长一段时间里,我还以为自己会发疯,但如果你疯得够久,就会开始觉得一切正常了。或许你在这方面也有些体会。"

"或许有吧。"我不禁好奇她对我了解多少。或许她是从我的眼神里看出来的。

"我是说,你会因为什么样的事出现断层?"她问我,"究竟是什么如此可怕,让你不敢直视,必须在事后靠想象填补空白?"

"我不知道。"

"有时候,如果你足够努力,就可以选择看不见他们。我觉得大部分人就是这么看待他们的。或者说就是这么看不见他们的。大部分人只会用他们能接受的方式去看待他们,用他们自己希望的方式去看待他们。"

"那你呢?"

"并不是每次都有选择的。"

我想起了我母亲。信仰就像某种超能力。

"他们的宠物更可怕。"

"宠物?"

"猎手,"她说,"你是绝对不会想看到他们的。有些东西可没有看起来那么简单。"

"那我呢?"

"别觉得自己有多特别。有些人被卷进这一切,然后毫无悬念地死掉。我亲眼见过。"她沉默片刻,然后补充道,"但你似乎懂得诀窍。"

"什么诀窍?"

"生存的诀窍。"

我又呷了口咖啡,"维克斯说她在他们手下工作过。你也为他们工作过吗?"

她摇摇头,"没。我们中的一些人……它会吸引我们,就好像我们本来就是它的一部分,虽然表面看来毫无关联。就我而言,我觉得自己只是在错误的时间出现在了正确的地点。但真相没这么简单。"

"是吗?"

"或许我也懂得某种诀窍。"

我身后有点动静。我转过头去,看到亨尼希站在入口,看着我们。我很想知道他在那儿站了多久。也许他从一开始就在。他的右手随意地抓着步枪的枪管,木制枪托靠在地板上。在温暖的火光里,他的脸显得尤为僵硬。他拿起步枪,退回黑暗里。

等她走后,默茜小声说:"当心那个人。"

"这话什么意思?"

她等了片刻才回答:"他以前是那些保镖之一。"

"布莱顿的保镖?"这消息让我吃了一惊。

默茜点点头,"他们抛弃了他。他们以为已经杀掉他了,但维克斯把他从死亡边缘拖了回来,把他藏了起来,又给他缝好了伤口。现在他成了她的斗牛犬。"

我注视着黑暗。

"他对她很忠诚。"她说,"但面对其他人,他有时会用上獠牙。"

我的手茫然地拂过面前的水泥地。我从地板上捡起一块薄薄的金属,只是一小片废料。我确认着它的弹性。我将它对角折成了两半,然后又折了一次。将它做成了一件锐器。

# 40

我在黎明时醒来。

有个声音吵醒了我：那是在听觉边缘的微弱震动声。我的胃开始翻江倒海。我的睡眠非常脆弱，总会被轻易破坏。所以我才是第一个听到的人。

我睁开了眼睛。默茜躺在几码远处，面朝着阴影。我翻了个身，越过肮脏的地面朝她爬去。我能感觉到口袋里那把用折叠的金属做成的刀子。

"嘿，"我晃了晃她的胳膊，"维克斯在哪儿？"

她的眼皮颤抖着睁开，脸上浮现出困惑。"什么？"她坐了起来，揉着眼睛。

"维克斯在哪儿？"我重复了一遍。

熄灭的火堆余烬对面，亨尼希坐直身子。他也听到了。

引擎声越来越响，越来越近。"是车子，"亨尼希说，"不止一辆。"

默茜的脸上血色尽退。

"在这种地方？"她说。

"见鬼，维克斯去哪了？"亨尼希吼道。

就在这时，维克斯在远处开了口。"两辆车。"她站在某扇粉碎的窗户边的阴影里，看向外面。

有那么一会儿，所有人都一动不动。然后亨尼希跳了起来，穿过房间。他站在维克斯身旁，把脖子伸出墙上的开口，望着外面，然后他转头看向我们，脸色苍白。"是他们。"他说。亨尼希转过身，跑向放武器的地方。"这可不妙。"他恶狠狠地说。

默茜沉默不语。她蹲在脏兮兮的地板上，打寒战那样战抖不停，虽然室温至少有七十度①。

"我们该怎么做？"我问。

他们没理我。维克斯穿过房间，从放着枪支的桌下拖出一只塑料桶。桶子很重，在地板上刮出了一条印迹。她弯下腰，取下盖子。

"这些是疏散背包②。"她说着，把其中一只丢给我。

我把背包挎上肩头。从外观看，它多半是过去的军用品，大概十磅重，里面一半空着。我在塑料桶底下看到了我的手机。我拿起它，塞进口袋。

"我们得动作快，"她说，"别走散了。万一走散了，在另一个藏身处集合。"

亨尼希拿起一只背包，打开，将桌上的弹药匆匆装进包里。

"那地方又是哪儿？"我问。

"没时间了。"维克斯厉声道。

我拿过桌上剩下的那把手枪，以为他们会阻止我。亨尼希盯着我，但什么都没说。默茜背上背包的时候，维克斯朝墙上的

---

① 译注：这里指华氏温度，相当于21.1摄氏度。

② 译注：通常指装有七十二小时生存所需物品的背包，原为军队用品，后多在发生各类灾害时使用。

窟窿走去。"跟我来,"她说着,看了我一眼,"跟紧。"

我们跑了起来。压低身体,排成一队。我们脚步放轻,低垂着头,穿行于这栋建筑,经过一个又一个房间。

我们来到墙上的另一个窟窿前,但维克斯没有像之前那样钻过去,而是停了下来。她弯下腰,透过窟窿向外看去。

"我们的计划是?"我问。

"别回头看。"维克斯说。

"如果他们抓到我们呢?"

"你还是别让这种事发生的好。"

亨尼希背靠墙壁,扫视我们身后的房间,维克斯看向洞外,脸上的表情十分专注。她进一步探出身子,朝两边张望,又退了回来。

"看起来不妙,"她站直身体,"来吧。"她压低身体,领着我们穿过这栋建筑,朝另一个方向走去。

我们经过另一个空房间,穿过一扇门。门后是一条长长的走廊,墙上贴着金属嵌板。地板上的灰尘足有一英寸厚。这儿几十年都没有人迹了。

我们离开走廊,进入另一个大房间。这地方过去或许是工厂的车间,但很早以前就被当作另一间仓库使用了。我们走到房间中央的时候,听到了那个声音。

就在外面。车门关上的沉闷响声,然后是狗吠声。但那吠声有点奇怪,音调比普通的狗吠低沉些。维克斯的身体僵住了。我们几个也在她身后停下。

"太迟了。"亨尼希低声说。

吠叫声愈加响亮。

"狗。"我说。

默茜摇摇头,"比狗更可怕。"

"猎犬。"亨尼希说,他低头看了看我的枪,"你也许想过朝我开枪,"他说着,对上我的目光,"你要是这么打算的话,我建议你等一会儿,等看到那东西出来以后再说。"

我点点头,"我不会朝你开枪的。"

就在这时,在屋外,我听到了一个声音——金属发出的哗啦声。有个庞然大物在奔跑中踩过了一块倒在地上的波纹护墙板。

"快,"维克斯说,"这边。"

我们跟在她身后。

我们飞奔着穿过这栋建筑物,跳过一堆砖块,穿过一扇小门,走进一个满是管道和钢制大桶的小房间。亨尼希停下脚步,转过身,用手指和嘴唇比了个噤声的手势。我们背靠着墙壁,躲在阴影里。

我们身后传来沉重的脚步声,片刻过后,又响起了响亮的碰撞声。那声音来自我们刚刚离开的房间。我听到几个人说话的声音,然后听到了像是某种动物的鼻息声。那是某种庞然大物的沉重呼吸声。

从我所站的地方,能看到另一个房间的一部分。片刻过后,我听到了轻轻的脚步声,接着是一阵轻笑,以及低声的对答。

"他们来了。"亨尼希说。

在房间的另一头,一个身影步入视野。

# 41

儿时的我曾在父亲停泊那条船的防波堤边玩耍。有根腐朽的圆木漂浮在浅滩的水面上。圆木很大，爬满藤壶，用缆绳系在木桩上。叫它"栈桥"实在太抬举它了。

从我所站的防波堤的位置，能看到水面阵阵泛起的涟漪，只有那根旧圆木的边缘除外。在那根圆木周围，涟漪的形状有所不同，变得不规则。在圆木周围，水流遭到扰乱，光的反射也会变化。在照片里，这一幕不会有多显眼，但在双眼的注视下却显而易见：水面闪烁的速度会加快，显得与别处截然不同。

在仅仅几分之一秒的时间里，那个穿行于阴影的身影也给我这种印象。那是个人，同时却又是另一种东西。就像一处微小的扰动，就像一小片不同于别处、涟漪动荡得更厉害的地方。

他沿着我们来时的路，走过肮脏的地板。

率先行动的人是亨尼希。

他举起霰弹枪，开了火。那个身影抬起头来——涟漪荡开，仿佛一条条火焰构成的溪流，仿佛霞光闪烁。然后，那身影突然穿过房间，宽大的步幅瞬间便吞噬了这一段距离，朝我们冲来。我身体僵硬，无法动弹，无法思考。亨尼希怒吼着开枪，而默茜尖叫起来。

"快走！"

我拔腿就跑。

满心恐慌。

我跳过墙上的一个窟窿，飞奔着穿过空旷的仓库，然后在某条走廊里全速飞奔。我穿过另一个墙洞，再次来到室外，脚被什么东西绊了一下——然后我趴倒在泥地上，脸刮过地面，受伤的鼻子传来剧痛，我喘息着睁开双眼。

太阳在小径上投下一道影子。我摇摇晃晃地爬起身，发觉有某种温暖之物顺着我的脸流下。我用手背揉了揉鼻子，拿开的时候只见一片殷红。又开始流血了。

我朝最近的一栋建筑物跑去，穿过一扇大门。进门以后，我朝最黑暗的角落奔跑，指望能够藏匿踪迹。其他人都去哪儿了？我一阵头晕，脑袋仿佛在不停打转。等到再也跑不动的时候，我坐倒在一堆碎石边，背靠着墙壁。

我的视野仿佛在缩小，就好像我没法接受双眼传来的全部情报。就像在火灾时的脑震荡。我听到了枪声，然后又一声。远处传来尖叫声。透过敞开的大门，我看到亨尼希穿过建筑之间的空隙。他的脸上鲜血直流，眼神狂乱。

猎犬追上了他。或者说，那个应该是猎犬的东西。

它很大，就像一头白色的罗威纳犬，但体型更加庞大，比我见过的所有狗儿都要大——那是我无法理解的存在。但默茜说得对，大脑会自行填补空白。

我能看到不同模样的它。尽管只有那么几分之一秒。它撕扯他的胳膊的时候，模样就像鬣狗——斑点毛皮，野性未驯。鲜血飞溅在地上。然后我看到了它的另一副样子，只是一头肌肉发达的普通大狗而已。

这时我想起了那把手枪——我从桌上捡起的那把枪。但我却发现手里空无一物。我转过头去,但手枪也不在我身边的地面上。我想起了摔的那一跤,肯定是在绊倒的时候弄丢了。

亨尼希的尖叫声变了。我甚至不知道人还能发出那样的叫声。我宁愿自己从没听到过。之后便是沉默。

我闭上双眼。我竖起耳朵,静静等待。

等我最终在阴影里抬起头的时候,已经过去了好几分钟。大门外的空地空空荡荡,只剩下草地上那具一动不动的红色躯体。

我爬起身,走出门外,尽可能紧贴墙边。我看到前方的墙上有个洞,于是穿过它,来到了另一个房间。又是一个洞。这些洞在废墟里开辟出了一条路。我的前方是一道四分五裂的墙壁,我选择了右边的走廊。前面传来一个声音,而我的双脚定格在原地,心脏狂跳起来。有东西要来了。我看到右边有道门,于是钻了进去。那是个小房间,应该是工头的办公室,墙上满是黑色污渍。窗户全都碎了,一张木制办公桌倒在地板上。换作三十年前,它或许能跟杰瑞米的办公桌一较高下,但如今的它腐烂破碎,桌腿也全都断了。

脚步声逼近,我蹲在桌子后面,尽可能缩小身体。脚步声越来越近,我将脸贴着地板,一只眼睛透过桌子后部的缝隙窥视着。透过被水泡胀的木头间的裂缝,我能看到另一个房间的样子。

我看到有东西在动,但我的双眼跟不上它。一双腿从我的前方走过,我看不清裤子的面料。

默茜在哪儿?

那双腿短暂地消失在一根柱子后面。我换了个更适合窥探的姿势，随即看到了他。是个熟悉的人。

曾和我共进晚餐的人。满口葡萄酒和博物馆的人。下令杀死我的朋友的人。

**一切都取决于你那把利刃的观点。**

布莱顿穿过房间，我看清了他的样子。他穿着深色的猎手夹克，袖子被灰尘和泥土涂成了黑色。他闪闪发亮的淡色眸子扫视着阴影，但没有发现驻足的理由。他消失在转角那边。

他走以后，我又等了三十秒，这才站起身，朝相反的方向穿过走廊。奔跑的时候，我寻找着默茜，希望能瞥见她的身影。室外的空气清新而干净，天空蔚蓝。我有种暴露的感觉——暴露在上百位天使的视野之中。

远处再次响起枪声，就在前方的某处。

我转过身，跑向另一边，在这栋建筑物中迅速沿路返回。我的心脏狂跳。我盲目地飞奔着，想拉开自己和那些声音之间的距离。我跑啊跑啊，直到肺里火烧火燎，双腿也开始抽筋。

我几乎被亨尼希绊倒了。

他只剩下了半个人。半只耳朵，半边身躯，躺在大门外。我低头看着他，再次清楚地意识到手里没有枪。我弯下腰，从泥地里捡起他的霰弹枪。枪管沾满鲜血，但看起来还能用。我用双手抓牢这把武器，然后奔跑起来。

我全速跨过另一栋建筑物的门槛，脚下不停，枪端在身前。又一间仓库，又是空旷的开阔空间。我继续前进，直到发现自己来到了建筑物之间的窄小过道，头顶就是蓝天。我蹲了下来，背靠墙壁。我呼吸凌乱。又是几声枪响传来。亨尼希已经死了，这就意味着那边是维克斯或者默茜。

　　我打开霰弹枪的弹匣，里面只有一发子弹。

　　我忽然想到，仅仅一发子弹也可以结束一切。我把那个念头赶出脑海。我努力让心跳放慢，又努力平复呼吸。如果我想顺利逃脱，就必须维持思路清晰。我等待着。我看着这条小巷的开口，就这么过去了几分钟，然后我听到了远处的咔嗒响声。那是脚踩在波纹钢板上的声音，脚步轻盈而迅速。我没命地奔跑起来，在房子与房子之间穿行。

　　两分钟过后，我找到了她，维克斯。我看到她藏在空地边缘的一堵墙边。太阳在建筑物的后方投下了短小的影子，于是我转移到一堆瓦砾后面，尽可能藏起身体。周围的废墟看起来很眼熟，我反应过来了，这是我们捡拾柴火的地方。围栏就在这片草地对面一百码的小山上。我跑了这么久，却几乎回到了起点，距离营地只有一百码而已。

　　在前方，有东西正在车辙形成的小径上移动。

　　维克斯仍旧背靠墙壁，身体蹲伏着。她的鼻子在流血，头也在流血。她的目光扫过周围的建筑物，掠过我这边，而我朝她张开手掌。只是个不起眼的动作，但她注意到了。她开始离开墙壁，而我挥手示意她回去。

　　布莱顿就要来了。

　　她留在了墙边。

　　布莱顿在建筑物之间缓缓走着，淡色的眸子扫视着阴影。

　　我的双眼泛出泪水，我在斜照下来的阳光里眨巴着眼睛，看着随风摇曳的野草。在布莱顿身后，第二个人沿着小径走来。"波阿斯。"我听到了自己的低语。

　　我这才发现，他们会径直从维克斯躲避之处的前方经过。他们不可能看漏她。

　　那两人越走越近,维克斯朝墙壁贴得更紧,脸上全无表情。从她的角度不可能看到他们,但她能听到踩在碎石上的脚步声。

　　还有三十英尺。

　　我挥手向她示警,但她没看到。而且她也没别的地方可躲。

　　二十英尺。我能看到布莱顿正在搜寻的双眼——他左顾右盼,脚步不停。

　　转过去,我轻声自语道,别走这条路。

　　十英尺。

　　"该死。"我说。

　　我从瓦砾堆后面走了出来,朝空地走出三步。我抬起霰弹枪,强迫自己看清目标——强迫自己真正看到。黑色光芒组成的溪流在他的身周闪烁,仿佛上千只嗡鸣着的黄蜂的翅膀。我扣动扳机。

　　枪身猛地一甩。声音震耳欲聋。

　　弹丸削去了布莱顿左臂的边缘,带下一大块布料。片刻过后,他身后的墙上爆散出一团灰尘之云。

　　他低下头,惊讶地看着自己的肩膀。然后他转向了我,怒吼起来——那是一声充满愤怒和痛苦的非人吼叫。

　　我丢下没了弹药的枪,转身就跑。


　　我朝着墙洞飞奔而去。

　　我逃生的唯一希望就是保持领先,跟他们拉开距离。我全速跑到第一个墙洞边,钻进建筑物里。钻进墙上的狭窄开口以后,我回头看去,只见布莱顿的目光锁定了我。

　　我跳过一堆瓦砾,看到混凝土里有一根突兀地伸出的钢筋。我用力一拽,那根钢棒松脱了。手里又有了武器的感觉真好，什么武器都行。我穿过房间，俯身钻过对面的另一个墙洞，随后转过身去。

我谨慎地算好了投掷的时机。

你应该也听说过关于惊人的爆发力的故事——在肾上腺素的作用下，人们能够抬起压住人的车子。我瞄准了对方将会经过的狭窄墙洞，用全身力量掷出了那根钢筋，然后我看到了布莱顿在钢筋飞近时瞪圆的眼睛，看到了他的震惊和痛楚。钢筋刺中了构成他的那团物质的中央。他奋力想要挣脱，但冲力却带着他连连后退。他的肩膀重重地撞在墙上，他倒了下去。

这就足够了。我飞奔着离开他的视野，转了个弯，然后又转了个弯，在迷宫般的走廊里盲目穿行。我躲向左边，然后是右边，彻底失去了方向感。最后，我来到了一片宽阔的卸货区。

墙边有一段通向高处的金属楼梯。我没有犹豫，向上冲去，每一步都跨上两级台阶。这部分建筑物相对更高，那段楼梯带我来到了椽子旁边。

我每踏出一步，这条栈桥就摇晃不已，于是我停了下来。我转过身去，屏住呼吸。我看向下方的地板，等待着，指望追兵会看漏这条楼梯。指望他不会抬头。

几秒钟后，布莱顿走进了下面的房间。

他审视着空荡荡的卸货区，寂静似乎让他有些困惑。他的目光扫过房间的角落，然后缓缓地将脸转向上方。他笑了。

"你在这儿呢。"他说。

我跑到栈桥另一边的门口，钻进另一个房间。那里是个充斥管道与锅炉的房间，有空空的大桶和扭曲的金属栏杆。

这个小房间的另一头是一道门，然后是另一段楼梯——通向下方。我差点就走了过去。但我知道，我是甩不掉他的。一直逃跑的话,他迟早会抓住我,然后杀死我。于是我转向房间里的暗处。当你打不过也逃不掉的时候,总还有那个最后的手段——躲藏。我挤进其中一只大型容器后面,那是个坐落于角落的钢制大水箱。我将一只脚挤进那根通向两台设备之间的粗大排水管里。

我等待着。

奔跑的声音。沉重的脚步走进房间,去了另一边。

继续走啊。朝楼梯下追吧。

脚步声停下了。

拜托。我闭上眼睛。我试图将自己的意识抽离。我不在这儿。

时间一分一秒地过去。

然后脚步声继续向前,走下楼梯,越来越远。

我呼出一口气,心脏仍旧敲打着胸口。布莱顿走了。

我等待着声音。任何声音。我想知道默茜成功了没有,我想知道她逃脱了没有。

另一个声音从另一个方向传来,声音轻柔。我几乎以为自己幻听了。我开始数数。那个声音没有再次传来。三、四、五、六……数了十声以后,我向外挪去。我伸长脖子,希望能看清房间,但什么都没看到。周围人影全无。

我继续挪动。就连膝盖刮擦地板的响声都让我惊恐。

这个房间昏暗而肮脏,我在角落的水箱后面看不清太多东西。仅有的光线透过敞开的门口和天花板上锈蚀的窟窿照射进来,在周围漫射。

二十五、二十六、二十七……

我继续数着。在脑海里数到六十以后,我动了起来。熟悉的韵律让我安下了心。我向黑暗念着数字，就像小时候那样。

我用双手和双膝在地板上爬行，尽可能贴近那只水箱。我的屁股刮到了什么东西——那声音在我耳中显得出奇响亮。我壮着胆子回头看去，心吊在了喉咙口。

虽然布莱顿走了，另一个人却站在门口。

那是另一张熟悉的脸。

波阿斯灵活的双眼扫视着阴影。"出来吧，出来吧，无论你在哪儿。"他说。

他的声音跟那晚在餐厅时一般无二，仿佛沙砾摩擦般的嗓音。

我缓缓退回水箱后面，直到看不到他为止。波阿斯的鞋子嘎吱嘎吱地踩过地板。我尽可能紧贴墙壁，缩起身体。但这只是时间问题。我明白，我也许没法活着离开这个房间了。

"埃里克，"他的声音传来，"我知道你在这儿。"脚步声朝房间中央靠近。

我退向角落深处，就在这时，我觉得有东西勾住了我的脚。排水管的边缘从水箱和硕大的泵壳之间伸出，足有两英尺宽，半径大概跟车胎差不多。在损坏还没这么严重的时候，它应该是连着水箱，排放这里所制造的工业废水。但如今，水箱脱离了原位，里面空无一物，还被拆除了一部分，因此排水管暴露在外。我用挑剔的目光打量着它，在心里做着计算。里面会相当挤，但我应该能钻进去。我迅速转过身去，正准备直接钻进去，但恐惧感阻止了我。我怕那种地狱般的漆黑。于是我扭动身子，将双脚首先塞进排水管，尽可能不发出声音。里面的空间正好能勉强容下我。管子内部光滑，沾满污物，我不由得寻思它曾经排放的是哪种物质。不过转念一想，或许还是不知道的比较好。

波阿斯的脚步声再次响起。

他听到我弄出的声音了吗？

我不敢动弹。

脚步声越来越近，开始绕过水箱。

"我看到你上去了，"他说，"但你没有下来。"

我看到了他被便裤包裹的双腿，脚上是登山皮靴。那双腿继续靠近，绕过了水箱这一边，走到角落里。

"根据消去法来判断，你肯定还在这儿。"

他靠着墙角，手拂过排水管，距离我的脸只有几英尺远。

"你干吗要躲呢，小耗子？你的朋友斯图亚特就不像你这样东躲西藏。"

我的心凉了半截。斯图亚特。从我躲藏的位置，波阿斯的身体触手可及。

"他勇敢地接受了他的命运。"他说。

他的手再次拂过管道的开口。那是一只大手，苍白，指甲修得整整齐齐。商务人士的手。

"你真该看看他躺在那张台球桌上的模样。那么多血。"

管道挤压着我的全身。他是在撒谎吗？我感到一阵反胃。先是萨提维克，现在又是斯图亚特。都是我的责任，我毁掉了我所接触的一切。我再次屏住呼吸。我把手伸向身后，摸索着自己的口袋，摸索着那块冰冷的金属。

那只苍白的手从旁掠过，然后不见了。那双腿渐行渐远。我看不见他了。

我的心脏仍在狂跳。

整整三秒钟的死寂。管道里漆黑一片。

然后是突然的脚步声，波阿斯的头出现在视野里。"你在这儿！"

我用那把自制小刀刺中了他的脸。

# 42

　　他哀号着，身体伸展开来——那声音就像上千只黄蜂在同时振翅——而我的眼睛回避了无法理解的景象。

　　我猛地后退，但他伸出胳膊，抓住了我的手，用力拉扯。我扭动着身体，将小刀再次刺出。紧接着我便失去了武器，被他夺走了。我猛地缩向后方，躲进管道的更深处。

　　一只长着利爪的手呼啸着掠过我的面前，拂开了我额前的头发，我用手肘借力向后退去。波阿斯怒吼一声，跟了进来。他的块头比我大，但还不至于钻不进管道。我只好尽可能快地向后退去，感受着不断滑过身下的管壁。我突然想到，这种死法太糟糕了：卡在管道的弯曲处，又无法从原路出去，就这么窒息而死。我努力转头回望，但视野几乎全被自己的身体挡住了，能看到的只有黑暗。波阿斯继续逼近，身体挤进管口，遮蔽了仅有的光线。他手脚并用奋力追来。在狭窄的空间里，他的呼吸声仿佛一辆老旧的火车头。周围突然寂静了片刻，然后是他趴下身体时发出的刺耳刮擦声。他身后的管道内部亮了起来。他的双眼短暂地闪现银光，就像猫儿在晚上的双眼。

　　我们距离二十英尺。

他笑了。他的双手伸长了——那是阴影在欺骗我的眼睛——细长的手指就像刀刃。我想象着那些手指插进我的脸，刺穿我的双眼，撕开我的喉咙。然后我才发现，他的手指没有变成刀刃，而是紧紧攥着我的那把小刀。

"我这就来抓你，小耗子。"波阿斯的声音嘶嘶作响。

这就是疯狂的感觉，是疯狂的浓缩本质，钻石般坚硬，就像承受了所有存在之重压的煤块。

我奋力后退，尽可能快地移动，努力不去思索结局会怎样。

波阿斯笑得更欢了。他抬起身体，填满了管道开口——也让黑暗再次笼罩了我们。

此时的我半是爬行，半是滑行，管道内壁又黏又滑。在黑暗中，时间失去了意义。

肉体刮过钢铁。十英尺，二十英尺。我自己刺耳的呼吸声。

我的腿撞到了某个坚硬的东西，我的心脏敲打着胸腔。我意识到自己碰到了什么。那是管道的弯曲处。

我甩动双脚，寻找着开口。然后，找到了。

我以为管道会向右或者向左弯曲，但我运气没那么好，那是向下的弯曲。

我尽可能弯折身体，弓起背脊到蹭掉皮肤的程度，然后我感觉自己的屁股转过了弯曲处——之后，恐慌的时刻到来了。在那一刻，我感到重力开始接过主导权。我只好用前臂抵着管道两边，迟滞下滑速度。我不清楚这段管道有多高，也许足有十英尺，或者整层楼的高度。如果它连通着下水道，只怕会更高。这个念头让我起了鸡皮疙瘩。但现在已经没法回头了。我的手臂开始打滑，我更加贴紧钢铁管壁，耳中全是我自己的喘息声。

刮擦声停止了。波阿斯不动了。

"怎么了,小耗子?"在管道里,他的声音带着古怪的失真,像疯子的声音,"你退到尽头了吗?"

他的双眼似乎又在黑暗中闪烁起来,身后远处的光线投射出他不断变动的昏暗轮廓。

现在他离我只有十英尺了,而且不断逼近。管道如此局促,他魁梧的身体却仍能不断逼近。他不断改变姿势,光线也随之变化,从他的肩头上方照射过来。我看到了他眼睛的变化——他眯起了眼睛,就好像突然明白了什么。

他扑向前来。

在黑暗里,我能感觉到他伸出的双臂。

没时间思考了。我放松肩膀,不再阻止下落。我的腹部刮过管壁,双脚开始踩空——我差点就逃脱了。差点。

一只铁钳般的手攥住了我的前臂。

我尖叫着扭动身体,但那只手的力气太大了,我感到自己被向上拖去。我蹬动双腿,试图撑住管壁。他钢铁般的手指陷进了我的皮肤,另一只手也伸了过来,手里拿着那把小刀,刺向我的脸——瞄准了我的双眼。我只得低下头,用头顶接住这一刺,同时用膝盖撑住身体。我感觉到小刀刺中了骨头。波阿斯继续拉扯着我。要拉我上去并不轻松,毕竟我是个卡在管道里的成年男子,但他的力气太大了。我能感觉到滚烫的血液洒在脸上,他握住我胳膊的手抓伤了皮肤,血就是从那里涌出的。感觉就像在被拖向风扇的叶片,而他还在用那块金属劈砍着我,划开我的头皮,同时尖声怒吼。我的膝盖用尽全力抵住管壁,但他的手臂也进一步增强了力道。他猛地一拽,我便被拖向上方,手臂也脱了臼。

我知道,一切都完了,我就要在这个肮脏黑暗的地狱里被他从头到脚撕成两半了。紧接着,那只铁钳般的手放开了我的胳膊,抓住了我的衬衣,将我朝他拖去。

就在那个瞬间,我挣扎起来,用全身的力气向后退去。我感觉到那件系扣领衬衫从头上拽脱,而管道的弯曲处从我的腹部滑过,将我的T恤衫掀到下巴那里。紧接着,我开始坠落。

# 43

坠落只持续了三秒钟。也许更短。

我的身体感受着滑下的距离,皮肤被飞掠的金属磨破。接着,我以足够震碎骨头的力道撞上了管道底部。

我的双脚首先着地,然后顺着管道的弯曲部位滑向前去。肩膀传来剧痛,头也撞上了钢铁。一切都安静下来。

当你被困在漆黑的环境中时,清醒与昏迷之间就只有程度的分别了。

我不清楚自己昏迷了多久。或许几秒钟,或许一分钟。我首先听到的是头顶传来的摸索声。我试着移动,肩膀却传来"咔"的一声。那是骨头相互刮擦的声音,我脱臼的肩膀回到了原位。我惨叫起来,于是头顶的摸索声停止了。

我听到了他的呼吸。接着,摸索声再次响起。

我侧耳细听,企图证明它并不存在。

这不可能。

他要下来了。

不。

即使头脑混乱不堪,我也知道这太疯狂了。在狭窄的管道里,他不可能转过身体。这就意味着他会头先着地。他不可能冒这个险。就算他能杀死我,也不可能再爬上去——不可能倒着爬上去。如果我死在管道里,堵住了去路,他也就没法前进了。他会被困在这儿,就像现在的我那样。

摸索声越来越响。

我必须尽快行动。我保持着趴下的姿势扭动身体,皮肤传来灼热的痛楚。我很想知道,这些擦伤会给我带来多严重的后果。我用上双臂的全部力气,让身体沿着管道向后退去。钢铁从我的膝盖下滑过,时间无限延长,几秒钟变成了几个世纪。

仿佛永恒那么久的时间过后,我停了下来。起先我还没法肯定,因此我集中精神,试图确认。

我花了整整两秒钟才说服自己,那是真的。一道微光,再微弱不过的光芒。就连空气都不一样了,不那么污浊了。我不知道自己还得爬多远,但我已经可以确定,在我身后某处有着管道的开口。

拜托,我祈祷起来,那儿可别装格栅。

我能想象那种情景。我的双脚会首先碰到钢丝网,进无路,退无门。更要命的是,波阿斯仍在朝我逼近,手里拿着那把小刀。我把这念头赶出脑海。再多想也没用。

管道的咔嗒声更响了。波阿斯要来了。

我的身子又滑过十几英尺的肮脏钢铁,从我肩后传来的光线也愈加明亮,最后我看到了自己身前的手指:在我后退的途中,污垢和血迹将它们染成了黑色。我看到了双臂上的深深伤口,但我没有仔细确认。没这个必要。

突然间,光线更明亮了,我的右腿踢空了。我的右膝下不再是钢铁,左膝也一样。我撑住管壁,向外滑去。直到这一刻,我才开始担心高度的问题。很快,我的身体离开管道,开始坠落。

我重重地落在地上,然后抬头看着管道。五英尺的高度。

我呼吸着空气,不敢相信自己得到了自由。我站起身来,发现管道的高度在我的脸部位置,两英尺宽的管口里一片漆黑。我的双腿开始抽筋。我被一小截废旧钢材绊了一跤,然后瘫倒在地。我扫视周围,发现周围的建筑物拆除了一部分,就好像爆破在半途中停止了一样。大小与形状各异的钢铁管道堆积在地板上,夹杂着混凝土砌块。在我的头顶高处,金属板的屋顶剥落了一部分,露出钢筋骨架和天空。我读过的一篇文章上说,有些公司会拆掉旧建筑的屋顶来避税。或许他们才刚开始拆除,就发现税金的问题已经不存在了。

某个声音传来,我头顶的整个结构都开始摇晃。刮擦声更加响亮,可我的腿又抽起了筋。波阿斯就要追过来了,我却跑不动了。这儿也无处可躲。

我的手摸到了离我最近的那样东西,一根三英尺长的钢管。它曾经是装在墙壁上的管道,而如今,它在我手里沉甸甸的。

我爬起身来。

首先出现的是一只手,又长又红,沾满鲜血,抓住了管道边缘。然后是另一只手,仍旧拿着那把血淋淋的小刀。他的头顶接着钻了出来。他奋力爬向前方,仿佛要从这可怕的子宫中诞生一般。

他转向我的脸因愤怒而扭曲,满是污垢。他和我四目相对。

以剑子手的姿势,我高高举起了钢管。他想做出反应,但我没给他这个时间。我使出吃奶的力气,将那块钢铁砸在他的颅骨顶端。

钢管命中目标，令人作呕的骨裂声传来。我又砸了他一次。他开始抽搐，身体痉挛，被击中的部位喷出鲜血。我又砸了他一次，然后再一次，又一次。

我不断敲打，直到手里那段钢铁沾满鲜血。

我不断敲打，直到他的身体失去力气，滑出管道，瘫倒在地板上。我继续敲打，直到再也无法抬起手臂，眼前也金星直冒。

我低头看着他。他的颅骨粉碎，脖子折断。或许他还有另一副形态，但他没有丝毫变身的迹象。没有黄蜂的翅膀，没有闪烁的霞光。

我的视野恢复了清晰。

从最后一次和父亲钓鱼算起，我就没杀过任何活物了。我等待着那种感受到来，等待着杀死这个人的罪恶感到来。但我毫无感觉。我把那段钢管丢在地上。我这才明白，我并不相信自己杀死的是人。它是另一种存在。

# 44


利用那些墙洞,我悄无声息地穿过一座座建筑,就像通过狭缝的粒子。因为吸进太多灰尘,我的肺疼痛不已,于是我停下脚步,朝着臂弯轻声咳嗽,吹散了手臂上厚厚的一层灰尘。我继续前进。时间过去多久了?我不确定。

我差点再次踩在亨尼希的尸体上。红色的淤泥在他身下铺展开来,他的双眼看向天空,眼神满是怀疑。在前方十来英尺的道路上,我找到了他的背包。我继续前进,留意着任何响动。

我沉默着钻进另一个洞,穿过另一栋建筑物。

光线从屋顶的开口斜照进来,在瓦砾覆盖的地板上投下金色的光池。我小心翼翼地选择落脚处,避开地上的碎金属片。

我花了片刻才意识到这是哪儿。

铅制的球体一动不动地吊在金属绳的末端,距离地面仅有几英寸。钟摆停止了。每一根钉子都翻倒在地上。我走到钟摆旁边,抬头看向挂着金属绳的椽子,但那里漆黑一片。

我继续前进。

在这栋建筑物的另一头,靠近两扇门之间的开口时,我停下脚步,向外看去。这是两扇十来英尺高、二十英尺宽的巨大机库门。中央是开着的,那条缝刚好能让一个成年男人通过。

门后是一条碎石小路,转向左方。右边是一大片野草与灌木,那是我们先前搜集柴火的地方。更前方是那座小山,以及远处的围栏。

我迅速行动,尽可能快地穿过这片开阔地。在野草和荆棘之间,我被一栋老旧建筑物的地基绊倒了。我先前并不知道它的存在。它有一面墙完全不见了,另外三面也只有三英尺,不比野草更高。我背靠着摇摇欲坠的砖墙,屏住了呼吸。咆哮声传来。在远处,布莱顿站在建筑物之间的空隙处。他的夹克肮脏不堪。

有那么一瞬间,他仿佛在阳光中闪烁起来,想要同时变成两种东西。在他身后,我看到了那头嗅着空气的猎犬,它的毛皮上遍布斑点,肩部竖起刚毛。我从没见过这种狗儿。它的脚闪闪烁烁,仿佛在热浪中波动——肯定又是我的眼睛出问题了。我对付波阿斯的时候交了好运,但面对这头猎犬可就没戏了。如果它抓住我,会把我撕得粉碎,就像它撕碎亨尼希那样。

我压低身体,朝围栏前进,同时祈祷自己是在下风处。到了围栏边,我蹲了下来,抬头看去。一截生锈的倒刺铁丝无害地垂在草地上。只要我爬上去,行踪就会暴露。在这座小山上,翻越围栏的任何东西都格外醒目。而底部,铁丝网紧贴地面,深埋在野草和土壤之中。下面是过不去的。除非把土挖开,而我没这个时间。

我抬起头来,看向布莱顿和猎犬可能在的位置,但他们突然踪影全无了。也许进到了某栋建筑物内部,要不就是正匍匐在野草里,睁大眼睛,留意着任何动静。他们可能在任何地方。

拖延也毫无意义。情况不可能好转。

　　我把背包丢到围栏另一边，开始攀爬。我奋力爬上围栏，剥落的锈片粘在我的手上。我冒险回头看了一眼，在远处的建筑物之间，一颗野兽的头颅转了过来，就在我将腿跨过围栏、跳下的同时，那只鬣狗般的生物察觉了我的动作。

　　我捡起背包，拔步飞奔。

　　我朝谷底的方向前进。下坡的路很陡，叶片和小树枝倾泻而下。我用身体开辟出了一条路，半是奔跑，半是滑行。山谷的底部能看到铺满石头的干涸河床，我沿着河道继续向前。我俯身从一根圆木下方钻过，来到河道中地势较低的位置。河水尚未干涸的时候，这儿多半是一座六英尺高的瀑布，但现在只剩下一片岩架。我腹部贴着岩石，翻过岩架，然后继续前进。我听到了猎犬在那座小山顶上发出的声音，那是某种东西撞上围栏的响声。我不知道围栏能否撑住，也不知道那条猎犬会不会爬高。

　　我跳过另一根圆木，差点踩进一个坑里。太阳已经升上高空，但谷底依旧笼罩在阴影里，阴影深沉而浓厚，仿佛黄昏。

　　我先闻到了气味，然后才看到。那是鱼、盐和海水的气味。

　　我想起了默茜曾说过的话：如果你运气足够好，潮水还没涨起……

　　我穿过在河床里丛生的茂密树丛。

　　高处的围栏再次发出响声，有东西正试图爬过去。我祈祷围栏能撑住，或者那座小山能阻挡它的视线。

　　我小时候，父母养了一条大狗，那是一条爱尔兰雪达犬。我常和它在院子里玩。在院子里，我根本不是它的对手：四条腿永远比两条腿跑得快。但下楼梯去地下室就是另一回事了。于是我学到了这个真理：下陡坡的时候，四条腿的生物并不比人类更快，有时候还不如人类。

　　我爬上一块圆石，沿着河床飞奔起来，最后穿过一丛厚厚的植物，用双臂将枝叶推开。我跳下最后三英尺的高度，落在沙地上，然后眨巴着眼睛，停下了脚步。我扫视周围，发现自己正站在泥滩的边缘，多沙的深色淤泥广阔而平坦。

　　我的双脚在光滑的地面上踩出了凹坑。我逃出来了。

　　再过几个钟头，我所站的位置会淹没在十英尺深的水下，但此时此刻，我能看到浅水区域的海床呈现在我面前，这片小海湾的底部暴露在外。在这片泥滩远处，有座绿色的海堤与林木成荫的小山相连，与我刚才下来的那座小山相对。我朝那边迈开步子。

　　这座小海湾大约半英里宽，只是小山之间的一片经常涨潮的狭窄低地。

　　成股的水流与浅池相连，我在湿滑的烂泥上走着，落脚时格外谨慎。我涉过好些条径流。有些很深也很宽，与其他径流交错，形成复杂的图案。我必须仔细选择路线，否则就只好在及膝深的冷水中徒步行进，与水流对抗。这些水简直就像冰水。海盐的气味令人难以忍受。

　　我在一条尤其深的径流边跋涉着，寻找着水道变浅处，以便前往对岸。就在这时，我看到了那些脚印。一排小巧的脚印，在淤泥堆积的水底留下了涉水时的印迹。

　　我仔细打量。脚印填满了水，算不上清晰，我能判断的只是大小而已。那是个女人，或者小个子男人的脚印。看起来大概是一分钟之前留下的——也可能是一小时之前。但前方没有在动的东西，我什么人都没看到。泥滩上空无一人。

　　我从脚印的位置跨过径流，跟着它又前进了一百码，最后来到一片平坦的沙地。另一股迷途的海水彻底擦去了地上的痕迹,仿佛一块橡皮。我继续前进,直到某个声音吸引了我的注意力。我身后有东西。

我转身看去,那头猎犬冲出远处的林木,跃上泥滩,飞奔而来。它每次迈出长长的步子,后腿都会掀起大片泥沙;前腿踩在烂泥上时,白色的水汽就会升腾而起。它在下坡时不比人类更快,但这样的地形简直是为它量身定制的。它很快就能追上我了。

我转过身,跑了起来。在我的前方,几条径流汇聚在一起。没时间寻找能够安全蹚过的位置了。我一脚踏进流淌的海水里——起先没过膝盖,然后是臀部,水流将我推向下游。冰冷的水让我无法呼吸,就像一把箍住胸口、挤压心脏的铁钳。我又奋力前进了十五英尺,然后是二十英尺。海水拍打在我的肩上,盐水像火焰一样灼着我的伤口。眼看就要到达径流中央,我感到一脚踩空,头沉到了水下。紧接着,我游了起来。

我拼命地游着。这条径流排泄着高处的潮水,强劲的水流拉扯着我,随时可能将我卷入大海。我很想知道,这是否正是默茜的遭遇。她是不是已经被卷入了深渊之下?还是说她平安到达了对岸?

我的鞋子踢到了水下光滑的岩石,我更加拼命地游着,直到双脚突然间踩到了水底,于是我开始涉水向前。到达对岸以后,我把身体拽离水面,瘫倒下来,双手痛苦地扒着粗糙的沙子,努力爬向岸上。寒冷和疲惫让我全身颤抖。我转身看去,然后心跳停止了。

那头猎犬就站在径流的对岸。它一动不动地站在那儿,水汽从它潮湿的毛皮上升起。它用捕食者的目光打量着我。

但它没有下水。

我盯着它。

它张开嘴巴，露出弯曲的长牙。

"不喜欢冷吗?"我说。我开口的时候嗓音沙哑。

它低声咆哮起来，踏上了水边。它苍白的前腿在入水时发出了嘶嘶声，还有一团白色的水汽升了起来。那头野兽后退了几步。

有些东西没有看起来那么简单，默茜这么说过。无论这头猎犬是什么东西，它都不喜欢大海。

但还是小心为妙，我心想。我缓缓地站直身子，避免任何突然动作，而它的双眼始终盯着我。

我在它的注视下缓缓后退。突然间，那头猎犬竖起了耳朵，好像听到了只有它才能听到的某种声音。它的身体僵住了。片刻过后，它转过身，朝着来时的方向冲了出去，脚下沙土飞扬。

我转身跑向山坡。

这里的植被茂盛青翠，地面没有任何足迹。在这段上坡路的前二十码，我不断推开挡路的枝叶，直到低矮的灌木逐渐稀疏，树木则茂盛起来。在那之后，山坡变得更陡，地面黏滑泥泞，覆盖着落叶。我只得以斜线爬坡，一路上抓住树干来维持平衡。这段路相当艰难，但两个钟头以后，我总算爬到了山顶。这里地势平缓，长着一片小树林，而我越是往前，它也就愈加稀疏。大约走了半英里以后，我来到了一片修剪过的草地，然后是设置了秋千和攀爬架的公园。文明的迹象。我几乎跪了下来，但想到起身的艰难，我便阻止了自己。

午后的阳光照在这片寂静的山地上，公园里空无一人。我迅速通过。

公园的边缘是一条路。

路的尽头是一座城镇，那里亮着灯光。

我理顺头发，检查衣着，希望自己至少不会引人注目。我的系扣领衬衫没了，蓝色T恤衫也磨破了，卡其裤的双膝部位都有裂口。我低头看着自己，突然感激起刚才的游泳，因为至少血迹和污垢被冲走了大半。我身上还是脏兮兮的，但却是那种冲淡和清洗过的脏，只要不特意多看几眼，就不太可能察觉我的异样。

公园外是一条排列着房屋的小巷，通向一段主干道。道路两边是市场、餐馆和装饰品店，来来往往的行人，出售房产、冰激凌和定制衣物的店铺。

我在这条干道上前进，同时睁大眼睛，寻找熟悉的面孔。她们能顺利逃到这儿来吗？

如果布莱顿知道我渡过了那条径流，他现在恐怕不会离我太远。这片地区两面临水，我能去的地方并不多。

我继续前进，脚下的路开始有了坡度。我站在这条街道上，看着它通向下方的海边和那座庞大的码头。这是个旅游城镇，海滨是它的命脉。在一百码前方的行人与商贩之间，我看到了一位金发湿漉漉的女子。我伸长脖子，想看个清楚，但她却不见了。也许是默茜，也许只是我的一厢情愿。我加快步子，希望能够确认。

几分钟过后，我看到一辆眼熟的车子从一条小巷驶出，来到大路上。

这样的车子有很多，我告诉自己。

白色的路虎揽胜。萨提维克死去那天，布莱顿的手下把我塞进的正是同样的车。这辆车的司机把手机举到耳边,扫视着人群。他三十四五岁,黑色头发。我没认出他的脸,但这并不代表什么。

我躲进店铺,让那辆路虎揽胜从旁经过。店里摆着串珠项链和各种小玩意儿,我装出感兴趣的样子。等那辆车离开后,我回到人群里,在不引人注目的前提下尽快前进。

我找到了金发女子走进的那条小巷,但她却踪影全无。我穿过小巷,来到另一条街上,这里离海边和码头更近。我缓缓走着,扫视人群。

我看到她就在前方。泅渡时打湿的头发仍未干透。是默茜。强烈的释然涌上心头。看样子她很冷,双臂交叉抱在身前。但她还活着,她逃出来了。

看到她以后,我开始考虑就这么离开她。

或许已经够了。我们都逃出来了,我可以悄悄离开。可是该去哪儿?该做什么?我想起了那篇关于萨提维克死讯的报道,上面说是车祸。

在前方的车流中,我看到那辆车又绕过了转角。同一个司机,手机仍旧放在耳边。以目前的路线来看,默茜会径直从他身边走过。

我小心翼翼地穿过人群,面孔始终避开街道。我来到她身后,搂住她的肩膀。她起先吓了一跳,但很快恢复了镇定,张嘴想要说话。我打断了她。

"他们在附近。"

"哪儿?"她没有转头,双眼却开始扫视人群。

"前面的车流里。"我放慢了脚步。不远处是通往下方码头的水泥阶梯。

直到这时,我才注意到她一瘸一拐的步伐。

"你受伤了,"我说,"真糟糕。"

她眼神冷漠,脸色苍白。

"我死不了。"

"在这儿转弯。"我说着,拉着她转过方向。

我们沿着阶梯走向水边,那辆路虎从不远处驶过。下了阶梯以后,前方是个售票亭。我看了看招牌。

"麻烦你,两张票。"

我把手伸进口袋,想摸出钱包,却只找到湿透又没了电的手机。默茜将一团潮湿的钞票塞进窗口。片刻过后,我们穿过验票闸门,走在通向渡口的狭窄步道上。车辆的队列一直排到了山顶,但徒步旅客这一边没人排队。

上船以后,我们爬上楼梯去了乘客甲板,在一个靠窗的隔间坐下。

电灯的光,引擎的嗡鸣。

我透过窗户看向入口匝道,等待布莱顿的脸出现在登船的乘客中,或者那个司机的脸。如果他看到我们,然后跟了过来,我们是不可能躲开他的。这里无处可逃。

但步道那里没有出现任何人的脸。

默茜把头靠在我的肩上。她身上湿漉漉、冷冰冰的,看起来精疲力竭。我搂住了她。她的裤腿撕破了,一只鞋子上沾着红色。她注意到我的目光,拉起破破烂烂的裤管。她的腿肚上有一条深深的伤口。

"不算太坏。"我说。

她摇摇头,"这是猎犬留下的伤,比看起来要严重。"

"那东西究竟是什么?"

"是他们的猎手之一。"

"维克斯在哪儿?"

"她成功逃到了车上。"

"脱身了?"

"对。"

"你怎么知道?"

她沉默了片刻,"我看到了。她受了伤,但她还是爬到了车上。"

"亨尼希——"

"亨尼希死了。"

她闭上了眼睛。

引擎的噪音更响了。工人们松开缆绳,渡船动了起来。我们就这样离开了。暂时没人能踏上这条船了。巨大的木制桥塔从窗边掠过,海鸥纷纷飞起。

至少短时间内,我们是安全的。

我深吸一口气,然后吐出。

肾上腺素退去,疲惫朝我袭来,那是足以令骨头酸痛的疲劳感。我感受着衣服的粗糙材质,还有它们的冰冷与潮湿。我很清楚,直到用清水冲洗之前,这种粗糙感都不会消失。我的身体开始发抖。我绷紧双臂和双腿的肌肉,努力阻止着颤抖。

"你是怎么逃出来的?"她问。

在渡船的这一层,我们独自坐在靠后的区域。离夜间通勤的时段还有一个钟头,人流相当稀疏。这一整层总共只有十来个人,而且没人坐在近处。

"我杀了波阿斯。"我说。

她把头抬离我的肩膀,双眼看向我的脸,"你杀了他。"

或许她以为我会强调一遍，但我没那个力气，我只是看着她。

"怎么做的?"她问。

"我打了他。"

"打了他。"

"用一根钢管。"

那之后，她沉默了好一会儿。她把潮湿的脑袋再次靠向我的肩膀，将面孔转向窗户。

渡船离开岸边，朝深水处驶去。城镇的灯火在岸边铺展开来。

"你打了他，"她最后说，"就这么简单。"

我仍旧一言不发。海浪拍打着船身，渡船乘风破浪。我猜这船正在以八节的速度行驶，或许是十节。以机动船的标准来看不算快，但比许多小型帆船要快。与直觉相悖的是，更长的船身反而会让帆船的速度更快。表面看来，更长的船身就意味着阻力更大，摩擦力更大，船速更慢，但事实恰恰相反。

浪花在风中泛起白沫，渡船遭遇了第一次大浪。

"他们会死，"我说，"跟我们一样。"

"不一样。"她说。

我跟她说起了黑暗的管道内部，还有那把金属片做的小刀。我跟她说起了波阿斯被砸碎的脑袋，就像一罐摔碎的果酱。"直到他死掉，我才停手。"

她点点头，仿佛终于理解了似的，"管道限制了他的行动。"

"他正要出来的时候，我打了他。"

我靠回椅背。我不想再说下去了，疲惫感深入骨髓。我从窗边转过脸，将自己交给渡船那熟悉的节奏感。我忽然意识到，这是我许多年来头一次坐船。我父亲死后的头一次。渡船在波浪中上下起伏。

默茜闭上了眼睛。时间一分一秒过去，我不确定她睡着了没有。她的脸对着我，仿佛戴着一张光滑的沉睡面具。完美的天使面孔。我很想知道她在做什么梦：她的过去？黑暗的天使？奇特的怪物？

渡船在海浪中颠簸，我看向窗外。在远离岸边的这里，风强了许多。对岸的灯火已经清晰可见，又一座海湾旁的小镇。

几分钟后，她说话了，声音让我吃了一惊。"他们不会善罢甘休的。"她说，"他们会继续追捕我们，总有一天会找到我们。"

风吹得玻璃咔嗒作响。我闭上双眼，试图理清思绪。疲惫笼罩在我身上，仿佛一股挥之不去的雾气。没过多久，我睡着了。

# 45

在航海的时候,你会学到某些事实。在水上时,你总希望自己的船越大越好,而在停泊的时候,你又会希望船越小越好。

我们在海上的奋斗堪称传奇。"赛艇玛丽号"随风飘摇,而父亲总会让它乖乖听话。大多数人都喜欢好天气,阳光明媚,微风拂面。我父亲喜欢风暴天,还有倾盆大雨。

在水手之中,有这么个说法:打败你的海浪和你同名。比如某天帮我们系缆绳的那个老人,他唠唠叨叨讲述着关于北方的故事,那是他年轻时失去的第一条船。他告诉我们,大海粗野却不难驯服——直到真正的大浪来临。那座出现在舷侧的高山由上千英里外的大风孕育,跨越海洋,最后找到他,席卷他,压断他那条船的桅杆。与他同名的海浪。

水手失踪的时候,海岸警卫队会遵照章程去处理。他们有一份特别的确认事项表。有些船失踪以后会被冲刷到岸上,另一些时候,船会直接沉底,从此不见天日,从这个世界彻底消失。

看那盘老录像带的时候,我痛苦到看不下去。

在那盘录像带里,我父亲还是个孩子,在沙滩上跑来跑去。

那是个棕发的矮小孩子，我一时没认出来。直到他露出笑容。在那个笑容里，我看到了他的影子。

那是同一片沙滩。礁石像沉船的残骸，就好像它们从时间伊始就在那里，而且会永远存在下去。我父亲仿佛昨天还是个孩子，带着那畅快的笑容在沙滩上奔跑。这盘录像带是时间机器，也是谎言，因为你没法回到过去。

一道早已熄灭的火花。

我父亲失踪的时候，海岸警卫队展开了搜索。他们设立了范围，确定了坐标方格。

他们最后在一百英里外联系上了他。他在风暴里升起双帆，连续几天都酩酊大醉。我觉得，他是想死在海上。但大海不肯接纳他。

那时候，他的肝硬化已经很严重了。肝脏功能不断衰退，视力也一样。"水手里没有瞎子。"他告诉我。

我母亲躲在她用否认筑起的防护墙后面。"他已经开始康复了。"他独自出海的时候，她这么说过。

我还记得最后那天的几件事。他苍白而布满斑点的皮肤，就像一尊蜡像。医生告诉过他，如果再喝酒他就会死，但他内心的某处肯定早就猜到了那个更加合理的真相：他已经快死了。而且什么都无法阻止死亡的到来。他已经病入膏肓了。

他在白天时出门，去了办公室。

后来，我听说了余下的片段。那些零散的信息在随后几年里传入我的耳中。

我想如果发现者不是她的话，她或许不会有事。我想一切都会不一样。会演变成那样，只是运气欠佳罢了。

他把公文包留在了家里，见他没有回来取，她便决定开车送去他的办公室。也或许是某种古怪的征兆在指引着她。始终没人告诉我全部的细节，只有片段。还有重复了一遍又一遍的那个字：枪。

她沿着西部大道行驶的时候，瞥见了他的车。她本该就这么径直驶过，一百次里，她有九十九次都会这么做。她完全没理由去看那个方向——除非她想看大海。但她掷出的骰子正好是第一百次的结果，于是她没有径直驶过，而是看向海边，然后看到了他停在沙滩边的车。停在能够观赏海景的停车场里。

在船首侧推器的嗡鸣声中，渡船靠上了码头。我惊醒过来。"来吧。"默茜说。她坐直身体，揉了揉眼睛，"我们该走了。"

其余的旅客已经站了起来。我们跟着落后的那批人走出门外，走下坡道，顺着人行道步入雨中。我抬起脸，望向天空。

我母亲把车开上沙地，停在他的车旁边的时候，天也在下雨。

时值十月，天上飘着毛毛细雨，所以我母亲走出车子的时候，或许翻起了外套的领子。或许她也转脸看向了下雨的天空。我能看见她绕过他那辆红色雪佛兰骑士车尾的情景。或许她当时正在构想要说的话。她会取笑他的健忘，或者问他为什么要停在沙滩上。我能看见她朝他的车门伸出手，手指微微弯曲，准备握住把手的样子。然后我就什么都看不见了。

几分钟过后，终于有另一辆车停了下来，伸出援手。那是个上了年纪的码头工人，他将尖叫不止的我母亲从道路中央拉开。她本想拦住别的车子，但他们全都转向避开，不愿惹麻烦。

　　警察在前座找到了我父亲,手枪落在他的膝盖上。他留下的字条上只有这么一句:这就是与我同名的海浪。

　　我们走进镇子的时候,发现大多数店铺都关门休息了。这是海边旅游区的特色。

　　我们沿街前进,过了一会儿,我看到了一家旅馆。但当我指向那边的时候,她却说:"那家旅馆不行。"

　　"为什么?"

　　"别选我们最先找到的旅馆。"

　　又走了一段路以后,另一家旅馆的招牌在雨幕中闪烁红光。有空房。提供有线电视。

　　我们用现金付了账。

　　"制冰机在这条走廊的尽头。"

　　房间干净而朴素,地毯上印着花卉。我把暖气开到尽可能高。双人床非常柔软。

　　我睡得像个死人。

　　第二天早上醒来时,默茜已经起床穿戴整齐,坐在角落的小圆桌旁。她留了一份咖啡加甜甜圈给我。

　　"欧式早餐,"她说,"我猜你应该很怀念这种味道。"

　　我注意到了床上的那只小塑料袋。

　　"牙刷和牙膏,"她说,"还有刮胡刀。在这条街上的一家小店里买的。"

　　她打开电视,转到新闻频道。单调的国际国内要闻:韩国,股市,即将到来的大选。

我坐起身,感觉衣服贴在了身上。我的全身都在痛。衬衣仍旧粗糙僵硬,保持着我睡觉时的形状。我的皮肤刺痛。我想冲个澡,再刮个胡子。

"我们需要些新衣服。"我告诉她。

她点点头,"这条街上有家店,还有汽车出租公司。我们最好尽快离开。"

"我们要租车?"

"除非你知道怎么偷车。"

我爬下床,穿过房间,端起我的咖啡。咖啡温暖又美味。我一饮而尽。我吃不下那只甜甜圈。

"等他们抓住我们,就会杀了我们。"她说。

她说的是"等"。不是"如果"。

"那我们该怎么做?我们不可能坐在这儿干等着。"

"我们去另一个藏身处,这是维克斯吩咐的。"

"离这儿多远?"

"很远,两天的车程。我们跟她会合,再决定该做什么。"

"可如果她不在那儿呢?"

"她会在的。"

# 46

我们驱车一路向西,穿过两个州,直到夜幕降临。我们轮流开车,在路上吃着东西。山峦的起伏就像不可能存在的海洋的海浪。在引擎令人困倦的嗡鸣声中,我们迎来了黎明。

平原带来了热浪,以及无垠的开阔土地:赤道无风带①,副热带无风带。

我们在托皮卡城外的一家丹尼斯快餐店吃了饭,然后在高速公路出口的速8酒店睡了六个钟头。

我们在正午时分到达了荒地。明亮的太阳高挂空中。这片土地让人感到陌生,荒凉而不友好,就像月球表面。荒地上充斥着沟壑与荒山,地貌崎岖起伏。我们继续向西行驶了几小时,然后转向南边。

"维克斯。"我提示她。

太阳已经落下,世界局限在车头灯能照到的范围之内。道路上的虚线不断出现在前方,然后消失在我们身后。

"嗯。"她说。

―――――――――
① 气象名词,并不一定指赤道地区。

"你相信她对布莱顿的说法吗？他究竟是什么东西？"

"你也见过他们了,用你自己的大脑填补空白吧。"

她把脸贴在乘客位那边的车窗上,看着夜色。

"那级联呢?"我问。

"级什么?"

"俄罗斯套娃,嵌套宇宙。体积有限,表面积却无限。"

"我不懂物理学。维克斯给我讲的是另一个故事。"

"什么样的故事?"

"关于一座岛的故事。"她说,"那是你所能想象的最美丽的地方,从不改变,直到某一天,一群老鼠登上了那座岛的海岸。"

"老鼠?"我问。

她点点头,"别介意它们是怎么来到岛上的。重点在于,它们到了那儿。那些老鼠跟岛上的其他动物不同,如果放置不理,就会扰乱原本的和谐。必须控制住它们,你明白吗?"

"嗯。"

"那座岛的管理者们想要抓住老鼠,但老鼠跑得太快。他们尝试了陷阱,但那些老鼠又非常聪明。于是他们决定把捕食者引入岛上,以便猎捕老鼠。他们把蛇放在了岛上。巨大的毒蛇,只消咬上一口就能杀死老鼠。你觉得后果会如何?"

"蛇没能控制住老鼠。"

她点点头,"那些蛇爬到了岛屿的腹地深处,做着普通的蛇会做的事,于是岛上便有了两种害虫。岛屿的管理者会就此罢手吗?"

"我猜不会。"

"是啊,他们没有。于是为了解决问题,他们带来了另一种捕猎兽,狡猾的猫鼬。比蛇更敏捷,比老鼠更聪明。他们用船把它们运到岛上,放了它们。你觉得接下来发生了什么?"

"它们没有杀死那些蛇。"

"噢,它们的确杀了一部分,最迟钝、最弱小的那些。但随着时间的推移,猫鼬又成了问题,跟老鼠和蛇的问题同样棘手。许多蛇和猫鼬死去了,老鼠们却还是到处跑。之后,他们改写了法律,一条永世不准违背的法令:不准再引入猫鼬,不准再引入外来物种。这座岛上不会再有新东西了。岛屿的管理者说:'该怎样就怎样吧。'"

"这么说,布莱顿就是蛇?"

"蛇就是蛇。我说的是那座岛的事。"

我继续开着车,就这么沉默了很久,"蛇的目的是什么?"

"谁又能知道蛇的目的呢。"

"那些猫鼬呢?"

"全都死了。"

"还有那些老鼠,它们想要的又是什么?"

"就跟别处的老鼠一样,"她说着,转头看向太阳,"想生存下去。"

白昼的热浪袭来。默茜提出由她开车,我摆手拒绝了。"睡你的,"我告诉她,"我没事。"

在某个休息站,我们喝了饮水器的水,上了厕所。我们在地图上找到了自己的位置。您现在在这里。我们的两边被低矮的山丘所包围。我在镜子里的眼睛带着疲惫。三个钟头,我告诉自己。再过三个钟头,我就休息。我打开手机,想打开地图功能,但进水导致了故障。电话能开机,这点让人欣慰,但屏幕上的图标怎么按都没反应。我听说把手机裹在生米里有时会管用,但考虑到手边没有生米,我只能把手机丢在仪表板上,指望太阳把它晒干。

我想起了乔伊。

我开车的时候,默茜在一旁熟睡。

这片土地藐视着比例尺,藐视着地形描述。荒地,破碎的土地。明红色的高墙在远处耸起,然后落下。岩石被风塑造成了波浪流动的形状。这里没有山脉,只有在奇形怪状的平地上起伏的土地。在这片不毛之地上,某些直指天空的隆起处高达一百英尺,就好像上帝本人都没法决定这片土地应该维持在怎样的高度。

道路蜿蜒着穿过这片夹在台地之间的低地,像一条绕过隆起处的缎带。道路不时化为桥梁,从深邃的裂隙上方通过。另一些时候,道路仿佛进入了裂隙之中,因为峡谷的山壁高耸在我们两旁。这片土地仿佛在反抗着什么。我不禁好奇第一批移民有过怎样的遭遇。究竟有多少人来到这里,发现这里没有前进的路,身受烈日灼烤,却又无处可回。

高温扰乱了我的思维。又或许是睡意。

开车的时候,我在胆量允许的范围内把油门踩到了极限,但每当我再次看去,速度计都会掉回五十。我再次踩下油门,开始加速,但每次我看过去,速度计都不肯保持在高速。我不知何时失去了对油门的控制。正如我的人生失控了那样。

在后座上,默茜嘟哝了一声,然后安静下来,再次入睡。安静到让我回头看去,确认她的呼吸。她的胸口平稳地起伏,正如我们周围的土地。

我转头看向路面。蜿蜒的灰色缎带。

几分钟过后,我的下巴猛地顿了顿,突然醒了——车子行驶在两条车道中间,速度超过了九十。我减速到七十,然后晃晃脑袋,试图赶走脑海里的蜘蛛网。

缎带继续向前铺展。又过了几英里。褐色的矮树丛紧贴着低矮的谷壁边缘,而前方终于出现了一片开阔地。宽阔的红色荒野。

驾驶途中,我逐渐意识到这儿存在着两个我。开车的我,还有做梦的我。我看到一只野兔在灌木林地里奔跑,跑得蹦蹦跳跳,居然能和车子保持相同的速度。它就像微光闪烁的热气里的一片神秘的黑色,无法用双眼看见,却能感觉到它的存在——甩动着长长的腿,张开嘴巴,吐出红色的舌头,脸上露出狡猾的笑容。还有只郊狼正紧追在后,血盆大口一开一合。我就是那只郊狼,我也是那只野兔,我还是这辆车的司机,而后座上的那个女人不是任何人,不在任何地方,甚至不是她自己。

车子驶上弯道,轮胎发出刺耳的响声。我猛然醒来,转动方向盘,但又用力过了头。我的身体拉扯着安全带,拉拽的力量大得让人想吐。最后我终于坐直身体,重新控制住了车子。

默茜醒了,但什么都没说。


由她开车,我睡觉。

三个钟头以后,她摇醒了我,"我们快到了。"

我睁开双眼,看到了破碎的地貌。低矮的山丘,看起来毫无分别。我不禁好奇她是怎么知道的。

"还有多远?"

"二十分钟的路,或许还不到。"

"你来过这儿多少次?"

"一次,"她说,"一年前。"她放慢车速,离开大路,驶上一条消失在小山对面的车道,扬起阵阵尘云。棕色的灌木覆盖了多石的土壤。"我一点也不想回到这儿。"她说。

车子攀上另一座小山。满是尘土的棕色道路朝远处不断延伸,顺着这片高地的起伏前行,最后仿佛消失在微光闪烁的空气里。默茜把车速放慢到每小时二十英里,但仍在前进。

"你为什么要跟着维克斯?你本可以离开的,可你为什么没走?"

"你是说去过正常生活?"

"对。至少没有那些可怕的东西。"

我看着她。在这条坑坑洼洼的路上,她的身体跟着车子不停地晃动。这条路看起来格外适合那种四轮驱动的车子。

"你凭什么觉得我还能过那种生活?"

我看着她放在方向盘上的手。看着她缺失的指节。

"你的手是怎么回事?"

她看看我,又循着我的目光看去,"我不记得了。"

"怎么可能不记得?"

"因为发生了更可怕的事。在那些事中,我失去的远远不只是指头。"她举起残缺的手,"我记得的是那些事。我记得他们把我撕成碎片。他们玩弄我,就像小孩子扯掉苍蝇的翅膀。我记得自己奄奄一息,眼看就要死去。"

我们穿过另一个深坑,车子在悬挂装置上震颤不止。我没听明白。"可这些事看上去并没有发生啊,你怎么会记得呢?"

默茜的目光透过脏兮兮的挡风玻璃,注视着远方。"那些事真的发生过。这就好像出现了岔道,这个世界把你强拉到了那条岔道。突然间,我发现自己走在一条全然不同的人生路上。在这条路上,我活了下来,手上却有我不记得的伤。"她低头看着自己的手,神情肃然。

"你说'强拉'是什么意思?谁强拉了你一把?"

"这个世界。仿佛它在纠正已经发生的事,就像修复一道裂纹。"

我想起了斯图亚特。我觉得,它有时候会发生混乱。

"发生这种事的时候,"她说,"你记得的是自己原先的那条人生路线,而不是你被拉到的那条路。当然,来了以后,这条人生道路的情况多多少少也会渗进你的脑子,或许是某段一闪而过的回忆,但感觉就像发生在别人身上的事。比如这个——"她抬起手来,"就是别人身上的事。"

"看起来倒像是你亲身经历的。"

她摇摇头,"只是另一个版本的我。发生在我身上的事可怕得多。"

我们在布满车辙的小路上绕过弯道,地势开阔起来,坡度略微向下。突然间,我能看到几英里之内的景色。

你应该听过某人开的车在荒山野岭出现故障,因此九死一生的故事。现在我能轻易想象那种情景。人类的生杀大权掌控在他们自己的工具手上。

这是一片荒凉的土地,干旱而不友好。跟之前一样,遍布着矮树丛和石头,还有低矮而干枯的树木。我眯起眼睛,透过肮脏的挡风玻璃看去。

前面有什么东西,大概在半英里远的地方。

默茜也看到了。她让车慢慢停下,打开清洗挡风玻璃的开关。宝贵的液体喷洒在玻璃上,在灰尘上留下了条纹状的痕迹。

那块土地大约三十码见方,依偎在两座小山之间。那块地更加青翠,有花有草,花花草草的上方耸立着一座亭亭如盖、长满节瘤的大树,在这片荒芜的土地上十分罕见。一辆破旧的拖车蜷缩在它的树枝下,在夏日的热浪中闪闪烁烁。

过去一天里,我们在城镇郊外见过不少类似的拖车式房屋,往往被垃圾和报废车辆包围着。没想到这样的荒郊野外也能看到这一幕。

"这里一点儿没变。"默茜说。

她重新发动了车子,我们继续前进,沿着这片缓坡慢慢向下。靠近那片土地的时候,我又仔细看了看那辆拖车。无论它原本是什么颜色,早就被阳光刷成了白色。车身上是一道一道的灰尘和污垢,铬制的外壳被沙尘磨得模模糊糊的。就连车窗也浑浊不清,就像老年性的青光眼,仿佛这些窗璃见证了太多,现在只想休息。周围堆积着废弃物。一张小巧的双人沙发侧翻在地上。这儿有两辆轿车,其中一辆我似乎见过——熟悉的灰色小轿车,维克斯的车,引擎盖右前部有个小小的凹痕。这么说她真的逃出来了。另一辆车的轮子陷进了地面,车底盘靠在红色的泥土上。车漆是淡粉色的,过去也许是红色。我还看到了独轮手推车、自行车,还有一只两侧都被压瘪的金属大桶。

拖车的前门在热浪中敞开着。有扇歪斜的纱门在微风中轻轻摇摆。

默茜把车停在离拖车三十码远的地方。

我看着默茜的脸,看到了其中的恐惧。她不想靠近这里。

"这是什么地方?"

"最后一个藏身处。"她说,"之前维克斯就是在这里照顾亨尼希,让他恢复健康的。"

# 47

我们坐着没动。引擎空转着。

"我们远道而来，不是为了在这儿止步不前。"我说。

她摇摇头，"我们得把车停在这儿，以防万一。"

"如果真的有万一呢？"

她沉默了片刻，思考着我的话，"或许我们两人之一能够成功回到车上。"

我瞥了她一眼，"我不认为停车的位置很重要。"

她不想开着车继续靠近，但归根结底，这样根本毫无意义。

"不会有事的。"我说。当然了，这恐怕是谎话。我不可能知道会不会有事。

她把手伸向控制车窗的按钮。

此时是下午三点，最热的时段已经过去，但从敞开的车窗倾泻进来的热气仍旧相当要命，搞不好都有一百零五度了[①]。我没法想象那台拖车里的气温。

她切换到一挡，车子慢慢驶向前去。她在树荫下停了车，关掉引擎，然后从驾驶座下摸出了一把枪。她把枪塞进背侧的腰

---

[①] 译注：此处是华氏温度，相当于40.56摄氏度。

带里,又用衬衣盖住隆起的位置。

我们打开门,下了车。一股热风吹来,将我沾满汗水的头发从额头掀起。这阵风就像是烘干机里吹出来的,荒地的灰尘裹挟其中。

"来吧。"我说。

我们沿路走到拖车旁。那儿有个足有几十年历史的儿童用金属秋千,在微风中摇摆不止。秋千的一条铁链生锈凝固了,另一条铁链已然断裂,链环散落在地上。风吹拂着中央那块晒得褪色的木板,生锈的铁链嘎吱作响。

"维克斯能活到现在,是因为她从来不会疏忽大意,"默茜说,"也从来都会有应急手段。"

正门的阶梯十分陈旧,饱经风霜,跟那架秋千一样。它用胶合板制成,两英尺宽、四英尺长,在曝晒下变成了灰色。我们爬上歪歪扭扭的楼梯,来到正门那里。

为了敲门,默茜只好先关上纱门。"哈啰?"她大声说着,敲了敲门上那块雾蒙蒙的玻璃。

没人回应。

"有人在吗?"

她打开纱门,走了进去。

拖车的内部看起来不比外部好多少。铺在沙发和厨房之间的地毯早已磨损开线。在客厅里,一台大电视上还放着一台小电视。这儿还有一张能看出凹陷的灰色沙发。有茶几,正门附近的架子上放着几件廉价的玻璃装饰品:陶瓷做的小狗、猫儿和大象。我看到墙上挂着耶稣受难像,接着看到了另一尊。圣母玛利亚的雕像警惕地伫立在沙发旁的小桌上。还有几尊大小不一、制作工艺也不尽相同的圣徒小雕像摆放在房间周围。有些是你会在汽车仪表板上看到的那种廉价塑料雕像,另一些尺寸较大,手工涂漆,材质则是光滑的陶瓷。

"哈啰?"默茜又喊了一声。

这条走廊的尽头,卧室门开着。床上凌乱不堪,洁白的床单瀑布似的垂落在地板上。但拖车里空空荡荡,一个人都没有。

"维克斯,你在吗?"

就像在回答她似的,有个声音从敞开的窗口飘来。是个老人的声音,从拖车外传来。我朝客厅深处又走出几步,掀开沙发后面的后窗帘。后院跟前院没什么分别,一部分是垃圾堆,一部分是荒野,长满了杂草和青草。二十码远处,地面稍稍隆起,有人用一张非常宽大的白色油布和几根木杆搭起了一间披棚,为底下的野餐桌遮阴。那张桌子旁边,有一对老夫妇在低头忙碌。灰发的老头弯着腰,老太太坐在他旁边那张破破烂烂的藤椅里。

"确实有人,"我说,"但我没看到维克斯。"

默茜走到我身旁,看向窗外。她看了好一会儿,"她就在这儿。"

"他们又是谁?"

"住在这里的人。这里是他们的家。"

草地那边,老头皱着眉,双手忙着我们看不到的活儿。老太太轻声咕哝着什么,手里拿着一张泛黄的报纸。

"他们不知道我们来了。"

"他们知道的。"默茜说,"跟我来。"

我跟着她走下摇摇晃晃的阶梯,绕到拖车的侧面。这里的庭院比我以为的更加杂草丛生,更加荒芜。野草高大,灌木矮小。我们靠近野餐桌边那对夫妇的时候,老头抬起了头,用西班牙语对老太太说了句什么。她短暂地瞥了我们一眼,绿褐色的双眸没有浮现出任何好奇,然后重新看起了报纸。我低下头,看到了老头在忙碌的事:他在给野兔剥皮。粗糙的双手用力拉扯着,毛皮脱离了血肉,就像脱掉一件尺码太小的毛衣。

他的面前放着一把硕大的切肉刀。除了刀子以外,桌上还有另外两只野兔。一只平躺在桌上,另一只装在笼子里。从外表看,是长耳大野兔。长长的腿,光滑而窄小的身体,简直是不知疲累的小小奔跑机器。

这三只动物里,一只没了毛皮和性命,另外两只仍在呼吸,红棕色的软毛偶尔抽搐几下。老头在它们身旁忙碌着,靠近他的那只兔子张大了鼻孔。

老头拿过切肉刀,割开那只死野兔的前爪。毛皮脱落下来。

这对老人家也许是夫妇,也或许是亲戚。老头看起来年纪更大,外表也更加沧桑,大鼻子上布满了老年斑。

"维克斯在这儿吗?"我问。

老头没有抬头,只是摆了摆血淋淋的手,示意我们往前走。这时候,我看到了那条小径。

我们沿着小径来到一片缓坡,发现维克斯躺在小山之间的那座小池塘旁边。那是高地的天然泉水汇聚成的。水边凉快多了。

"这么说你们逃出来了。"她说着,淡绿色的双眼转向走来的我们。

她看起来糟透了。曾经整洁的衣服破烂染血,乱糟糟的头发上凝结着血块。她的手里攥着个深红色的东西,我看不出那是什么。

默茜跪在维克斯身旁,"你受伤了。"

维克斯没有理睬这句话。"亨尼希没有跟来,"她说,"也就是说,他死了。"这并非问句。

默茜点点头。

维克斯闭上双眼,低下头去,努力接受这个消息。再次抬头的时候,她看向了我。"现在责任落在你们两个身上了。"她说。

"还有你。"默茜答道。

维克斯摇了摇头。她试图微笑,但染血的脸上的笑容反而令人毛骨悚然。"我也不行了。"她说。她坐起身,痛楚让她皱了皱眉。她朝染红的袖子咳嗽了几声,"那些猎犬的动作很快。地狱的野兽。你们是怎么逃掉的?"

"从泥滩,"我说,"我们运气好。"

她又点点头,摊开了手,我看到她握着的东西是只兔子脚。毛皮染上了鲜红的条纹。她注意到了我的目光。"这是件礼物。据说能带来好运气,"她笑了笑,"不过这好运没兔子的份。告诉我,你们觉得好运都是伴随代价的吗?"

"好运是由自己创造的。"我说。

维克斯再次挤出笑容。"完全正确。是这样。"她抬起手,指向在小径那头的桌边忙碌的老头子,"他现在就在创造。"刀子落下,砍下了野兔的腿。

维克斯把手伸向我,递出了那只兔子脚。染血的兔子脚。

"拿着,"她说,"收下吧。要么当兔子,要么拿着兔子脚。"

我接过了兔子脚。它比看起来要沉。

"来,扶我站起来,"她说,"我在这儿躺太久了。"

默茜和我帮着维克斯站了起来,她蹒跚着走到小山顶上。

"这位置很好。"她指了指一棵多瘤的小树下的阴凉处。我们扶着她去了那儿，默茜在她身旁坐下。青草细长僵硬，却又随风摆动。

在这儿，我们能看到二十英尺外的那对老人。老头还在给野兔剥皮。又一刀剁下，然后把兔肉塞进脚边的一只五加仑规格的空木桶里。他用手背擦了擦额头，在发际线附近留下了一道歪歪扭扭的血迹。

"你的伤有多重？"默茜问。

"够重的了。"维克斯说。她解开西装外套，衬衫上满是鲜血。伤口很吓人，我能看到碎裂的皮肤之下的那根苍白色肋骨。她又朝袖子咳嗽起来，等她咳完以后，下巴沾上了新鲜的血迹。"说实话，比'够重'还要重很多。"

"我们可以送你去医院。"

她摇摇头，"我想已经太迟了。"

二十英尺开外，老头把第二只兔子放到桌上，将它的四肢摊开。它的毛皮抽搐，鼻孔张大，但它没有逃，圆滚滚的眼睛里也没有恐惧。他用一只手摸摸它的毛皮，另一只手拿起刀子。

"我们只会看到自己想看到的东西。"维克斯说着，看看那个老人，"动物能看到屠夫的切肉刀吗？它为什么会想看到这种东西？它也许会逃之夭夭，然后在余生中不断向同胞讲述这个故事。也许传说会自此诞生，关于手持尖刀的可怕神灵的神话。"

"至少让我们送你回屋里吧。"默茜说。

"我喜欢这儿。"维克斯回答。

老头用力剁了下去，但刀砍中的并不是兔子，而是木头。

那只动物的胡须颤抖起来。它似乎挺直了身体，然后像弓那样弯曲，绷紧肌肉——紧接着，它用力一跃，从桌上跳了出去。它落在草地上，然后飞奔起来，跃过一丛灌木，消失不见。

切肉刀仍旧嵌在光秃秃的褪色木头里。老头看向兔子逃跑的方向。

"你索取一些,然后再奉还一些。"维克斯说,"猎人也许明天就会抓到它,但今天它能保住自己的脚,还有故事可以讲。"她转头看向我们,"可我呢?我的好运到头了。"

我仔细打量着她。她面孔苍白,缺乏血色,呼吸微弱。"医院里有药,"我说,"药能治好你。"

"能治好我的只有能复活死人的药。你有那种药吗?"

"我的伏都巫术刚刚用完了。"

她笑了。"那看起来我们该告别了。"她沉默了好一会儿,"我不想死,但我们在这种事上没有选择权。你在营地那里看到了多少?"

"够多了。"

"很好。那你应该知道自己要对付的是什么了。"

"可我不知道,"我说,"至少还不清楚。"

"他杀了波阿斯。"默茜插嘴道。

维克斯抬头看着我,神情惊讶。"他们还说奇迹时代已经结束了。"她笑了笑,再次咳嗽起来。

默茜把手放在维克斯的额头上。"她烧得厉害,"她说,"得想办法让她凉快点。"

我走到小山下的池塘边,用手掬了些水。我爬回山顶,双手悬在维克斯的头上,将水滴进她的头发里。

她抬起头来,水滴在她染血的脸上留下了痕迹。"太迟了,"她说,"世界已经偏离得太厉害了。"

"布莱顿说我破坏了世界。"

"是破坏了没错,"她的声音越来越小,"就算在这儿,你也能感觉到——它的目的已经无法实现了。"

"什么目的?"

"和每个世界的目的一样:创造下一个世界。"她试图坐直身体,然后继续道,"想象一下吧。世界里的世界,数量堪比繁星。诸神在此处争斗,又在此处死去。问问你自己吧:他们为何而来? 他们为何而战?"

"我不知道。"

"因为一切都在燃烧,"维克斯淡色的双眸紧盯着我,"从上到下都在燃烧。"

"你是说级联宇宙。"我说。

她点点头,"老的宇宙还在运转。每个世界都被限制和压缩在其高处的那个世界里,时间也同样会受到压缩。从这个世界扩张到另一个世界的时候,时间会发生数量级的膨胀,压缩过的一毫秒会变成一千年。但在某一天,火焰会吞没一切。"

我在草地上坐下。她早先已经向我展示过准则,现在的话不过是那个准则的符合逻辑的延伸。如果存在数之不尽的级联世界,那么,当基本的世界消亡时,又会发生什么? 所有世界都会消亡,会被全部摧毁——整个级联都会。面对这样的情况,你又该如何逃脱? 哪里才能逃生?

然后我想到了。我看懂了其中的数学关系。"你越是深入,时间就越快。"空间和时间是相互联系的。如果你把时间膨胀率与世界增长数的关系画成曲线图,那么只要时间标尺够大,就能达到渐近线——层层堆叠的世界,直指无限的箭头。

"与末日的赛跑,"我说,"这就是级联的本质。这就是文明的本质。为了催生下一个迭代的赛跑。然后是下一个,以及再下一个。"

"对。"她说。

我意识到,人择原理也适用于这里,所以宇宙才会为了提高速度而优化自我。那些迅速取得重大进步的世界会拉开与落后世界的差距,不断迭代,而世界越是靠下,时间也就扩张得越大。这个宇宙的一瞬间会变成下个宇宙的一纪元。逃逸速度真的存在吗? 级联里能够创造出永恒吗? 一个又一个世界,数百万年,甚至数十亿年的岁月真的都包罗在基本宇宙的最后几个瞬间之内吗?

"那布莱顿呢?"

"他在努力阻止级联。你们的周围有着你们看不到的分枝岔路。通常情况下,世界会纠正自己,只选择最有助于达成目标的路线。"

"选择?"

"纠正。"她说。

"我不明白。怎么纠正?"

"把时空连续体想象成一颗珠宝,它的每个琢面都是一条时间线。珠宝转动的时候,新的琢面会捕捉到光线。我们的灵魂就是那道光线。我们从一个琢面转移到另一个琢面,至于具体去哪里,全看哪里需要我们。"

我摇摇头,但又很想知道世界是怎么决定自己的优化方案的。萨提维克的门阵列会为了完成任务选择最佳的配置,世界也能做到这种事吗? 宇宙也能做到吗?

维克斯续道:"现在埃贝拉希已经来临,已经破碎的便再也无法修复了。埃贝拉希会包裹这个世界,封锁时间线。阻止纠正。"

"怎么阻止?"

"我不知道。它是整个机制里的破坏性因素。时间每过一秒,我们都会更加偏离真实。直到……"

"直到什么?"

"直到破碎的世界无法维持下去。"

我看着维克斯,"而这就是布莱顿的目的?"

"是的。"

"为什么?"

她没有答话,但我想起了默茜在车里说过的话。谁又能知道蛇的目的呢。

"也许他觉得自己控制得了,"维克斯说,"但我们已经偏离正轨太远了。"

"怎么偏离的?"

"你扰乱了平衡。有些知识不为人知,这是宇宙得以存在的基础之一。如果证明了某些人没有灵魂,社会又该如何运作下去?规则是不能打破的。有些事你可以知道,另一些则不应该为人所知。如果世界想要存续下去,就必须纠正这个错误。"

"我们肯定能做点什么吧。"

"已经有点迟了,但还有一线机会。只有摧毁埃贝拉希,才能让事态回归正轨。但即便如此,仍然必须付出代价。"

"什么代价?"

维克斯看了我很久,这才回答:"超乎你预料的代价。"接着,她转过头去。她的眼睛眨动了好一会儿,然后才再次恢复清晰。

"可是,下次再遇见他们,我们就死定了。"我说。

"但你们毕竟成功逃到这儿了。"

"我说过了,我只是运气好。"

"没有比运气好更棒的事了。"她又咳嗽起来,我怀疑她这次不会停下了。她的肺咯咯作响,苍白的脸泛起红色和粉色。等她停止咳嗽的时候,呼吸微弱而急促,双眼也呆滞无神。

"我们离开这儿以后,他们会来追捕我们的。"

"那就努力成为那只走运的兔子吧。"她低声说。

她闭上双眼,皱起面孔,仿佛又要开始咳嗽,但咳嗽始终没有到来。她的脸放松下来,那些皱褶也消失不见。

"维克斯。"我说着,晃了晃她的肩膀。

她的双眼再也没有睁开。


我看着那个老头用毛毯裹住维克斯的尸体。他和老太太把她埋葬在那棵树下,仿佛跟她先前有过某种约定。土填平以后,老头用西班牙语轻柔而缓慢地说了几个字。说完,他拉住默茜的手臂,领着我们翻过小山。我们穿过草地,踏上碎石铺就的车道,慢慢走向那辆车。

上车之前,老头用英语道:"别再回来了。"这是他对我说的唯一一句话。

他的脸上没有愤怒,什么都没有。我看着他,忽然直觉地想到了什么。如果他看到探测结果,波函数会因此坍缩吗?

我钻进车里,发动了引擎。我的手里拿着那只兔子脚。

我低头看着那只毛茸茸的断肢。它又小又干瘪。我把它塞进衬衣的前袋里。

默茜在乘客座上开了口:"我们赶紧离开这鬼地方吧。"


我们沿着缓坡向下,路面崎岖不平。我的眼角余光有东西在动,我转头去看,发现有只郊狼在一蹦一跳地穿过草地。

我驱车前行,直到驶上平整的道路,周围的荒地笼罩在逐渐暗淡的暮光里。

"我们去哪儿?"默茜问。

我想起了维克斯的话。我想起了我母亲。

那只连着长长金属绳的钟摆——幽灵一般,与宇宙本身纠缠在一起。我想起了维克斯说过的话。宇宙是个物体——是波的集合体。对于不怎么贴切的比喻的比喻。其实宇宙并不是一个套着一个却各自独立的俄罗斯套娃。世界之间的关联比这要紧密得多。

宇宙是个不可破坏的整体,而信息就藏在它的核心。

就像曼德布罗特分形——藏在图像里的图像。

世界就是图形。

图形里又有图形。

"我知道我们该做什么了。"我说。

我们沿着道路行驶了三个钟头,这时我的手机突然响了起来——内部的元件终于干透,然后起死回生了。

它贴着我耳朵的时候,阳光的热量传了过来。

三封语音邮件,都是乔伊发送来的。她的语气透着担心,最后一封近乎疯狂。"拜托,打给我。"

"你该把手机丢掉。"默茜说。

当然了,她说得对。

但我首先拨通了电话。它转到了语音邮箱。

"乔伊,我没事。我到了州外,目前正要去印第安纳。我不想继续把你牵扯进来了,所以我不会再打给你了。直到搞定这件事之前都不会了。但我想告诉你,我还活着。无论如何,这事都快结束了。"

我结束了通话,把手机丢出窗外。

# 48

我们的车驶入停车场的时候,已经是周日的下午了。沥青场地上空空荡荡,比上一次来时的车还要少。入口附近没有那辆绿色宝马。

我关闭了引擎,走向那栋建筑物。

门锁着,我按下门铃。有个穿着棕黄色工作服的女人走到门边。一头白发,瘦骨嶙峋。大楼的清洁工。

"周末不营业。"她透过玻璃说。

"我在高通量公司工作。"我说。

她皱起眉头,"那儿已经彻底关门了。"

"我只是去收拾东西的。"

"你有门卡吗?"

"我没带在身边。我可以把名字告诉你。"

她晃了晃她的一头白发。古板的老奶奶。她说:"我不能放没有门卡的人进来。"

默茜拿出她的枪,侧着贴在玻璃上。"这是他的门卡,"她说,"附照片的证件。"

那女人张大了嘴巴。

"你想赌赌看这玻璃防不防弹吗?"默茜问。

那女人开了门。

"我们不会伤害你的。"我说。

"也许吧,"默茜对举起双手、向后退去的清洁工说,"再退远点儿。"她说。

"这地方没有钱。"

"我们为的不是钱。你有钥匙吗?"

她拿出一张黑色的磁卡。

"多谢。"我说着,接了过来,"这附近有绳子之类的东西吗?"

"我只是清洁工,没有这种东西。"

"没关系。"我从背包里拿出胶带,扯出一段,"我们自己带了。"


我们没走电梯,而是沿着楼梯向上。到了四楼以后,我转了转门把,发现它是锁着的。门把旁有个读卡器。

我刷了门卡,但什么都没发生。门纹丝不动。我又刷了次门卡,还是什么都没发生。

"我来试试。"

默茜开了枪,门把迸出火星。在狭小的空间里,枪声震耳欲聋。子弹朝着楼上反弹出去,让人心惊肉跳。

"别再这么干了。"我说。

门把变得破烂不堪,不但向侧面歪曲,还缺了一块。门把旁边的门上留着子弹命中后弹开的小小凹痕。我试着转动门把,但它还是卡着。"该死,"我说,"我们得再找把钥匙。"

"试试那把。"默茜说着,指了指。

我看了过去。下方那个楼梯间的墙上挂着一把消防斧。事实证明,这把"钥匙"非常合适。

仅仅挥出一斧,门把便脱落下来,顺着楼梯滚下。又挥出三斧之后,闭锁机构俯首称臣,我们走进门里。

"你先走。"我说着,推开了门。

我们从电梯前经过,顺着走廊进入高通量公司的办公室。这儿跟我记忆中差不多。混乱,弃置,废弃。桌子、椅子和空地,混凝土和地毯。又向前了一段以后,我看到了黄色的警用封锁带。我们走进房间,里面有扇窗户碎了,上千块玻璃碎片散落在水泥地板上。胶合板取代了窗璃。警用封锁带在周围飘动。

他勇敢地接受了他的命运。

我朝这栋建筑物的深处走去。

我听到了一个声音,从前方远处某条走廊传来。默茜也听到了。我们不约而同地转过头去,但什么都没发现。只有同样无人的办公室,没有任何东西在动。那声音没有再次传来。

"跟紧。"我说。

默茜眯起眼睛,冷冷地看着我。她抬起了枪,"你才该跟紧。"我们肩并着肩朝深处走去。默茜拿枪,我拿着斧子。

除了玻璃和警用封锁带以外,一切似乎都维持着原样。这些房间跟我记忆中毫无分别,一连串办公室和工作区。最后,我们来到那段螺旋楼梯前。

"从这儿下去。"我说。

我们走了下去。楼下跟楼上没什么分别。空无一人,废弃多时。我们的脚步声在金属的楼梯间里回荡。然后穿过那条短小的走廊,来到那扇黑门前。最后的房间。

门开着。

我看了看默茜，"就是它。"我能感觉到心脏在胸腔里狂跳。

我们走了进去。房间空旷而漆黑，但当我们跨过门槛的时候，应急灯亮了起来。我们四下张望，房间毫无变化。成排的电脑硬件与墙壁平行摆放着，笼罩在阴影里。那只石英球体仍旧固定在房间后部的金属杆上。

我放下扛在肩头的斧子，让它抵在地板上。手掌里的握柄黏黏的。我将它攥得更紧，然后走到控制板前方。

"退后。"我说。

我举起斧子。我想起了波阿斯，想起了他的头骨凹陷的样子。

斧子落下，发出响亮的一声"咔嚓"，在控制板上砸出一个大洞。我将斧刃抽出那个洞，再次挥下。塑料做的控制板分崩离析，洒在我脚边的地板上。

接下来，我走到放着硬件的架子那里。我摆出棒球选手的姿势，以全垒打的气势用力一挥。斧刃撕碎了纤薄的金属外壳，陷进机器里。我试图拔出斧子，一开始没能成功。我将脚抵住外壳的侧面，这才让它重获自由。我退后一步，再次挥出，斧子深深埋了进去。我抽出斧子，再挥。斧子带出了电线、金属块和塑料，落在地板上。我沿着那排硬件走着，一路上挥舞斧子，破坏这台机器的每个部分。这个过程非常漫长。我用斧子左劈右砍，劈开每个部件的外壳，累得我手臂酸痛，上气不接下气。

终于，我倚着斧柄，停了下来。

默茜站在一旁，看着我。她双眼疲惫。这段旅程漫长而艰辛。

"结束了吗?"

"还有一件事。"我说。

　　我来到房间中央,站在金属杆前方。即便在几近漆黑的环境里,球体依旧泛动着光泽。直径十六英寸的透明石英球体。斯图亚特就是为此而死的吗? 我们的所有努力——以及我的所有恐惧——的结晶。

　　"埃贝拉希。"我说。

　　球体里,陌生的几何体熠熠生辉。宝石。明亮得像残留在视网膜上的影像。

　　我移动着握住斧柄的手,用两只手握住了它。

　　"噢,噢,噢。"有个声音在我身后响起。

　　我转过身,看到布莱顿走了进来。

# 49

他走向前来，步入灯光之下。另外几个身影跟着他进入房间，魁梧的男人。先是两个，然后成了四个，最后变成六个。他们靠着两侧的墙壁走来，将我们包夹在中央，站在阴影处，封堵了我们的退路。我把斧子丢到地上。布莱顿的手里拿着斯图亚特的霰弹枪。

"这场追逐戏真带劲，埃里克。"

布莱顿的打扮跟我上次看到他的时候一样，深色的猎手夹克，深色的裤子。他淡色的双眼仿佛在发光，表情似笑非笑。"不过现在，"他说，"追逐结束了。"

"你是怎么找到我们的？"默茜说，声音轻到我几乎听不见。

"这个问题问得很好。"布莱顿说。他踩过地上的电子元件，漫不经心地走向我们的侧面。他身后是他那些靠墙站着的手下，阴影里的六个高大的轮廓。"从球体那边退开，我就给你答案。"

"你很清楚，这是不可能的。"

布莱顿轻笑出声。"你活在什么样的世界里啊，以为事事都会遂你的心愿？"他原地转身，鞋底下的石英碎片嘎吱作响。"不过话说回来,我们都是自己世界的创造者,不是吗?我们按照自己的喜好去塑造世界,就像诸神那样。"他绕着我们转了一圈,又说,"你可曾驻足自问,你究竟为自己塑造了怎样的世界,埃里克?如果你交出球体,我就放你离开。而且我不会强迫你看着她被杀。"

"他在撒谎。"默茜说。她掏出枪来,对准了布莱顿。

布莱顿笑得更欢了。

"噢,我的天,"他说,"你手里拿的那是什么?"

"离我们远点儿。"

布莱顿大笑起来,"我发现,有一种沟通方式是放之四海而皆准的。在开展业务和推广机构的时候,语言或许很合适。但在更加根本的本质上,这种方式是不够的。我发现究其核心,沟通中永远都有误解存在。错误传达的信息。直到拔剑的那一刻为止。"他举起霰弹枪,但没有瞄准。

他笑得更加欢快,露出闪闪发亮的白牙,"只要你们亮出刀剑,一切就都改变了。无论你们说的是怎样的语言。我在亚洲的大草原上,在非洲的沙漠上都见过。我在格陵兰的冰封海岸上也见过—— 一千年前,通向东方的长路与通向西方的长路就是在那里相接的。一旦亮出刀剑,就不需要什么语言了。与之相比,其余的人类沟通手段都成了诡计和花招。只有兵刃相见才是最接近完美的沟通方式。"

他动了动手里的霰弹枪。"默茜,要和我谈谈吗?这不正是你们喜欢做的事吗?"他转身面对着她,所有善意的伪装缓缓从脸上退去,双眼突然露出凶光,"我们要不要商量一下?"

他们瞪着彼此。

她的眼神出卖了她。

我看到了。

最微不足道的征兆。

布莱顿也看到了。她做出行动的前一瞬间,眼神透出了决心。

她的手指扣下扳机的同时,布莱顿的皮肤闪烁起来——和先前相同的那种霞光。他身体一转,闪向一旁。

默茜的枪口在昏暗的光线里吐出火舌,与此同时,布莱顿打中了她的胳膊。我听到了骨骼断裂的响声,默茜尖叫起来,枪飞了出去。

布莱顿笑了。眼前的景象让人瞠目结舌。霞光的溪流仿佛在顺着他的皮肤流淌,而我能看到两种模样的他:人类形态的布莱顿,以及截然不同的另一种存在。更加魁梧,头颅又大又长,就像法老雕像那样畸形。他对着默茜举起武器,脸上洋溢着笑意,抬起手臂,扳开击铁——

——然后身体僵住了。

布莱顿缓缓将脑袋转向了我。他的枪没有动。

我取下了球体,高举过头。

"你敢杀她,我就毁了它。"我说。

有那么一瞬间,他一动不动。"这么看来,你也长着牙嘛。"他放低了武器,笑容和光的溪流也消失了。他又变回了人类。"但你不想走上这条路的,"他说,"你这么做会惹出麻烦。对你对我都是麻烦。"

布莱顿的嗓音十分理性,令人宽慰。谈判专家跟要跳楼的人说话就是这种语气。"把球体放到地板上。"

"砸碎它!"默茜厉声道。

"等等。"布莱顿的目光在默茜和我身上不断切换,他抬起一只空着的手，"别这么急着决定。我们都是讲理的人。实话实说吧，你根本不知道你拿着的是什么。"

"我知道。"

"如果你知道，就不会把它高举过头了。我们已经等它很久了。你知道费尽心力却一再受挫的感觉吗？纠错机制一次次地让事态发展走上错误的道路，而你手里的东西能结束这一切。无论对我们，还是对你。"

"你是说结束我们人类的一切吧。"

他摇摇头，"破坏这个世界的是你的那个实验——而这个球体阻止了纠错机制发挥作用。通常来说，世界是运转得很慢的。但现在它在加速。相信我，你不会想看到世界高速运转的模样的。"

"你为什么要做这种事？为什么要去摧毁文明？你究竟有什么理由？"

"他们是这么告诉你的？说我想要摧毁文明？"他大笑起来，"我的目标远大多了。"在那一刻，他闪烁起来——皮肤像黄蜂翅膀般振动着，"我想阻止级联。"

"为什么？级联停止的话，你也会死的。"

"那我就会作为殉道者而死。你真以为级联只有这一个吗？"

我瞪着他，渐渐理解了他的意思。

"这件事的某些层面是你根本无法理解的。"他说，"好了，放下球体吧。"

"不。"

他将霰弹枪瞄准了我的脸，"我也可以直接朝你开一枪。"

"那我就会丢下球体。"

"然后会发生什么呢？你以为自己拿着的是什么？"

我不知道该怎么回答。我拿着的是什么？宝石。时空的构造。一只古怪的石英球。

"探测器，"布莱顿说，"有史以来最伟大的探测器。"

我看着他，想判断他是否在撒谎。

"我们知道你的朋友摸到门径了，所以我们赞助了他的项目。你们简直是奇迹。你们有那么多伟大的发明，总是能带来惊喜。这一次，你们做到了我们永远做不到的事。你还是不明白。这个球体能拍下时空连续体的完美照片。每个质子，每个电子，乃至于最微小的细节。你见过它拍摄的影像，对吧？放大那个影像的技术或许还不存在，但影像本身是存在的。底片是存在的。信息就在其中，储存着，等待着查看。只要在球体周边，每一个量子粒子的状态都能看到。你觉得后果会怎样？看到，然后，波函数坍缩。如果范围不仅限于球体周边，而是更大，那么，更庞大的量子体系会如何呢？不再有变化的可能了，什么变化都不会有了。"

"够了！"我吼道。我把球体举得更高。

"等等！"布莱顿说。他转过身，朝他的某个手下说了几句话。那人离开了房间。"既然跟你讲不通道理，"布莱顿说，"我们就只好用手头的另一个选择，帮助你做出后果不那么……毁灭性的决定。"他蓝色的双眸紧盯着我的脸，同时转头道，"带她过来！"

他的手下之一走进房间，抱着一具不断挣扎的躯体。

"你刚才问我们是怎么知道你们来了的，"布莱顿说，"或许你该问问你的同事。想象一下我们有多惊讶吧，就在我们到处寻找的时候，你们却跑来了这儿。"

这一刻，我明白自己已经落进了他们的手中，再也无法挣扎了。

那人用一只大手捂住乔伊的嘴，另一条胳膊缠住她的腰，就像抱着面粉袋那样把她抱在身前。她的双脚悬在离地一英尺的地方。

"乔伊。"我喊道。

"这就是我的交换条件，"布莱顿说，"你把球体交给我们，然后你们都能活命。"

"别，"默茜说，"他在撒谎。"

"决定权是你的，埃里克，不是她的。"

"我凭什么相信你？"我说。

"我向你保证。"

"这可不够。"我的手臂开始发抖。球体很重，无论我打算怎么做，都必须抓紧时间，否则它就会自己帮我做出选择了。

"那你们三个都会死。"

乔伊在那个壮汉的怀里踢打挣扎，短暂地甩开了捂住她的嘴的那只手。"埃里克！"她的嗓音高亢而慌乱。那只手更加用力地捂住了她的嘴。

"你有五秒钟。"布莱顿说。

我看向默茜。

"他在撒谎，"她说，"砸碎它！"

"你敢砸碎球体，她就会死，"布莱顿厉声道，"我可以用你的性命担保。但你没必要让这种事发生，埃里克。"他走向不断挣扎的乔伊。他举起霰弹枪，将枪管对准她的太阳穴。

"如果我按下扳机，"他说，"她的意识会去往何方？死人的眼睛还能坍缩波函数吗？"布莱顿的枪拨开她的一缕头发，"你喜欢实验,埃里克。想看看这场实验的结果吗？做决定吧。"

"等等。"我说着,试图争取时间,试图思考。我不能交出球体,但我也不能让乔伊死去。我已经害死了萨提维克,还有斯图亚特,我不能再害死另一个人了。

"没时间了,埃里克,你还有一秒钟。"

"等等!"我大吼道。我放低双手,将球体举在胸前。

"不!"默茜尖叫起来。她冲向我,想将球体从我手中打落,而我差点脱了手。我挣脱她的手,把球体抱在胸口。她抓向我的手勾住了衬衣口袋,撕碎了布料。

那只小小的兔子脚从我的衬衣里掉了出来,顺着地板滑了出去。

吸引了所有人的目光。

我看向乔伊。

当你看到解决之道的时候,脑子会在瞬间格外清晰,就好像那个方法始终摆在你面前,你所要做的只是看到它而已。

兔子脚在水泥地上停了下来。乔伊的目光一直追随着它,然后她抬起双眼,与我四目相对。

她眨了眨眼。

"你不是盲人。"我说。

"时间到了。"布莱顿厉声道。他把枪更用力地贴向她的头部侧面。

我直视着乔伊。她的双眼纹丝不动。她也直视着我。

"你不是盲人。"我重复了一遍。

有那么一会儿,谁都没有动。一切都静止下来,仿佛在等待什么。制住乔伊的壮汉看向布莱顿,后者又转头看向我。

打破僵局的人是乔伊。她的肩膀猛地动了动,那个魁梧男人松开了捂住她嘴巴的手,把她放到地板上。

她伸展脖子,挺直身体。"哎呀。"她说。

布莱顿放下了武器。他失望地摇摇头。

我的大脑飞快转动。我对她的印象开始变化,"但……那天在实验室,你——"

"没能让波函数坍缩。"她替我说完了那句话。

她闪烁了片刻——就像是光线的小小恶作剧。"我告诉过你的,"她轻声说,"别相信你的眼睛。"

"可……为什么?"

她走到布莱顿身旁,"我们会监视每一项有前途的新研究。"

布莱顿插嘴道:"汉森雇佣你的时候,我们得安排个人去追踪你的工作。这并不难。"

我说不出话来。我词穷了。

如果我手里有枪,恐怕会朝他们两人开枪。但我手里没有枪,只有那个球体。

也许布莱顿看到了我的眼神,看到了下定决心的瞬间。就像他察觉默茜的决心那样。

"天堂有路你不走。"他说。他轻轻一挥手,两个手下冲出阴影。我高高举起球体,用全身的力气砸了下去。但他们的动作太快了。其中一个扑向球体,它在落地前砸中了他的胳膊——我听到一声痛呼,那球体滚了开去。与此同时,第二个壮汉的肩膀撞上了我的腹部。

我四仰八叉地倒在地上,肺里的空气全被撞了出来。

我摇摇晃晃地爬起身,球体顺着地板越滚越远。默茜尖叫起来。乔伊冲了过来,抓住我的胳膊,把我丢了出去。我撞上墙壁,滑落到地板上。世界逐渐昏暗下来。

布莱顿穿过房间，走向默茜，手里握着霰弹枪。默茜向后退去，脚被球体绊到，摔倒在地。

我竭力起身，但双腿使不上力。我脚下打滑，重重坐倒。

布莱顿站在默茜身前。

我想开口，却发不出声音。

布莱顿蹲了下来，一手握枪，另一只手，摸了摸那个球体。他的手指触碰到它的瞬间，球体从内部亮了起来。虽然它根本没有通电。虽然那些硬件都被我砸烂了。

"这球体记得。"布莱顿说。

球体内部，一幕场景开始放映，就像一部立体摄像的电影。闪烁的形体，枪火和钢铁。"这就是你的朋友不明白的东西。"

我这才明白，他是在跟我说话。

他抚摸着球体光滑的表面，而它放映出了乔伊把我摔向墙壁的画面。

"诞生以后，球体就会开始记忆。它是万物的完美重现：过去，现在，未来。一件拥有庞大力量的工具，"他转头看着我，"它记下一切。被它探测到的东西再也无法改变，正如你的探测结果无法改变一样。正是由于这个原因，世界才无法纠错。它已经坍缩了。你想看看接下来会发生什么吗？"他笑了笑，"不想？现在你不需要水晶球也该明白了，不是吗？"

他把手从球体上移开，它再次暗淡下来。

他站起身，朝我躺着的地方走来。

"他们是不是告诉你，级联正在燃烧？"他问，"他们是不是告诉你，永恒是唯一的逃脱之道？噢，还有另一种可能，埃里克。时间的膨胀有另一个无可避免的副产物。级联并不只是逃脱的手段，它还是种地雷。"

他站在我身前。

"埋进时间本身的地雷。埋进未来的地雷。针对想法的地雷。这个世界快得让人眼花,而上面那些却几乎纹丝不动。这不是你的错。但这并不重要。你原本会取得重大的成就,让下一次飞跃成为可能。你原本会研究出全新的科技,让其他人以此开启级联的下一个层级。但这些也不重要。"

我努力站起身,双腿却再次摇晃起来。我坐了下来。

布莱顿弯下腰,压低嗓音,"埃里克,现在重要的只有一件事:你很快就会知道连我都不知道的事了,你会知道地狱是否存在。"他把枪对准了我的头。

他的身后有什么在动——我看到默茜挣扎着跪坐起来。布莱顿也看到了她,他的脸上现出恼怒的神情。

他没有朝我开枪,而是转身朝她扣下扳机。她的肩膀猛地向后甩去,她趴倒在地,身体打着转滑了出去。布莱顿穿过房间,朝她走去。

他居高临下地站在她面前,抬起那把枪,又一发子弹上膛。"这次你可真得乖乖地躺着了。"他说。

她还活着,在地上缓缓爬行,红色的血迹抹在肮脏的水泥地上。她没有后退,而是继续靠近。靠近布莱顿,仿佛渴望着那颗子弹。他抬起枪口的时候,她没有退缩,而是扭动身体,踢出一脚——踢到了那颗球体。它在地板上滚向我,吸引着所有人的视线。

我扑向它——扑向这最后的机会。它光滑的表面贴着我的皮肤,感觉有点发烫。我跪坐起身,用仅剩的力气将球体高举过头。

这一次,他们来不及反应了。来不及做任何事,只能惊恐地看着。布莱顿张开嘴巴，狂叫道："不！"

他扑向前来，但为时已晚。

我用尽全力，把球体摔在水泥地上。

它在地板上粉碎的那一刻，时间仿佛放慢了。我看到了一道光，但那不是光，而是光的反面——那是铺展开来的黑暗。每个时代的每一个场景。球体爆炸开来，布莱顿紧闭双眼，碎片穿透了我们的身体，伴随着那股无法抵挡的冲击波，撕裂着血肉。组成我颅骨的骨头相互刮擦，高声唱出无声的曲调。我周围的空间发生了变动，感觉得到，却无法看到——就像我从儿时起就能感受到的黑暗，就像站在离火车汽笛很近的地方——而那股黑暗从球体中央泉涌而出。我的老伙伴，始终与我如影随形。

寂静如此彻底。

# 50

我在某个白色房间里醒来。

我躺在那儿,头晕目眩。

回过神来以后,我扫视周围。这张床不太对头。白色的床单,白色的枕头。

光秃秃的白色墙壁莫名眼熟,就像白板盯得太久以后的样子。我在医院里。

又或者,我已经死了。

我确认身体,用手抚摸躯干,但却找不到绷带。我扭动被单下的脚趾,被单随之动了动。

我缓缓爬下床,把脚放到地板上。我站了好一会儿,感受着透过脚底传来的寒意。我有些立足不稳。

这地方弥漫着疾病和消毒水的气味。如果说这就是死亡,那么布莱顿说得对——我在地狱里。在死后的世界,只有地狱才需要医院。

我不确定自己在那儿站了多久,然后有个护士从敞开的门边经过。

"护士!"我大喊道。

她停下脚步,看了看我。她的黑发挽成马尾,手里拿着个笔记板。她等在那儿。

一开始,我不确定该问什么才好。

她穿着蓝色的手术衣,脸上挂着"还有事要忙"的表情。她希望我问的是三两句就能回答的问题,我能从她的脸上看出来。

"我在这儿多久了?"我问。

这句话让她的表情变了。不耐烦变成了担心,她走进我的房间。"多久?"她把我的问题重复了一遍。

"对。"

"快一星期了,"她说,"你不记得了?"

"可我的那些伤呢?"

"我们昨天才去掉你手上的绷带。"

"不。"我说。我低头看着自己的手,看到了那块粉红色的皮肤,仿佛在几辈子之前的旧烧伤。"别的那些伤。"

她眼神困惑,"什么别的伤?"


我坐在医生的办公室。

他坐在桌对面,我的病历表摊开放在他面前。他的脸很年轻。我原本觉得他年轻到不像是精神科医师,但他额头附近的头发已经透出花白,所以他也许比看上去要老。他看着我,老练地露出关切的表情。我想象着他对着镜子练习这种表情、务求准确的样子。

"看来你的记忆又出现了问题。"

"是的。"

"你对我们给你的一些药出现了不良反应。我们很庆幸你终于恢复过来了。你对新药的反应似乎不错。"

"我是怎么来到这儿的?"

"你不记得了?"

"不记得了。"

"你过去服用的药物的确有导致记忆混乱的副作用,但你受到的影响似乎格外严重。我看到你的病历里写着,你过去也有过相似的反应?"

"什么时候?"

"这里说你在印第安纳波利斯对药物出现了不良反应。"

"不,我……我需要……"我想不出该说什么,我没法说完这句话。需要做什么? 我最后只是把问题重复了一遍,"我是怎么来到这儿的?"

"你在街上游荡的时候被警方带走,然后送到我们这里做七十二小时的看护拘留。你当时都语无伦次了。"

"警方。"我努力思索这个词的意义。这并不是真相。

"那起事件影响了很多人,"他说,"有些人的问题比其他人更严重。考虑到你的过去,也难怪你的问题会比大多数人都要棘手了。"

"我不明白。"

"你只需要待在这儿,直到情况稳定为止。"医生说,"我们讨论过,你不记得了吗?"

"不记得了。"

他略微皱起眉头,在我的病历里写了些什么。

"你的问题之一是逆行性遗忘。我想我们需要给你完全停止服药。你的情绪如何?"

"还好。"我说。

"颤抖的问题呢?"

我伸出手让他确认。我的手指发颤。

"不算太糟。"他说。

我看着自己的手。如果他觉得这还不算太糟,那我真想知道最糟的时候是个什么样子。

"你会看到在视野边缘移动的东西吗?"

"不。"

"那循环式思维呢?焦虑呢?"

"没。"

"妄想呢?"

我听得出来,他之前那些问题都只是铺垫。我扫视房间。他的办公室看起来不错。这里有书,还有张漂亮的木头办公桌。外表很重要,他在这方面花了不少精力。透过房间的窗户,能看到漂亮的草坪景致。外面是绿树和蓝天,阳光明媚。

"只是……"

"只是什么?"他问。

我差点就告诉他了。把一切和盘托出。但我保持了沉默。我保持沉默,是因为窗外阳光明媚,而我想再次用脸庞去感受阳光。

"噩梦,"我说,"只是偶尔会做噩梦。"

"关于什么?"

"梦里有个女人,她叫默茜。她的手缺了一部分。"

"她的手?"他似乎来了兴趣。他又拿起笔,但什么都没写。"我们谈过你的家人,"他说,"你还记得吗?"

"我记得。"我说。虽然我很想忘记。

"那是多年前的事了。你得原谅自己才行。跟我多说说那个梦。"

"我不记得了。"我说着,有些头晕。

我不喜欢这位医生看我的眼神。我站起身,我不想再说话了,我不想再思考这些了。

"我被捕了吗?"

"什么?"医生的眉毛拧成了一团,这问题似乎让他由衷地困惑,"你为什么会被捕?"

"这么说我可以走了?"

关切的神情加重了。他在我的病历里写下另一行字。"快了,"他说,"等你状况稳定就行。"

我身体前倾,揉了揉鬓角。我想起了母亲看过的精神病医师。她坚信着自己的妄想。

"我必须离开,"我说,"我不能留在这儿。"

"我不觉得你应该现在就出院。尤其考虑到过去两周发生的那些事件。"

"什么事件?"

他看着我,仿佛在评估着什么,"你过去五天每晚都在看相关的新闻。"

"看什么新闻?"我用力思索,试图回忆——回忆住院期间发生的任何事。但我什么都想不起来。

那道目光严肃起来,"每个频道都在播。"

"发生了什么? 新闻里播放了什么?"

他再次皱起眉头,"我们真的该改换你的用药了。我从没见过这么严重的逆行性遗忘症状,这可不是正常反应。"

我的脑海里响起了布莱顿的话。你破坏了世界。

"发生了什么?"我问。医生没理睬我,继续写着笔记。我将手重重砸在桌上,"发生了什么?"

# 51

我开车去了旅馆,把车停在前面。车流比我记忆中稀疏一些。这是唯一的区别。感觉就像过去了一整年,虽然其实只有几星期。我走了进去。

接待员的双眼越过上方的眼镜框打量着我。她是个中年女人,头发带着些蓝色,妆化得太浓了。

"我几周前在这儿租过个房间,有些东西还留在里面。"

"姓名和房间号?"

我认得她,但她没认出我。这里人来人往的,她见过的人脸恐怕有上万张。"埃里克·阿格斯,220房。"

"我们有失物招领服务,"她说,"你留下了什么?"

"文件夹,两个马尼拉文件夹,锁在壁橱的保险箱里。还有个小帆布包。"

她消失了几分钟。等她回来时,手里紧紧拿着文件夹和那个包。

"这些吗?"

"是的。"

她把一张打印出来的文件放在柜台上,"在这儿签字。你带了证件吗?"

我打开钱包,把驾照拿给她看。她记下了号码。

我在那张文件上签了字,她把文件夹交给了我。那两只文件夹几乎毫无重量。她"咚"的一声把帆布包放在柜台上。

"这些东西居然还在,真让人吃惊。"我说。

"你运气好。我们找到的东西只会保留三十天。"

"然后会怎么样?"

她耸耸肩,"员工福利,先到先得。"

在我身后,自动门"唰"地打开,一家人走了进来,母亲、父亲、儿子,还有女儿。我猜他们是来海边度假的游客。

"你还需要些什么吗?"接待员问。

"嗯,"我说,"我想再租个房间。"


我放慢车速,驶入停车场。

海风扑面而来,裹挟的沙土在停车场里留下幽灵般的纹路。

我打开身边座位上的纸袋,撕开封缄。我拧开瓶盖,嗅着火辣辣的酒气。

上好的波旁威士忌。四十五度。

我的车载收音机里播放着音乐,那是女人唱出的轻柔旋律。我想象着另一种人生。我想象自己能在这时罢手,不去喝下那第一口。

我的双手在颤抖。

已经三个月了。

我看着旁边座椅上的文件夹,我父亲的枪就压在上面。

我会再喝酒吗?

这些文件夹知道。

第一口让我泪水盈眶,然后我抬起酒瓶,大口喝了起来。我努力让视野保持清晰。我想起了萨提维克。

他们知道自己与众不同吗?我这么问过他。

其中一个,他是这么说的。其中一个知道。

酒瓶半空以后,我低头看着那把枪。

我努力想象着一把点 357 左轮手枪能对颅骨造成什么破坏。在上面留下个又宽又深的洞,暴露出"自我"所居住的地方,让它暴露在空气里,让它像液氮那样嘶嘶作响,化为蒸汽,然后消失不见。这把枪扮演着许多角色,包括将你送回隐缠序的交通工具。

我把手伸向第一个文件夹。

我用稳定的双手打开它,拿出里面的纸。喝下最初的一大口的时候,我的颤抖就开始消退——神经终于得到了润滑剂。喝下第一口酒以后,我就不完全是我自己了。等到把酒喝干,我会变成另一个人。

我摊开那张纸。我看着测试结果——以此坍缩了我在那么多个月前所做的实验里的概率波。所以一直以来,我都注定会在这时候这么做。

我打开第二个文件夹,看到了上面的图案。我看着纸上那两道纹路——如今无比熟悉的光与暗的图案。

不过,当然了,探测结果从始至终都在那里。


我拿起手枪和酒瓶,步入风中。

我吃力地走向光滑的沙滩,海水的气息侵袭而来。这儿没有人影——风和雨将他们全都赶跑了。天空暗沉而阴森。

我沿着曲折的小径来到水边,一路上绕开最大的几块石头。潮水尚未涨起,海浪低矮而规律,将灰色的泡沫冲刷到海滩上。这里的沙地近乎平坦,因此海浪冲得很远,但势头早已失去。在我头顶,一只白色翅膀的燕鸥正在天空中打转。

关于发生的事,有几种不同的称呼。几个不同的首字母缩略词。SUDS,或者SUNDS[1],或者其他看起来更容易理解的字母组合。仿佛给它取个名字就能理解了一样。事实上,描述事件的词语要更平实些。事件的另一个标签是"群体性心因性疾病"。还有些人用的是更有宗教气息的词语。

可以肯定的是,有人死了。在同一天里,全世界都有人死去。他们一睡不起,数量以百万计。另一些倒在街道上。而其余那些——最年轻也最健康的那些——选择了溺死。意大利的银行家,印度的农夫。来自世界各地,数以万计的人走进海洋、湖泊、河流,然后不再浮起。

在这颗星球上,占人口比例的数字很小、但在统计学上却相当可观的人们咽下了最后一口气。统计学家们为这个统计学上的异常现象——为在那一天里突然死去的人——争执不休。

我知道,还有另一个统计学上的异常,但他们并未发现。还没发现。

其中没有一个是科学家。

如果说这种情况是随机的,为什么我们之中没有? 我这么问过萨提维克。

如果他们是不确定系统的一部分,那干吗还要去当科学家?

我还知道一件事。

那些想要复制萨提维克实验的研究者都不会成功。他们找

①译注:均为"睡眠猝死综合征(Sudden Unexplained Nocturnal Death Syndrome)"的缩写。

不到那些能坍缩波函数的人。那些行走在我们之中，却并非我们同胞的人。他们找不到萨提维克发现的东西。证据已经消失了。无法复制的实验又多了一个。

我走近水边，循着退去的波浪走出十几码，等它回到大海以后，我才站定脚跟，在风中蹲伏下来，看着海面。

默茜死了。

虽然我花了好几个星期才找到证据。在那些努力把死者的脸和名字对上号的网站上。那些没有身份证明的人。女性无名氏们。

她也是SUDS的受害者之一，警察们找到了她被冲刷到岸上的尸体。

我想到了维克斯对我说过的话。他们什么也看不到，因为对他们来说，能够看到世界的角度是不存在的。默茜始终是命定者的一员。但她命中注定要做什么？对抗布莱顿吗？在某种程度上，她根本不存在。不算真正存在。

下一道海浪向我涌来，漫过我的双脚，从我身边掠过，爬上沙滩，让我站在一英尺深的水里。这里的海水向来如此冰冷。

我喝了一口瓶中的液体，从毛衣里掏出枪来。那把枪是黑色的，分量十足。枪的侧面用浮雕字母写着"鲁格"。从它上次开火的那天算起——而且就在我的车如今所停的位置上——我就一直以某种形式带着它。

我想起了我父亲和大海。与你同名的海浪。

我想象着自己航行到看不见陆地的远处。在那里，蓝色的海水会融为一体。

风渐渐猛烈起来，让我立足不稳。我等待着下一波海浪，等它到来后，我走向水深处，直到海水没过膝盖。我低头看着那把枪,它在我手里沉甸甸的。

　　能够从中窥见隐缠序的奥秘。

　　我用尽全力把手枪扔了出去。

# 终　章

我走进自己的办公室，看向窗外。同样的位置上建起了一座新仓库，不过根据行政决策，它不会再叫"W大楼"了。那个名字已经退休了，就像一件穿旧的球衣。在网站地图上，这栋新建筑的标记是"X大楼"，管理层希望它会比前任更走运。

我回来工作已经有三周，也逐渐恢复了状态。我的桌上放着匿名戒酒会①颁发的戒酒一整月的徽章。一个月没喝酒了。得分机器和我有时会在午餐时间打篮球。

他重新拾起那些青蛙的研究，现在似乎快乐了不少。过去数月的那些事件已经彻底降了温。那场火灾让管理层对研究所的保安措施有了新的看法，如今铁门那里有配备武器的守卫了。不少研究所机构已经开始重新审视那些有可能煽动人们前来纵火的研究课题。当人们谈起量子意识研究的未来时，时而会用到"寒蝉效应"②这个词。但相关研究仍会继续下去。

我曾想目睹费曼所见的景象。

---

① 译注：即 Alcoholics Anonymous，缩写为 AA，是酒瘾者在不公开身份的前提下定期集会、相互监督的组织。

② 译注：法律用语，指担心发表言论的后果而对某些话题闭口不言的状况。

我也的确见到了,而且比他见到的更多。

有些日子,我会走进得分机器的实验室,帮他摆弄他的水族箱。我每周会跟我姐姐通两次电话。而某天下午,我突然有了个想法。

如果我们都会塑造自己的世界,我的世界会是什么样子?也许就是这样吧。

在医院里,杰瑞米跟我说明了他们发现萨提维克时的情形。他死于一次车祸。我错过了他的葬礼。

乔伊的住处人去楼空。她的办公室空无一人。

回到实验室的第一天,我站在她的办公室里,寻找她存在的痕迹。我找到了一本盲文书,一本乐谱。

我向杰瑞米打听她的去向,他说:"她没有提前两周通知我。"

"她说了理由吗?"

"什么都没说。我还以为你比我知道的要多呢。我知道你们关系很近。"

"没有你以为的那么近。"

有个可能性我们都没说出口:她是综合征的受害者之一,死去的那些人之一。我查过她的公寓,却一无所获。也始终没有相关者来找过我。

一开始,杰瑞米没问我在忙什么。他等了好几天,表现出了值得赞赏的自制力。又或许他有些害怕我可能的答案。等到他端着咖啡站在我的办公室门口,开口询问的时候,我只回答了四个字:"量子力学。"

"什么意思?"

"我要继续来这儿之前的研究。"

他尽可能不表现出来。他用咖啡杯掩饰着脸上的笑意。这是许多个月以前他雇我的理由，是我不敢去做的事。

我在午餐时说起这件事的时候，得分机器的反应是大吃一惊。

"你干吗要这么做？"

我想起了那只井底之蛙。你越是研究量子力学，就越没法相信。

你在笑。你为什么要笑？

这就是关键。这就是一切的不同之处。

我相信这个世界。但我知道，它并非唯一的世界。

午饭后，我去了自己的办公室。我盯着那块白板。

我开始写下那条公式。和从前一样的公式，我没法完成的公式。那条让我逃离印第安纳，回到波士顿，回到这片海边的寒冷土地的公式。

一个个符号从我的左手倾泻在宽大的白板上。严密的逻辑性组成了高塔般的构造，越来越高。在我铺设的地基里，有着某种美感存在。

我的笔慢了下来。我写到了先前停下的位置。在这里，已知的道路到了尽头，而荒野横亘于前。

我注视着白板，但这次跟以前不同了。

只是个微不足道的修改，我便看到了向前的路。

起初很狭窄，就像照入门下的一道光。

有那么一瞬间，我几乎能想象自己待在医院里，穿着睡衣裤，用黑色的魔术记号笔在墙上乱涂乱画。

但我赶走了那个念头，继续盯着白板。

　　然后我知道该做什么了。我清晰地看到了,看到了该走的路,那条引领我离开黑暗的闪光之道。

　　我写了起来。